真实，新闻的最高原则

黑卷

独家披露

海岩
金凌云 著

作家出版社

黑卷

假话和真话　都是锋利的刀
可以杀死别人　也可以杀死自己

目

录

告别

一辆小轮车风驰电掣地从高处俯冲下来，哗的一声急停在场地中央。看台上的观众纷纷向即将投入比赛的祝五一报以掌声。

这是一个阳光灿烂的午后，永川公园里每年一度的小轮车比赛场面热烈。

祝五一开始表演。小轮车仿佛粘在他脚下，任由他腾挪跳跃。一个高难度的空中转体之后，他稳稳地落地滑行。

看台上响起一阵喝彩声。祝五一刹住车，向观众们挥挥手，摘掉头盔，露出一张年轻而俊朗的面庞。

永川教育局会议室里，祝槿玉与一位中年男子隔着会议桌相对而坐。祝槿玉的目光落在桌上，桌上摆着一份《捐资协议》。

祝槿玉说："这笔钱的用途必须在协议里明确规定，我不希望这笔钱被人挪用。"

中年男子说："应该的，市领导对这件事非常重视，我们教育局自然也不敢有任何疏忽。请您放心，我们一定专款专用。"

祝槿玉在"捐资人"落款处郑重落笔，刚刚写下一点，突然停下，眼里闪过一丝迟疑。

窗外，天空中的乌云正在聚集。风吹树动，大雨将临……

一条石板小路曲曲弯弯地向前延伸着，豆大的雨点打在石板上，响声四起。

祝槿玉撑着伞，向小巷深处走去。

她走进一座蓬门半敞的小院，敲响一间小屋的门。门开了。祝五一站在门口，头发湿漉漉的，手里捧着一碗方便面，几根面条还挂在嘴边……

屋里狭小而凌乱。祝五一匆忙整理床上的杂物，试图腾出一个座位。祝槿玉站在他身后环顾四周，暗暗皱眉。墙上贴着许多照片，祝五一在小轮车上的身影神采飞扬。

祝槿玉问："明天，你不和我们一起走吗？"

祝五一摇头："你们先走吧，周六是我妈生日，我再和她告个别。"

祝槿玉将目光移向床头柜上的一只相框，那是姐姐祝槿澜的遗像。相框里，祝槿澜面含微笑看着他们。祝槿玉目光一震，仿佛被回忆击伤……

> 回忆的目光穿过青澜河畔拥挤的人群，映出一张张表情凝重的面孔。所有人注目之处，祝槿澜的尸体渐渐呈现出来。她浑身湿透，躺在草地上。苍白的面孔，睁大的双眸……

青澜河畔，晨雾弥漫。一只纸船载着一块洁白的月亮石，从岸边漂向河心。河水渐渐漫过船沿，月亮石随着纸船歪斜着沉入河底。祝五一的脖子上戴着另一块月亮石，光洁耀目。他凝望河水，陷入哀思……

> 河面飘浮着晨雾，童年祝五一在河畔蹒跚学步，他摘下一枝野花递给母亲。母亲幸福地笑了，亲吻他稚嫩的脸庞……

一列火车呼啸着穿过田野，向中都驶去。窗外的光影在祝五一脸上变幻流动。小城永川渐渐消失在他的视野里……

男孩怎能用女孩的卫生间

祝五一站在人潮汹涌的中都站前广场上，茫然四顾。远处是鳞次栉比的高楼大厦，近处的荧幕墙正在播放花花绿绿的电视广告。大都市的喧嚣扑面而来，令人眩晕。攒动的人头中，一块接站的纸牌显现出来:永川　祝五一。

一辆小车载着祝五一驶离中都火车站，在一座大宅院门口停了下来。祝五一下了车，惊讶地打量眼前这座气度不凡的大宅——暗红的门户，青砖瓦顶，古朴而厚重。显然，这是一个大富之家。

祝五一随接站的司机左新光穿过前院，走进客厅，他好奇地四下打量，只见正墙上挂着一块横匾：大道之行　天下为公。陈列柜里摆放着一尊奖杯，祝五一凑过去，辨认着杯上的刻字：中都杰出企业家。

“五一。”

祝五一转过身，见方守道和祝槿玉走进客厅，他恭敬地打了声招呼：“姨父，姨妈。”

三人在沙发上坐下。方守道略过寒暄，直奔主题：“五一呀，你姨妈说，想在中都帮你找个工作，你想找什么样的工作呢?”

“我还没想好呢，我也不知道自己能干什么。”

“那么，你喜欢干什么?”

“骑车。”

“骑车?”

祝槿玉解释道：“他和几个同伴有时候在永川公园里表演小轮车，公园给他们开点工钱。”

方守道说：“哦，骑小轮车只能算是业余爱好吧，男子汉还是应该有自己的事业。五一呀，你觉得……”

祝五一忽然站起来：“不好意思，这儿有厕所吗?”

方守道和祝槿玉面面相觑。祝槿玉向客厅门外指了指。

祝五一来到卫生间门口，却发现门被反锁。他在门口来回踱了几步，终于急不可耐地穿过走廊，继续向前走。前方，一间卧房屋门半敞，他探身向房内查看，发现这间卧房的卫生间里空闲无人……

祝五一享用着卫生间，尿声如瀑。他忽然听到身后门把响动，连忙回头。

方舟推门进来，发现里面有人，立即惊叫一声匆忙退出，顺手把门关上了。

祝五一有几分尴尬，又有几分气恼，冲门外说了句：“怎么不敲门啊!”

门外传来方舟的声音：“请问你是哪位呀？怎么用我的卫生间呀?”

祝五一并不理会，不慌不忙地冲了马桶，又不慌不忙地洗了手，才打开门。

看到方舟守在门口，他让开了房门：“你也要用厕所？我用完了，你用吧。”

祝五一绕过方舟向外面走去，使劲地甩着手上的水珠。水珠溅到了方舟的脸上。她下意识地擦了擦脸，一时失语。愣怔半晌，才冲着来招呼她吃晚饭的保姆陈阿姨大声问道：“这人是谁呀？”

餐桌上，方守道向方舟介绍了祝五一：“这是五一，你应该叫他……”

他停下来，似在选择称呼。祝槿玉轻声提醒：“表弟。”

方守道点点头：“对，表弟，其实你们年龄差不多。”

祝槿玉向祝五一介绍方舟：“方舟在中都时报上班，是个记者。”

祝五一向方舟点头致意。方舟爱搭不理，看都不看他。祝槿玉有些疑惑：“方舟，你和五一小时候一起玩儿过，你没印象了吗？”

方舟淡淡地说：“没印象了，我记性不好。”

祝槿玉有些尴尬，方守道圆场道：“他们在一起时都太小，还不记事呢。”

祝槿玉问祝五一：“你还记得吗？”

祝五一说：“我不太喜欢和女孩玩儿，我印象中就没和女孩一起玩儿过。”

方舟看他一眼，冷冷地说：“女孩一般也不太喜欢你这种类型吧。”

祝五一故作认真：“我什么类型啊？”

方舟也一本正经：“这我形容不了，反正有你这一类型。”

祝槿玉笑道：“小时候玩儿你们就总打架，大了还打。吃饭吧。”

两人埋头吃饭。

方守道举起杯子，说：“五一，欢迎你来中都，以后，这里就是你的家。”

祝五一连忙举杯。祝槿玉和方舟也相继举杯，动作有快有慢，表情各不相同。真正感到满足和温暖的，大概只有祝槿玉了。

晚饭后，祝五一跟着祝槿玉走进卧室。他打量着整洁宽敞的房间，不无惊喜：“我住这儿，真的吗？”

祝槿玉点点头，问他：“你是不是惹方舟不高兴了？”

“咳！我就是刚才用了一下她的卫生间，她就不高兴了。卫生间用一下怕什么呢，她当时又没用！”祝五一满不在乎地说，一边从背包里拿出一只玻璃箱，放在窗台上。一只小蜥蜴安静地趴在箱子里，似乎对陌生的环境感到惊惶。

祝槿玉有点厌恶地看一眼小蜥蜴："你进别人房间，一定要先经过对方同意，这是最起码的礼貌吧。再说，人家女孩子的卫生间，你一个男孩子不到万不得已不能用，这是起码的规矩，你不懂吗？"

祝五一不服气："我就是万不得已了才用的呀。"他又拿出一只"奥特曼"面具，挂在墙上。

祝槿玉叹了口气："五一呀，在这儿住，可不能像原来你一个人在永川那样随随便便的了。方舟说是你表姐，其实和你又没有血缘关系，所以你一定要注意，知道吗？"

祝五一点头："知道。"

祝槿玉看着他脖子上的月亮石："你的穿着打扮也要注意，你一个男孩子，挂那么多首饰干什么？"

"这叫月亮石，可以安神的。戴上它，心就可以静下来，就可以睡得香了。"见祝槿玉面露怀疑，祝五一说，"真的，姨妈，要不你试试？"

祝槿玉摆手拒绝，移开话题："你工作的事情，我跟你姨父商量过了，他的意思是让你继续上学，毕竟现在是一个重视学历的社会。"

祝五一连连摇头："啊？我可不想再上学了。"

祝槿玉有点不高兴："你不抓紧学点本事，你说你将来能干什么啊！"

祝五一想了想，问道："我姨父他们公司是干什么的呀？他们那么大的公司，让我干点什么都行啊。"

祝槿玉说："他们大道公司主要投资房地产。房地产你学过吗？"

祝五一摇头："他们有没有那种出力气凭感觉就行的工作？"

"有！建筑工地上的小工出力气就行，你干吗？"

祝五一顿时语塞。祝槿玉看着他，忽然有些心疼。她放缓语气说："你先休息，工作的事，回头我再跟你姨父商量一下。"

祝五一随口答应着，将一只相框摆上床头柜，照片中的祝槿澜笑容开朗。祝槿玉被那笑容击了一下，几乎不敢正视……

祝槿澜乞求地看着祝槿玉。祝槿玉沉默不语。祝槿澜眼里的乞求转为绝望，转身离去……

讨厌

天亮了。祝五一从床上起来，拉开窗帘，外面下着小雨。他看了看窗台，眼睛立即瞪大了——玻璃箱里空荡荡的，小蜥蜴不见了。

他打开窗户探头查看，看到小蜥蜴沿着外墙向上爬，祝五一皱着眉头嘟囔了一句“讨厌……”，小蜥蜴摇动着尾巴继续向上爬，很快便消失在屋顶。

祝五一匆匆跑进后院，四处张望——后院墙根处，孤立着一间老旧的小屋，小屋的墙边上立着一把梯子。他连忙过去，搬走梯子，没有注意到，小屋的房顶上有位老人……

祝五一回到前院借助梯子爬上屋顶，却不见小蜥蜴的踪影。正疑惑时，忽听楼下传来方舟的一声尖叫。

方舟站在自己的卧室中央，一动不动，紧张的目光斜向肩头。小蜥蜴趴在她肩头，吐着舌头。祝槿玉和陈阿姨站在门口，都不敢靠近，只是大惊小怪地比比划划：“别动，你千万别动！”

方守道进来，顺手抓起墙角的一罐杀虫剂，大声对方舟说：“你把眼睛闭上，不要呼吸！”

方舟屏息闭眼。眼看杀虫剂即将喷出，祝五一赶到了。他拦在方守道身前，大步走向方舟，从她肩头一把抓过小蜥蜴：“别喷呀，一喷不把它喷死了！”众人皆目瞪口呆。祝五一只顾安抚蜥蜴，“吓坏了没有？行了行了别害怕了。”

方舟惊魂未定。祝槿玉醒悟过来，大声指责：“谁吓坏了？你看看你把谁吓坏了！”

祝五一这才抬眼看了看方舟：“你没吓坏吧？其实它不咬人。真的，你咬它它都不咬你，不信你看……”

他把小蜥蜴递过去，试图让方舟感受一下它的温顺。方舟连忙闪开，怒喝一声：“讨厌！”

祝五一惊讶地看着她：“你怎么知道它叫讨厌？”

早饭后，祝槿玉叫住正准备去报社上班的方舟，说："我跟你爸商量了一下，想介绍五一去你们报社当记者。你们报社招聘记者，有什么特别的要求吗？"

方舟有些惊讶："祝五一？他当记者，有没有搞错？"

祝槿玉掩饰着不快："怎么，他不行吗？"

方舟说："记者可不是谁都能当的，他什么学历，学什么的？"

祝槿玉底气不足："大专。污水处理。"

方舟摇头："那不行。"

"记者要什么学历呀？"

"至少大本。"

"那编辑呢？"

"当编辑他更不够格啦。"

祝槿玉不甘心："那你们报社还有别的什么工作适合他干吗？"

方舟没好气地说："他当总编辑也许行！"

祝槿玉叹了口气："五一再怎么说也是家里人，他没工作，整天在家里呆着更没人管他啦，他有个单位有点事业，人也就会慢慢成熟了。"

"那干吗非得去报社呀？"

"让他去你爸爸的公司，我怕大家都不敢管他。去你们报社吧，至少还有人能管他。而且那儿还有你，你可以多帮助他呀。"

"我可惹不起他。他要是到了我们那儿……我们那儿也没有他能干的工作呀！除非让他去当发行员，他干吗？"

祝槿玉怔住了："发行员？"

祝五一随即被叫进客厅，面对方守道和祝槿玉询问的目光，他有些茫然："发行员是干吗的呀？"

方守道说："发行员，就是每天骑车去送报纸，你干吗？"

祝五一眼睛一亮："骑车？骑车我拿手呀，我干。"

祝槿玉无奈地看着方守道。方守道看着祝五一，眼神里似有欣赏，正要开口说什么，后院忽然传来陈阿姨大呼小叫的声音："老左，你一直蹲在房顶上淋雨呀？谁把你梯子撤了呀？"

"梯子？糟了……"祝五一转身跑了出去。

“哎，五一，跟你说正事呢……”祝槿玉追到门口，祝五一已不见踪影。她看着方守道，满脸无奈，“太不懂事了。”

方守道安慰道：“年轻人莽撞一点可以理解，慢慢来，我看五一这个性子，是块可塑之材。”

既解精神之渴，又解身体之渴

祝五一穿着一件印有“中都时报”字样的马甲，跟着罗站长从发行站里出来，向堆放在门口的几大桶纯净水走去。

“……不许迟到，不许早退，进入客户家要先戴鞋套。否则，客户一旦投诉，是要扣你奖金的，你记住了吗？”

“记住了。哎，罗站长，咱们不是发行报纸吗，怎么改送纯净水啦？”

“这也是咱们发行站为社会服务的一项业务。咱们是既送精神，又送物质，既解读者的精神之渴，又解读者的身体之渴。”

他们走到一辆三轮车跟前。罗站长拍拍车座：“怎么样，这车会骑吗？”

祝五一满脸失望：“啊？骑这个呀？”

晨昏交替。祝五一无精打采地蹬着三轮车，在大街小巷来回奔波，几天下来，便已疲惫不堪。

这天晚上，祝五一陷在卧室的沙发里，呆呆地盯着电视。祝槿玉心疼地安慰他：“少年不吃苦，老来事无成。你姨父说了，这是有意锻炼你！”

祝五一抬抬眼皮：“这得锻炼多久啊？”

“这才几天呀，你就烦啦？你先干着，要干还得干好！听见了吗？”

祝五一有气无力地应了一声。祝槿玉正要走开，又想起什么，返身叮嘱他：“你每天送水上街，要是遇到什么新鲜事，就给方舟打个电话。”

“给她打电话干吗呀？”

“她是记者，需要新闻线索呀。”

“新闻线索？她自己不会找呀。”

“不是一家人吗，互相帮助呀。”

祝五一翻翻眼睛：“一家人？我跟她又没有血缘关系。”

“有没有血缘关系也是一家人。你应该主动对她好，听见了吗？”见祝五一闷声不语，祝槿玉提高声调，“听见了吗?!”

祝五一这才应了句：“听见了。”

要找记者的人，通常不会轻易杀人

祝五一蹬着三轮车穿过大街。一辆警车从他身后呼啸而过。他转过一个路口，见前方几辆警车堵住路面，很多人围在道路两旁驻足观望。

他停下车，好奇地挤到警戒线前，向前张望，顿时大吃一惊。只见一个黑衣男子倚在墙角，一只手紧紧勒着一个年轻女子的颈部，另一只手握着尖刀，刀刃对准了她的喉头。歹徒非常紧张，汗流满面，持刀的手不住地哆嗦。女人质表情痛苦。在他们对面，一个老警察谨慎而缓慢地向前移动。

歹徒大声喝道：“退后！”

老警察站住了，用商量的口吻说：“你到底想干什么，咱们谈谈，好不好？”

歹徒大喊：“你给我退后！”

他用力勒了一下女人质的脖子。女人质气息惊恐，无力挣扎。老警察连忙后退两步：“好，我退后，你不要伤害人质！”

歹徒继续大喊：“快把记者叫来！”

“我们已经打电话通知了记者，他们正在赶来的路上，你别着急。你有什么要求，咱们可以先谈谈。”

“我不跟你们谈，我只跟记者谈。快去叫记者！”

“你跟记者谈和跟我们谈是一样的……”

歹徒粗暴打断：“你别废话！你给我听着，我再等五分钟，记者要是还不到，你们就后悔去吧！你给我退下去！再退！”

老警察无奈地后退。围观群众一阵骚动。警察们一边维持秩序，一边紧张地注视着现场。一个负责现场指挥的警长手持对讲机，正在低声部署。高处，两个狙击手已悄悄就位，用瞄准镜对准了歹徒。

另一条马路上，堵塞的车辆排起了长龙。一辆中都时报的采访车身陷其中。方舟、萧原和韩振东坐在车里，表情焦急却无可奈何。韩振东自言自语："农民工讨薪？不对，讨薪都是爬塔吊，干吗劫持人质呀？"他扭头问萧原，"萧主任，您认为会是什么事呢？"

萧原不理他，只是焦急地看着前方的路况。韩振东转头又问方舟："方舟，要不咱俩赌一把，看看到底……"

方舟打断他："你怎么什么都赌呀！也不分个时候！"

韩振东还想说什么，萧原忽然开口了："韩振东，你下去看看怎么回事。"

"这还用看，塞车呗。"

"塞车我看不见吗，我让你看看前面到底出了什么事。"

萧原表情严肃语气坚决，韩振东只好打开车门，不情不愿地下车去了。不一会儿，韩振东回到车里，向萧原汇报情况："两车剐蹭，谁也不肯让谁。等他们吵完了，那边是死人是击毙，估计也该散场了。"

萧原刚要开口，方舟的手机响了。她接起来，有点厌烦地说："五一，我现在很忙……什么？你在哪儿？哪个现场？你带相机了吗？好，你先帮我们拍几张照片，拍清楚点。"

方舟挂断电话，萧原立即问道："谁在现场？"

方舟说："我表弟。"

祝五一挂了电话，奋力挤到警戒线前，举起相机对准了歹徒和女人质。人群涌动，镜头不稳，歹徒和女人质在取景框里晃来晃去。他按下快门，查看一下拍摄效果，并不满意，又举起相机继续拍摄。一个警察忽然闯进取景框，指着他喊道："别拍了。说你呢，别拍了！"

祝五一放下相机的瞬间，发现警察身后的歹徒似乎也在注意地看他。

在警察干预下，围观群众纷纷后退。祝五一随着人群向后退去。他转过身，露出衣服背面的四个字——中都时报。他退了几步，转过身再次举起相机。晃来晃去的镜头里，歹徒忽然伸出手，指着他大吼：“你，过来!”

围观群众一阵骚动。祝五一浑然不觉，他按下快门，然后低头查看拍摄效果。

歹徒再次大吼：“那个记者，叫他过来!”

祝五一抬头四顾，才发现所有人都在注视着他。他呆呆地站着，不知所措，直到一个警察过来，把他带到警长身边。

警长低声问他：“你是中都时报的?”祝五一点点头。警长面露欣喜，“太好了！希望你协助我们，去跟歹徒谈谈。”

祝五一愣住了：“啊?”

“你别紧张，要找记者的人，通常不会轻易杀人，估计他是想申诉什么事，所以危险不大。”

“可我不是……不是记者。”

警长指着他马甲上的“中都时报”字样：“你不是中都时报的吗?”

祝五一结结巴巴：“我是……我不是……”

“你是中都时报的不是?”警长打断他，祝五一点头。警长说，“是就行，你上去就说你是中都时报的。”

围观群众忽然一阵惊呼。祝五一和警长转头看去，歹徒勒紧了女人质的脖子，尖刀逼近。女人质徒劳地挣扎。一名警察手执扩音喇叭，大声劝说：“我们正在请记者过来，你先把刀松开，我们保证不开枪。你保证人质的安全，我们就能保证你的安全!”

歹徒大喊：“我看到记者了！是你们把他拦住的。你们别拦着他，让他过来!”

警长看着祝五一，语速加快：“你看，他已经把你当成记者了，不会怀疑的。你上去就问他什么事，你听他说，他要求什么你先答应下来，只要他把人质放了，听明白了吗?”

祝五一下意识地点点头。警长推着他向前，继续交代：“好！你慢慢走，沉着！我们保证你的安全，他只有一把刀，你别靠太近他就伤不着你!”

祝五一迈开步子，懵懵懂懂地向前走去。在他的身后，围观群众议论纷纷：有人上去了！是个记者！不可能，这时候肯定不让采访，肯定是公安的便衣。

歹徒向走近的祝五一大声喝问：“你是记者，还是公安的便衣?”

祝五一鼓起勇气，指着胸口的“中都时报”字样：“你看，我是记者!”

歹徒把尖刀逼近女人质的脖子，作势割喉：“你别骗我！”

“我真是记者！你有什么话就跟我说，你先把人放了！”

“你过来，走近一点！快点！”

祝五一犹豫一下，快速回头，想看看警长，但未看清。他继续向前走了几步，距离歹徒大约还有三四米时，他站住了。他忽然感到有些恍惚，身体微微摇晃。他稳定住了身体，抬起头直视歹徒。歹徒也直视着他，表情凶狠，目光逼人。

这一刻，四周的声音仿佛突然放大。一片混混沌沌的杂音充满耳鼓：围观者嗡嗡嗡的议论声，远方此起彼伏的汽车喇叭声，附近一个建筑工地上传来的嘭嘭嘭的汽锤声……

祝五一忽然双耳失聪。他看到歹徒的嘴一张一合，声音却被周围的嘈杂淹没，只剩下一些断续不清的只言片语，如同若隐若现的天外回声：“……新闻价值……报纸上……十几万……”

祝五一身体僵硬，大汗淋漓，不知所措。歹徒终于停止张嘴，目光狰狞地看着他。他刚想说点什么，歹徒的嘴又动起来了，声音仍然时断时续：“……记住了吗……我马上投降……”

投降投降投降投降……祝五一的耳鼓里不断反复着这两个字。他连忙点头，以示赞同。

警察们紧紧地盯着他的背影，却听不见他们如何谈判。高处，狙击手的手指不离枪机，只等警长一声命令。警长面色严峻，眼睛一刻不眨地注视着事态发展。

在歹徒逼视下，祝五一终于拼命挤出一句完整的话：“好，你投降，你把她放了，你要我怎样……都行！”

在他耳鼓里，他自己说的话也如同天外回声。

歹徒死死地盯着他，随后绽开一个奇怪的笑容。他还来不及品味这个笑容的含意，歹徒已经把尖刀往地上一扔，双手举过了头顶。女人质软软地瘫倒在地上，警察们一拥而上。

祝五一呆呆地站着，他想要走开，却发现自己挪不动脚步，听觉却突然恢复了正常，他听到身后传来警察的喊声：“请大家不要围观，都散开！”他回过头，看到警察正在驱散围观人群。不远处，刚刚赶到的萧原正在向一个警察询问什么。方舟的目光远远向他投来，说不清是惊讶还是关注。这时他才发觉，冷汗已经模糊了他的视线。

警察押着歹徒从他身旁走过。歹徒挣扎着回过头看他，再次向他绽开了一个奇怪的笑容。他呆呆地看着歹徒，猜不出那个笑容究竟是憨厚，还是狠毒。

大难不死

蒋春生驾驶采访车向报社开去。祝五一坐在车里，惊魂未定。方舟在他身后，不动声色。韩振东则喋喋不休：“警察真够离谱，把你一个送报的当成记者给推上去了，简直是驱绵羊而攻猛虎啊。你没出意外，可真算是意外了。”

祝五一双手搓脸，仿佛还没从刚才的噩梦中走出来。

韩振东又说：“警察都跟你说什么了，你就这么不要命地冲上去了？是让你冒充记者现场采访歹徒还是……”

萧原打断他：“韩振东，你让他安静一会儿。”

韩振东讪讪地停止唠叨，很快又嘀咕了一句：“警察真够离谱的。”

汽车继续行驶。祝五一忽然想起什么，开口问道：“你们带我去哪儿?”

萧原说：“回报社。周社长要见你。”

“可我的三轮车还在那边呢!”

萧原把目光投向韩振东。韩振东目光闪烁，装傻地反应了一句：“啊?”

蒋春生停下车，韩振东嘟囔着下了车。

采访车继续前行，开进报社。祝五一从车里下来。他抬起头，扑入眼帘的是墙上那四个苍劲的大字——中都时报。

几个人走进社会新闻部时，编辑记者们纷纷站了起来，无数好奇的目光投向跟在萧原和方舟身后的祝五一。一个摄影记者将镜头对准祝五一：“笑一个。”

祝五一下意识地笑了一下。这个傻傻的笑容迅速被定格在镜头中。

崔哲迎面走来，冲他笑道：“小伙子行啊，大难不死，必有后福。”

祝五一继续傻笑，不知说什么好。崔哲主动握了一下他的手：“我叫崔哲，萧主任的副手。”然后向周围的人们大声吆喝，“大家都去会议室集合，周社长马上过来，给咱们开会。”

会议室里座无虚席，社长周自恒慷慨陈词：

“面对着持刀歹徒，能够临危不惧，从容不迫地化解危机，这完全可以称得上是英雄壮举！这也说明你们社会新闻部平时工作扎实，对年轻记者的培训做得到位，所以到了关键时刻……”

崔哲小声提醒：“周社长，他不是我们部的记者。”

周自恒愣了一下：“哦？那他是哪个部的？”

崔哲说：“他是咱们报社新来的发行员。”

周自恒兴奋起来：“发行员？好，咱们中都时报的发行员都能有这样的素质，更值得我们骄傲！我看，这件事情应该好好报道一下……”

会议室的门忽然被推开，韩振东走了进来，张望片刻，走到蒋丽丽身旁坐下。周自恒继续讲话：“萧原，你安排一下，这是个难得一见的突发事件，这事对我们中都时报的社会形象会有很大提升，这个宣传机会一定要抓住，用足！”

萧原还没开口，崔哲抢先回答：“没问题，这个采访我来做。”

韩振东在台下与蒋丽丽窃窃私语：“这不是给英雄去当苦力去了嘛。咳！那种三轮车，哥们儿十多年没骑了。”

蒋丽丽说：“我说你怎么一身臭汗呢，还以为你下农村采访去了呢。”

周自恒忽然打断他们：“韩振东，你有什么看法，不妨当众说说。”

韩振东抬起头，看到大家都在看他，便尴尬地笑笑：“没有没有。我觉得，周社长刚才的讲话真是深入浅出，基本上说出了我们的心声。”

周自恒问他：“我刚才说什么了？”

韩振东迟疑着：“您说……发行工作要好好总结经验，能出这样的人才……”

众人都笑了。周自恒也笑道：“看见没有？记者当久了就是容易油，所以还是要培养年轻人！”他转头问祝五一，“小伙子，你有什么想要说的吗？”

祝五一连连摆手：“没有没有。”顿了一下，转头问韩振东，“刚才不好意思麻烦你了，你把三轮车放哪儿了？”

大家又笑起来。周自恒愣了一下，也笑了。

散会后，崔哲立刻在会客室里采访了祝五一，韩振东坐在一边旁听。祝五一的讲述令他们非常意外："什么？那个歹徒说的话，你一句也没听清？"

祝五一说："当时心里有点乱，周围也特别乱，还有个工地嘣嘣嘣的……"

韩振东故作恍然："你当时是不是紧张得失聪了……呃，就是说，聋了？你现在感觉怎么样，耳朵里还有没有嗡嗡嗡的回声？"

祝五一有点不高兴："当时那场面你又不知道，换了你也不一定能听清。"

韩振东说："那可不一定……"

崔哲打断他："韩振东，你去给公安局打个电话，问问当时什么情况。"

韩振东瞪了一眼祝五一，出门打电话去了。

周自恒与萧原也在社长办公室里谈论着祝五一。

周自恒说："我看这个小伙子素质不错，当发行员是不是可惜了。"

萧原："您的意思是……"

周自恒："记者也可以从报社内部的优秀工人中选拔嘛。你面试一下，看看他能不能当记者。合适的话，就不要埋没人才。"

萧原点头："好，我立刻办。"

韩振东回到会客室，向崔哲汇报情况："我问了市公安局刑侦大队，他们也没听清歹徒说的话。"

"歹徒自己怎么交代的？"

"歹徒也没交代。警察说，不排除歹徒的精神方面有些问题。"

"为什么？"

"警察说，歹徒根本说不清劫持人质的动机，却很关心咱们如何报道这件事，多次要求看明天的报纸，说是要看看报纸对他这事是怎么描述的。他还口口声声说过几天会有人去救他。根据他的这些表现，公安局正在考虑给他申请精神疾病方面的鉴定。”

崔哲喃喃自语：“精神病？”

韩振东说：“我听说，有一种精神病患者就是这种表现，非常渴望被人关注，如果没人关注，他们就会制造极端行为来引起人们的关注，以达到内心的满足。”

崔哲愣了半晌，不知道说什么好。韩振东看了看他的脸色：“崔主任，怎么办呀？”

崔哲反问：“什么怎么办？”

“稿子怎么办？”

“按领导的意思办呀。”

“领导什么意思呀？”

“刚才开会你听什么去了，大做呀！”

韩振东还不明白：“怎么大做？就说歹徒是神经病？”

崔哲瞪他一眼：“我看你是神经病！”

韩振东闷闷地闭了嘴。在旁边无所事事的祝五一忽然开口道：“你们采访完了吧，我可以走了吗？”

话音未落，萧原推门进来，冲他摆手：“你等一下。”

萧原与崔哲低语几句，崔哲惊讶地看看祝五一，转而对韩振东说，“你可以走了。”

韩振东离开会客室后，萧原与崔哲开始面试祝五一。

萧原问：“你是本地人吗？”

祝五一摇头：“不是。”

“那你老家在哪儿？”

“永川。”

萧原愣了一下：“永川？你父亲叫什么？”

“我从小就没有父亲，我随我妈的姓。”

“你母亲……叫什么？”

“我妈叫祝槿澜。”

萧原面色隐隐一变……

回忆的目光穿过曲曲弯弯的石板小路，直到一个院子门口。门开了。祝槿澜一脸茫然地看着青年萧原。

崔哲代替萧原继续提问：“那现在，你家里就只剩下你妈妈了？”

祝五一说：“我家里，就只剩下我了。”

崔哲愣住了，不知说什么好。

萧原接着问道：“可以问问，你妈妈，她是怎么去世的吗？”

祝五一说：“我妈是淹死的，是不小心掉到河里淹死的。”

萧原一怔。凝神不语……

回忆的目光穿过青澜河畔拥挤的人群，映出一张张表情凝重的面孔。所有人注目之处，祝槿澜的尸体渐渐呈现出来。她浑身湿透，躺在草地上。苍白的面孔，睁大的双眸……

沉默片刻后，崔哲转移话题，继续提问：“你学过新闻吗？”

祝五一摇头：“没有。”

崔哲：“五个W，你知不知道是什么？”

“是个牌子？”见崔哲愕然，祝五一改口说，“噢，是个网址？”

崔哲冷笑：“知之为知之，不知为不知！你不知道就说不知道，别蒙！”

祝五一有点尴尬：“哦，那我不知道。”

崔哲说：“新闻有五个要素：何时，何地，何人，何事，何故。它们的英文都以W开头，所以叫五个W。懂了吗？”

祝五一点头：“懂了。”

“你以前写过文章吗？”

“写过呀。”

“写过什么？”

“作文。”

“那你看报纸吗？”

“报纸？看呀。”

沉默良久的萧原忽然开口：“你喜欢看什么栏目？”

“体育。”

“除了体育呢？”

“填字游戏。”

萧原和崔哲对视一下，知道再也问不出什么来了。

采编平台上，众人对那桩劫持案议论纷纷。亲历现场的韩振东显然是主讲。刘成问韩振东："那个歹徒你见着了吗？"

韩振东说："我们去晚了，没怎么看清，歹徒就让警察逮走了。不过，以前我见过另一个歹徒，跟这个差不多。"

"你见过哪个？"

"前年，一个歹徒在火车站劫持了一个出租车司机，你还有印象吗？"

"有点印象，怎么啦？"

韩振东故弄玄虚："还记得那个出租车司机是怎么跑的吗？"

刘成笑着说："别告诉我是你给救出来的啊。"

韩振东也笑："呵呵，那倒不是。不过那个案子教育了我，让我充分理解了一切反动派都是……"

刘成打断他："你先说说那案子怎么回事？"

看到几个同事感兴趣地凑过来旁听，韩振东立即抖擞精神。他清了清嗓子，用说书般的语调讲述："话说这凶悍的歹徒，身绑炸药，挟持着人质，口口声声要把车炸了，警察苦口婆心软硬兼施，他根本不予理睬。就在这万分危急的时刻，人质突然……"他忽然停下，卖了个关子，"欲知后事如何，且听下回分解。"

"你还会卖关子？你不说拉倒！"刘成转身要走，其他人也哄笑着正要散去。韩振东连忙拉住他们："哎，别走啊！我说！真没见过听书的比说书的还牛掰！"

刘成停下脚步："快说，人质怎么了？"

"人质突然说了句话。你猜他说了什么？"韩振东自问自答，"他说他早上吃坏东西了，肚子疼，得上厕所。"

刘成笑道："这时候他还顾得上肚子疼？"

韩振东又卖关子："你再猜猜歹徒什么反应？"

刘成瞪眼："快说！"

"歹徒一愣，然后很不耐烦地说，"韩振东学着歹徒的样子，夸张地挥挥手，"去吧去吧，快去快回啊。"

大家都笑了。韩振东接着说："事后证明，那个歹徒就是个精神病患者。我看，这次这个歹徒也差不多。要不怎么说祝五一那小子运气好呢，往那儿一站，什么都没干，歹徒就放下屠刀束手就擒了。"他叹口气，"唉！我怎么就没有这么好的运气呢？买了那么多年彩票，就中过一个五块的。”

大家又笑了。老编辑王长庆却不笑，他端着个大玻璃杯，冷眼看着韩振东。韩振东问他：“老王，你又有什么不成熟的看法？”

王长庆淡淡地说：“我没什么看法。”

会客室的门响了。韩振东看到祝五一走出来，立即闭上嘴。

祝五一路过方舟的座位，打了个招呼：“你坐这儿啊。”

方舟抬起头：“啊。你面试完了？”

“完了。让我回去等消息。”

祝五一走了。刘成惊讶地看看他的背影，又看看方舟：“这小子还真是人才，这么会儿工夫就把咱们的报花给弄熟了。”

方舟冷冷地说：“什么弄熟了？你是说爆米花吧。”

韩振东笑道：“刘成，方舟有个英雄的表弟呀，你不知道？”

方舟把目光移向电脑屏幕，不再搭理他们。

…”… 我不搬碍你什么事 ”

祝五一回到发行站，罗站长一见他便堆出满脸笑容，啧啧赞叹：“你小子真给咱们发行员长了脸争了光啦，你提前准备一下，下次发行中心开大会，你可能得给大家作个报告。”

祝五一问：“作什么报告？”

“英雄事迹报告呀。”

“算了吧，这事有什么好报告的。”

“哟，你还挺低调。”

“罗站长，今天还有活儿吗？我今天特累。”

“有呀，你小子行，当了英雄还不忘本职工作。那你去一趟七间房吧。”

“干吗去呀？几点了这都……”

“那儿有个小卖部，以前是咱们的纯净水临时发行点，押了不少空桶在那儿。

这都快拆了，也不见老板过来还桶，你过去看看是怎么个情况。”

祝五一不大情愿地点点头，蹬上三轮车，向七间房骑去。

到了七间房，祝五一一路打听着，拐进三十六条，向巷子深处骑行。一栋栋老旧的房子在他眼前呈现。墙上一个个“拆”字触目惊心。透过房与房之间的一线天，可以看到远处密集的高楼大厦正虎视眈眈地挤压过来。

巷子里大体空了，有人还在搬家，货车满载着家当穿过狭窄的巷子向外驶去。祝五一让开货车，继续前行。突然，一堆砖头如瀑布般从高处倾泻下来，他敏捷地闪开，砖头轰然砸在他刚刚停留的地面。他惊恐地抬头，只见一栋两层小楼的屋顶，几个工人正在盖房。一个工人连声抱歉：“对不起啊。”

祝五一喘着气，看着这栋还在加盖的小楼，余悸中又有些疑惑。

继续往前，果然看见一间小卖部，显然，它已经许久没有生意了。老板李树望坐在柜台里，无精打采地看着外面。祝五一说明来意，李树望指指墙角，一大堆纯净水空桶蒙满灰尘。

祝五一将空桶装上三轮车，随口问道：“师傅，你怎么还不搬呀？”

李树望语气生硬：“我不搬碍你什么事啦？”

祝五一愣了一下，悻悻地回嘴：“碍我什么事呀，你爱搬不搬。”

屋里忽然传来一个老人的声音：“树望，谁呀？”老人站在李树望身后的阴影里，她头发尽湿，上面还残留着一些洗发水泡沫。显然，她是个盲人，眼球一动不动，黯然无光。

李树望回过头：“妈，没事，你洗你的。”

李母又问：“怎么停水啦？”

李树望忽然骂了一句：“这不是他妈大道公司缺德嘛！”

祝五一手里的动作下意识地停顿一下。他抬起头，看到李树望正冲他发牢骚：“那么大公司干的事，比他妈小流氓都流氓。前两天停电，今天停水。停水停电老子也不搬，老子挑井水点蜡烛！没有过不去的日子！”

祝五一注意到柜台上有一支点了半截的蜡烛。他加快了手里的动作。李树望忽然问他：“小伙子，你住哪儿？”

“我？”祝五一犹豫一下，“我住附近。”

“附近？那你家也快拆了吧？”

祝五一还未回答，又传来李母的声音：“谁呀？”

“妈，没事，一个邻居。”李树望回过头又对祝五一说，“要是有人来拆你家，你就别理他……”

李母又问：“谁呀?”

李树望大声说：“妈，不是跟你说过了吗？是个邻居。”扭头又冲祝五一说，“我妈眼睛看不见，耳朵也背，你别见怪。”

李母继续问：“这儿还有人呀？不是都搬了吗?”

“妈，您就歇着吧，没您的事。”

“他是干吗的呀?”

“你管人家干吗的呢？邻居!”李树望继续对祝五一说，“小伙子，我告诉你，谁来轰你你都别搬。别怕！咱跟他们扛到底，看谁扛得过谁!”

祝五一正要解释，李母又插嘴：“请人家进来坐会儿吧。”

李树望不耐烦了：“妈，您不说话没人把您当哑巴。您别老插嘴了行不行啊!”李母终于没声了。李树望扭头对祝五一说，“你看，我这儿好久都没开张了，咱们都是邻居，也算是难兄难弟吧，你还不买点什么呀?”

祝五一摇头。李树望接着劝：“你干了半天活儿，肯定渴了。买点水喝吧。”

祝五一只好说：“行，来瓶水吧。”

李树望先拿出矿泉水，忽然想起什么，又从柜台里拿出了一包蜡烛：“你家也停电了吧？再买包蜡烛回家点去。点蜡烛多浪漫呀，把女朋友接来一起住……哎，你有女朋友了吧?”

祝五一摇头：“没有。”

李树望说：“赶紧找一个吧。蜡烛五块，矿泉水两块，一共七块。”

祝五一付了钱，随口又问了句：“这儿都要拆了，那边怎么还有人盖房啊?”

李树望一脸不屑：“还不是为了那点拆迁补偿费？多盖一间房，就多得点钱，小农意识。不过话说回来，这大道公司的钱，不赚白不赚!”

祝五一笑而不语，骑上三轮车走了。李树望的声音追在他身后：“小伙子，你千万记住了，要是有人来轰你走，你千万别理他，我陪着你!”

祝五一蹬着三轮车穿过巷子。路过那幢正在加盖的小楼时，他忍不住好奇，又看了一眼。出了巷子，只见巷口停着一辆汽车。他注意到车牌似曾相识——那是大道公司的司机左新光平时驾驶的汽车。

在祝五一看不到的一个角落里，左新光和工头莫长山正在密谈：“老莫，你让你的人赶紧，明天必须完工。”“明天？明天肯定不行。”“没让你们按百年大计那么盖，盖个空壳就行了。”……

天色已晚。马路上的车辆行人寥寥无几。经过一个十字路口时，祝五一下意识地转头看去，那个曾经让人惊心动魄的街角，从他的视线中慢慢滑过。白天发生在这里的劫持场面在他的眼前重新闪现，祝五一惊悚瞬间，定神再看时，街角如常，仿佛什么都未曾发生，仅仅一场噩梦而已。

与你为敌

祝五一回到方家大院时，方舟也刚刚回来，两人见面，都不发一言，默默穿过走廊，向各自的卧室走去。

吃晚饭时，祝五一发现餐桌上多了一位客人，正与方舟说笑。方守道向祝五一介绍道："这是光磊，大道地产公司总经理。"又向何光磊介绍，"这是我外甥祝五一，在中都时报当发行员，这才没几天，就成了英雄。"

何光磊笑着说："是啊，我刚听方舟说了，真不简单。"

祝五一不知所措地看了一眼方舟。方舟面无表情，岔开话题："爸，你们七间房的那个项目什么时候完工呀？我们报社几个同事最近总向我打听，他们都着急回迁。"

祝槿玉问："你们同事还有住七间房的？"

方舟说："我们报社的一座老宿舍楼也在这次的拆迁范围里。"

方守道说："我们已经给拆迁户都安置了过渡性住房，你让他们再耐心等等。"他转头问何光磊，"光磊，拆迁进展得怎么样了？"

何光磊说："还算顺利吧。大部分居民都安置到位了，目前只剩下三十六条那一片还有点麻烦。"

"什么麻烦？"

"还有一个小卖部老板死活不肯签拆迁协议。"

祝五一埋头吃饭，听到这里，他停顿了一下。

方守道问："他为什么不签？"

何光磊说："还不是漫天要价，听说那个人就是一个地痞无赖。"

"他想要多少钱？"

"不是钱的问题。我派人去看过他的小卖部，很小，一天也卖不了两包香烟一瓶矿泉水，可他非要我们在新社区里给他提供一个底层的商铺。这太过分了。"

"实在不行，答应他吧，工期不能等了。"

"董事长，这个口子可不能开。七间房同意搬迁的小店小铺不少，如果那些拆迁户知道我们花这么高的代价拆他的铺子，都一窝蜂跑回来要商铺，这个项目就麻烦了。"

方守道想了想说："我的要求很简单，第一，工期不能拖。第二，拆迁工作非常敏感，方方面面都很关注，你们千万不能给我惹麻烦。"

何光磊连连点头："麻烦不会有。我都是要求下面依法办事。"

祝五一忽然插了一句嘴："你们把人家的水电都给停了。"

餐桌上的人都愣住了。祝槿玉说："五一，姨父在谈公事，情况你又不了解，你别乱插嘴。"

祝五一低头吃饭，不再多言。

方守道与何光磊对视一眼。何光磊解释说："这个地方的人基本上都搬空了，水电本来也要停的。我再问问是怎么个情况。"

方守道说："停水停电要由市政部门决定，你们因为工程准备需要停水停电，也要先作安民告示，以理服人。做任何事只要符合规定，符合程序，就可以做。"

"是。现在就是这么掌握的。"何光磊说。他用隐含不满的目光在祝五一脸上扫了一下。

祝五一埋头吃饭，浑然不觉。

晚饭后，祝槿玉在祝五一的卧室里详细询问劫持案的经过。她不免有些后怕："以后碰上这种事别逞强，知道吗？"

祝五一说："我没逞强。"

"那你干吗要上去跟那个歹徒说话？"

"是警察让我去的，不去行吗？"

"你不去，警察还能用枪顶着你去呀，真是的！"

祝五一不说话了，继续给“讨厌”投食。

“那个萧主任有没有说，面试什么时候给结果？”见祝五一摇头，祝槿玉又问，“那你自己感觉怎么样？”

祝五一不耐烦地：“不怎么样。他们老问我那么专业的问题，我哪答得上来呀？”

祝槿玉沉默了。她看向窗外，见方舟正在送何光磊离开院子。望着两人的背影，祝槿玉若有所思，她把目光移向祝五一，轻轻地叹了口气。

离开祝五一的卧室，祝槿玉在门厅叫住送客回来的方舟：“方舟，你们萧主任有没有跟你说五一的面试情况怎么样？”

“没说，要是有消息，自然会通知他的。”

“那你估计呢，你觉得五一行不行？”

“您想听真话还是假话呀？”

“当然是真话啦，一家人说假话干吗？五一当记者肯定要有个学习的过程，你就说他有没有培养前途吧。”

方舟很干脆地说：“真话呀？没有！”

祝槿玉愣住了，有些下不来台似的。她闷闷不乐地回到卧室。方守道正在灯下翻看当天的报纸，祝槿玉说：“守道，五一的事，你能不能去找找中都时报的周社长？”

方守道看她一眼：“方舟当初要当记者，你不是挺别扭的吗，怎么现在又对记者这一行不反感了？”

“我是觉得，如果五一能跟方舟在一起工作，相互也能有个照应。”

“我看方舟跟五一好像有点话不投机。”

“孩子嘛，斗嘴挺正常的。再说他俩小时候不是挺好吗？青梅竹马的……”

方守道打断她：“我看五一也不一定适合当记者，就算当上了，要是干不了反而难受，你就别赶鸭子上架啦。”

祝槿玉叹了口气，无话可说。

周自恒在报社的电梯里遇到了崔哲，崔哲借机向他汇报了对祝五一的面试情况：“这个小孩吧，看起来情况还有点复杂。”

周自恒皱眉道：“怎么复杂？”

崔哲说：“用，有用的道理，不用，也有不用的原因。虽然他只有大专学历，又没有任何业务基础，不过，听说他是大道公司老板方守道的外甥，方守道又是报社的广告大客户，跟咱们报社的关系一直不错……”

周自恒打断他：“广告归广告，新闻归新闻，不要混为一谈。你们不用考虑这层关系。如果方守道说情，到时候再说。”

“如果暂时不考虑这层关系，萧主任肯定不会用他的，这个可以肯定。”

“记者每天都要跟方方面面的人物打交道，代表着报社的形象。基础太差的就不要勉强用，用了也麻烦。”

崔哲点头：“好的。我会把您的意见跟萧主任说。”

周自恒回到社长办公室。他意外地看到，萧原已经在门外等他了。周自恒将萧原让进办公室，一边倒水，一边问道：

“刚才听崔哲说，你们对那个发行员的面试情况不理想。”

萧原没有回答，只是反问：“你还记得那个祝槿澜吗？”

“祝槿澜？”

“二十年前，永川，教育局的那个会计。”

周自恒倒水的动作停在半空，气氛霎时有些凝重。

与周自恒深谈之后，萧原回到家中。夜已深，萧原却难以入眠。他在灯下打开一个页面发黄的笔记本，取出夹在扉页里的一张照片的复印件——这是祝槿澜和童年祝五一的合影。萧原看着照片，思绪穿越了二十年……

回忆的目光穿过曲曲弯弯的石板小路，直到一个院子门口。门开了。祝槿澜站在门里，她看着青年萧原，一脸茫然。

……

小旅馆的走廊。祝槿澜乞求的目光迎着青年萧原。萧原冷冷地看着她。终于，祝槿澜绝望地转身离去……

周自恒的声音回响在萧原耳边：“……你是社会新闻部主任，按照社里的规定，聘用一个记者是你的权力。但我要提醒你，早晚有一天，这个年轻人会知道一切。那时候，他肯定会恨你，与你为敌！”

萧原痛苦地闭上了双眼。

笑脸墙

晨光中，报社大厦傲然挺立。大门外的阅报栏前，路人三三两两，驻足浏览着一份《中都时报》，祝五一傻笑的照片占据了头版，照片一侧的标题同样醒目：《本报员工临危不惧　挺身而出劝降歹徒》。

阅报的路人渐渐走开，一个女人的背影显现出来，她在阅报栏前久久驻足。

社会新闻部的记者编辑们陆续走进会议室，七嘴八舌地猜测着这个临时会议的主题。

崔哲敲敲桌面："都别说话了，现在开会。萧主任有事要宣布。"

会议室里安静下来，所有人都把目光投向萧原。萧原大声说："今天，我要向大家介绍一位新同事，他就是中都时报社会新闻部最年轻的记者——祝五一。"

人们纷纷移动视线，他们看到，祝五一从一个角落站了起来，神情局促。方舟惊呆了，所有人都惊讶地沉默着。韩振东最先作出反应，率先鼓起掌来。会议室里随即响起一阵稀稀拉拉的掌声。方舟没有鼓掌。她看看萧原，又看看不知所措的祝五一，似乎搞不明白究竟发生了什么……

短暂的会议结束了，萧原亲自带祝五一熟悉社会新闻部的环境。他在一面墙壁前停下脚步，墙上张贴着许多照片。萧原、崔哲、方舟、韩振东和王长庆等人都在其中笑容绽放。

萧原介绍道："这叫笑脸墙。每一个曾经在这里工作的人，都会留下他的笑脸。"

祝五一惊叹道："哇噻，咱们社会新闻部有这么多人呀？"

"有很多人已经退休，或者去了别的地方。"

"那为什么还留着他们的照片？"

"这是咱们部门的传统。一个人，除非犯了严重的过错被报社开除，否则，他的照片将在这面墙上一直保留，以表达我们的尊敬和铭记。"

摄影记者拿着祝五一的照片走了过来："主任，现成的。"

韩振东赶紧搬来一把椅子，登高将祝五一的照片贴上笑脸墙。

祝五一看着自己的笑脸融在众多前辈的笑脸中，面色渐渐庄重起来。

刘成看看照片上祝五一憨厚的笑容，将韩振东拉到一边，低声问："哎，你觉得，祝五一实习期满了以后能转正吗？"

韩振东说："要不咱俩赌一把？一百块，就赌他能不能转正。"

"好，我赌他不能。"

"我赌他能。"

刘成笑着说："呵呵，咱报社的门槛你也不是不知道，你就等着输钱吧。"

韩振东也笑："那可不一定。你怎么也不想想他是谁呀？他是方守道的外甥。方守道又是谁呀？是咱们报社的广告大客户。他的外甥能转不了正吗？"

刘成怔住了。韩振东面带得意回到座位上，翻开当天的报纸，又从口袋里掏出一张彩票，与报纸上刊登的中奖号码核对了一下，失望地摇头。

参观完工作环境，萧原将祝五一带到主任办公室，亲自给他上了第一堂培训课。

"新闻工作的最高准则，就是真实！真实是新闻的生命。可以有不说的真话，但一定不说假话。新闻的第二条准则：建设性。新闻报道要达到的目的，应该是建设，而不是破坏。是要使水变清，而不是把水搅浑。是为了使事情向好的方向发展，而不是向糟糕的方向恶化。"

祝五一认真地倾听，不时在本子上记录。萧原继续讲解道："第三条准则：与人为善。对于一名新闻记者来说，对他人，要始终抱有善意，而不是故意揭人伤疤。"

祝五一停下笔，问："要是有人做了坏事，他让别人痛苦，我们就不能让他也痛苦吗？"

萧原说："一个人做了错事当然要承担责任，但是，舆论监督也要把握两个原则，第一是不夸大事实，第二是不伤及无辜。"

祝五一疑惑地："不夸大事实，不伤及无辜……"

"不夸大事实，就是说，不能为了追求公众的关注效果，故意把三分错夸大成七分。不伤及无辜就是，如果犯错的人是你，而你的亲朋好友并没有责任，就要尽量避免他们因为新闻的报道而受到伤害。"

"哦。那我现在……现在首先应该去学什么？"

“新闻四门功课，采写编评，你可以在今后的工作中慢慢学习。现在，你首先要学的，是去新闻热线值班室，你要在那里锻炼基本的新闻判断力。”

“热线值班室？具体干什么呀？”

“接听读者打来的热线电话。”

祝五一怔住了：“啊！接电话？”

1号接线员

祝五一来到了新闻热线值班室，接线组长蒋丽丽给他指定了一个位置：“你坐这儿吧，哎呀，让英雄来接线，这不是屈才嘛。哎，你是叫祝五一是吧？”

“领导和长辈叫我祝五一，同辈的都叫我老六。”

“哟，那我还不能叫你大名了，一叫你大名，我就成大妈了。”旁边的几个接线员都笑了。蒋丽丽收住笑，对祝五一说，“接线工作说起来简单，也就是接接电话，作作记录什么的，可有时也挺烦的，慢慢你就知道了。反正你记住了，接线的时候，一定要有礼貌。我先给你作个示范。”

蒋丽丽拿起电话，开始示范：“欢迎致电中都时报，1号接线员为您服务。”

祝五一学着说了一遍。

“对。就是这样，态度一定要好。有时候遇到不礼貌的读者，一定要耐心，他说脏话也不能还口……”

“骂不还口，打不还手。”

“打倒打不着你。不过也难说，你要骂了人家，人家还真说不定找上门来打你。从某种意义上说，接线员就是得做报社里最有涵养的人。”

祝五一疑惑地问：“从哪种意义上说？”

“某种意义。”

“某种是哪种啊？”

蒋丽丽答不上来，有些尴尬：“你较这个真干吗？我的意思是接线员代表着报社的形象，因为很多读者第一次跟报社接触就是通过我们。所以我们的态度，从某种……”她停顿一下，接着说，“就是报社的态度。”

祝五一眨着眼睛：“哦。”

蒋丽丽又说：“你得先有个编号……你就叫1号吧。”

祝五一又问：“为什么？”

“这是我的编号，你先用着。”

“那你用什么呀？”

蒋丽丽拿起报纸：“我先不用，我在旁边指导你。”

祝五一开始上岗了。他一边接听电话，一边在本子上作记录：“哎，你能不能说慢点？你等会儿啊，我先记一下。”他在本子上匆匆记了几笔，又说，“好了，你接着说……什么？刚才我没听清楚，你再重复一遍。”对方说了些什么，他恼怒起来，“你才废物呢。你个大废物！我什么态度？你什么态度，我就什么态度！凭什么告诉你我叫什么呀，不是都已经告诉你我是1号接线员了吗？”对方显然爆了粗口，他更加恼怒，“你说什么？你是大便！”

祝五一猛地挂断电话，转头看到蒋丽丽正目瞪口呆地看他，便指着电话骂了句：“神经病！什么素质！”

蒋丽丽问：“怎么回事呀？”

祝五一气愤难平：“组长，我不做1号了，你给我换个代号吧。”

“为什么？”

“他说1号是茅房。”

蒋丽丽哭笑不得：“我当1号那么久也没人说我……好吧，你想要几号？”

“我外号叫老六，就6号吧。”

蒋丽丽爽快地说：“行，就6号。哎，你为什么叫老六啊？你家有六个孩子？”

这下轮到祝五一哭笑不得：“不是。我家就我一个，我叫五一，五加一等于六，所以叫老六。”

蒋丽丽笑了，她拿起手边的报纸：“老六，报纸你看了吗？”

“没有。怎么啦？”

“我就想问问你，你当时是怎么劝歹徒放下屠刀的？”

“我没怎么……报纸上怎么说的呀？”

“报纸上说你很厉害，可就是不说你怎么就这么厉害。”

祝五一接过报纸，看到自己的照片被刊登在醒目的位置，通栏标题同样醒目：《本报员工临危不惧　挺身而出劝降歹徒》。他仔细看看，突然说了句："不是啊……这谁写的呀?"

"崔主任写的。怎么，写得不对吗?"

祝五一沉着脸，一言未发，拿起报纸走出去，与刚刚进门的韩振东擦肩而过。韩振东看了看他的背影，扭头问蒋丽丽："丽丽，有什么好线索吗?"

蒋丽丽说："我没接线，老六帮着给接的，你自己看看吧。"

韩振东接过新闻线索记录本，翻看着，突然笑了："听着啊，我给你们念一条。"他开始朗读，"厨房起火了，我已经死了，被救护车拉走了。"

蒋丽丽疑惑地过来看，韩振东说："老六不会是见鬼了吧。人都死了，还能打电话来爆料，哈哈!"他继续翻看新闻线索记录本，又笑了，"你们听听：一辆拉着三个问号的卡车翻了，着大火了。"

蒋丽丽茫然："问号？拉着什么问号呀?"

"我也正纳闷呢。可他就是写了三个问号呀。"韩振东转头问接线员小张，"咱们打个赌吧?"

小张问："赌什么呀?"

"就赌他写的这三个问号是什么东西。输了的请吃冰淇淋，行不行?"

"你先说吧，是什么呀?"

"我猜是煤气罐。你呢?"

"我猜……汽油桶。"

韩振东想了想，说："不对呀，咱们说的这两样东西，他都应该会写呀。"

小张也说："是啊，那到底是什么东西呢?"

韩振东看着记录本里的三个问号，百思不解。

例行的选题会后，几个记者离开了萧原的办公室，方舟却未离开，她迟疑再三，终于问出了口："萧主任，祝五一当上记者，是不是我爸……"

她不知该如何表达，正在措词时，萧原已经把话接上："你爸没打过招呼，是我决定让祝五一加入的，没有任何人打过招呼。"

方舟显然感到意外："那么，您认为……"

"我认为他很有潜质，可以培养。"

方舟疑惑地看着萧原："潜质?"

祝五一手持报纸，在走廊上堵住了正要外出的崔哲：“崔主任，这，这写得都不对呀！”

崔哲瞟了一眼报纸，很不高兴：“那你告诉我，这稿子应该怎么写？”

祝五一说：“您实话实说不行吗？”

崔哲冷笑：“实话实说？你的意思是，我跟读者说你当时吓傻了，什么都没听见？”

祝五一急了：“不管怎么说，当时我根本就没跟歹徒说那么多话呀。”

崔哲没好气地说：“要不是为了宣传咱们报社的形象，我也没兴趣把你捧成大英雄。你别不知好歹了，没事偷着乐去吧。我要按照你实际的样子写，你连狗熊都不是！”

崔哲言毕扬长而去。

祝五一愣怔片刻，满脸沮丧地回到值班室。韩振东凑过来，指着新闻线索记录本问他：“请教一下，你这三个问号代表什么呀？”

祝五一看了看记录本：“聚乙烯。”

韩振东冲小张撇了撇嘴：“行了，谁都没赢，谁也没输。”

祝五一左右看看，莫名其妙：“你们干吗呢？”

疑点——感谢信

办公室里安静下来，萧原从抽屉里拿出了几封陈旧的信件与一个笔记本。他把笔记本慢慢打开，里边夹着一张照片，照片的背景像是一个仪式，两个男人正在热情地握手。这张泛黄的照片将萧原的思绪带回了当年……

二十年前的一个签约仪式上，某出版社领导和作家吴润安在协议上签字之后，站起来握手，面对着一群记者的镜头。

出版社领导说：“吴润安老师是全国知名的作家，他把自己多年以来的著作交给我们结集出版，是我们莫大的荣幸。另外，吴老师特别提出，他的首印稿酬三十二万元委托我们全部捐赠给永川十里坳山区的失学儿童。对于吴老师的善举，我们深表敬佩。下面，我们请吴老师给大家讲几句话。”

吴润安接过话筒：“我自己就是在山里长大的，我去年曾经跟着政协考察团去过一次十里坳，看到那些山村失学的孩子，我就想到了我的家乡，我的童年。我认为，慈善应该成为我们社会的一个制度。”

台下一片掌声，青年记者萧原按下相机的快门……

萧原放下照片，翻开笔记本，半黄的页面上，三个大大的问号非常醒目，问号下面写着一行字：疑点——感谢信。

他看着那叠陈旧的信件，拿起一封打开，抽出已经发黄的信纸，当年的情景再次浮现在他眼前……

吴润安把一叠信件放在青年萧原的面前：“这是十里坳的孩子们给我写的信。你看，他们都已经复学了，学习成绩都不错。”

萧原拿起其中一封，仔细地看着……

萧原将目光投向手里的信封，落款上写着：十里坳小学　向小菊。这个曾经熟悉的名字，令他感慨万分……

十里坳小学校长办公室。老校长从这封信上抬起头来，对来访的青年萧原说：“向小菊？她早就辍学了。”

萧原有些惊讶：“她不是又复学了吗？”

“没有啊。谁说她复学了？”校长拿起萧原给他的名单，说，“你要找的这些孩子都是前几年辍学的，目前都还没有复学。”

“他们没收到助学捐款吗？”

“没有啊。前不久我们还去给孩子家长做工作，希望他们把孩子送回学校呢，没人说收到过捐款了呀。”

萧原惊讶不已……

砰的一声，办公室的门被撞开了。萧原惊回现实，他抬起头，看到一个年轻男子闯了进来，保安追在他身后拼命拦阻。

年轻男子甩开保安，看着萧原：“你是这儿的领导吗？”

祝五一走进主任办公室：“萧主任，您找我？”

萧原刚要开口，坐在一旁的年轻男子忽然站起来指着祝五一大声说：“没错，就是他，我一听声音就知道是他。”

祝五一反感地拨开他的手：“你是谁呀？”

“我是你们中都时报的一个读者。读者，啊！就是你们的上帝！”

“上帝？你有事吗？”

“有事吗？”年轻男子指着祝五一对萧原说，“看见没有，跟没事人似的。”又转脸对祝五一说，“你别在这儿装傻，你骂我是那什么你忘啦？”

祝五一莫名其妙：“骂你什么？”

对方迟疑一下，说：“大便。你是不是吃完就拉，拉完就忘呀？”

祝五一这才明白过来：“哦，你是那个人。是你先……”

萧原打断他：“祝五一，骂过没有？骂过就先道歉！”

祝五一不服气：“我凭什么道歉，他先骂我是茅房的，道歉也得他先道。”

萧原大声说：“祝五一，你先道歉！”

见萧原一脸怒容，祝五一很不情愿地对那人低声说：“对不起。”

对方侧着耳朵，装聋作哑：“你说什么？我听不见。”

祝五一突然冲他厉声喝道：“对不起！”

对方猛地打了个哆嗦。

经萧原好言劝慰，年轻男子终于消了气，萧原亲自将他送上电梯。回到办公室，萧原板着脸对祝五一说：

“我听来听去，好像全都是对方的错，你就一点错都没有吗？你辱骂读者，就是最大的错。”

祝五一辩解：“是他先骂我的。”

“是你记录速度太慢，他才生气的。所以，过错首先在你！”

祝五一无言以对。萧原放缓语气：“速记是记者的基本技能。你要当记者，必须掌握这门技能。”

祝五一低声回嘴：“不是有录音机嘛。”

“录音机可以没电，可以出故障，有些采访对象可以不同意你录音，那你怎么办？”

祝五一辩解：“其实我记得也不算太慢，是那个人说得……”

萧原立即从书架上拿起一本书：“我念，你记！”

祝五一手忙脚乱地找来纸和笔。萧原翻开书，开始朗读：“……一个池塘里，一辆汽车正缓慢地下沉，车里困着四岁的莱恩……”

祝五一打断他：“莱恩的莱是哪个莱呀？”

“草字头，下面一个来去的来。”

“恩呢，恩字怎么写呀？”

“恩情的恩，大恩大德的恩……”

这似曾熟悉的情景，令萧原再次思绪飘移……

十里坳村的一栋农舍里，两个孩子坐在小桌旁写字。在他们面前，青年萧原正在朗读一封感谢信：“吴爷爷，您的大恩大德我会记在心间，我一定好好学习，好好读书……”

女孩抬头问道：“叔叔，恩字怎么写呀？”

萧原停止朗读。他低下头看了看两个孩子面前的纸。女孩的纸上写着几行字，男孩的纸上却画着一只小鸡。

萧原问男孩：“你怎么不写？”

男孩小嘴一撇：“我不会。”

萧原怔住了……

祝五一看着因回忆而瞬间走神的萧原，问道：“萧主任，你怎么不念了？”

萧原回过神来，看了看祝五一的记录本，上面字迹潦草，不忍卒读：“记成这样了。我看，过两天连你自己都看不懂了。”

祝五一有点不好意思：“我手都酸了。”

“你要学会抓取句子里的关键词。比如，这句话你可以这样记：池塘，车，下沉，四岁，莱恩……”见祝五一听得并不专心，萧原叹了口气，“好了，你先回热线值班室，边实践边学习吧。”

祝五一走了，办公室里复又安静下来。萧原呆坐桌边。往事汹涌，向他袭来……

青年萧原把一叠感谢信摊开在周自恒的办公桌上。他有点激动：“孩子们根本没写过这些信，他们也根本没有能力写出这样的信。它们都是伪造的。”

周自恒感到事情严重，问道：“伪造？谁伪造的？”

“不知道。不过，目前可以肯定的是，那笔捐款已经被人贪污了。贪污它的人，就是伪造这些信件的人。”

“贪污？三十二万，这可是重罪呀！你有线索吗？”

“我问过出版社了。他们说，关于吴先生著作稿酬捐赠的事，他们当初是委托了永川教育局代办的。永川教育局的态度非常积极。很快就将受捐孩子的名单通过传真发给了出版社。出版社又传给了吴先生。征得吴先生同意后，出版社就把这笔钱汇给了永川教育局，委托对方分发给十里坳的受助对象。他们还出示了当时的汇款凭证。”

“那永川教育局怎么说？”

“他们说，收到出版社方面汇来的捐款之后，他们立即指派专人把捐款分寄给了受助对象。那些学生家长还在收据上签了字。”

“会不会是家长们收了钱没让孩子们复学？”

“不可能。我专门去找了那些学生家长，他们基本上都是文盲，根本不会写字。那些收据上的签名也是伪造的。”

萧原抽出其中的一封感谢信，情绪激动地说：“就拿这个向小菊来说，我找到她家时，这个只有十岁的小女孩正在喂猪。她的父母根本没有收到过捐助，她也没写过什么感谢信。听老师说向小菊成绩很好，向小菊的父母也说孩子渴望读书，可惜家里穷，只要拿到捐款，就一定让孩子去读书。”

周自恒震惊了，他仔细地看了看桌上的那些感谢信：“也就是说，只要找到寄信的人，就有可能查到那笔钱的下落。你想好怎么查了吗？”

萧原摇了摇头。

周自恒又看了看信封：“邮局，信封上是哪个邮局的邮戳？”

所有的信封上都标示着同一个邮戳：永川　十里坳……

青年萧原在十里坳邮政所找到了年轻的邮递员小程。

小程看了看信封，回忆一下，说：“好像是一男一女寄出的。前后来了三次。当时我还有点奇怪，他们怎么连着几天都来，怎么寄出去这么多信呢？”

萧原问：“他们是这附近村里的人吗？”

“不是。看他们穿的衣服，应该是城里人。”

“你还记得他们长什么样吗？”

小程想了想，说：“女的三十岁左右吧，长得还不错。男的大概四十多岁，长什么样子我真说不好。要是看见他们，应该能想起来。”

萧原把一张照片交给小程。这是一张永川教育局全体工作人员的合影。小程仔细辨认之后，指向了祝槿澜：

“就是她。”

“你肯定吗？”

“没问题，就是她。”

萧原震惊……

你敢说真话吗

傍晚。一间环境优雅的西餐厅，音乐轻柔，何光磊和方舟边吃边谈。

何光磊似乎有点惊讶：“祝五一当上记者了？”

方舟闷闷不乐：“是啊。我们同事都认为是我爸找了社里领导。”

“据我知道，董事长也并不认为他有能力当记者。”

“可我们萧主任好像挺喜欢他的，也不知喜欢他什么。”

何光磊感叹：“这年头，审美眼光和价值标准全乱了。像你这种气质高雅的女孩没人关注，一个芙蓉姐姐却弄得万众瞩目。唉，美女掉价，丑女无敌。”

方舟笑道：“那就祝你找个心爱的丑女吧！”

何光磊也笑：“我还是审美吧。不学你们萧主任，赶什么审丑的潮流。”

祝五一下班回到家，祝槿玉照例事无巨细询问一番，听说祝五一当了记者做的却是接线员的工作，不免不满，祝五一搬出萧原的话，“接听读者电话也是锻炼记者判断能力的一个途径”，祝槿玉于是又叮嘱他好好锻炼，有问题多向方舟请教。

晚饭后，祝五一在前院练小轮车，少顷，他停了下来，查看了一下，发现小轮车的脚踏板有些松动。他试图用手紧一下螺丝，螺丝却很难拧动。祝五一四下看看，推车向后院走去。后院小屋的窗户里透出微弱的灯光，祝五一过去敲门。门开了，左林站在门里。

祝五一问："左伯，请问您有没有扳手？"

左林一言不发，转身去找工具。祝五一环视屋内，屋里陈设简陋：一张小床，一只柜子，一些浇灌园圃的工具……

左林找来扳手。祝五一接过来，道了声谢，却没有离开："左伯，上次的事，真对不起。"

左林疑惑地看着他。

"就是……梯子的事。"

"哦，没事。"

祝五一又好奇地看了看屋里的环境："左伯，您一个人住这儿，不闷吗？"

"不闷。"

"您有孩子吗，他们来看您吗？"

"孩子……忙。"

"那您以后有什么事需要帮忙，就叫我吧，我不太忙。"

左林沉默片刻，淡淡地说："好。"

祝五一走出门去，又想起什么，回身对正要关门的左林说："对了，左伯，我当上记者了。"

左林扶着半掩的门，沉默地看着祝五一。祝五一似乎急于向他倾诉自己的苦恼："可我什么都不会，我也不知道我能不能当好记者。"

左林凝视着他，忽然沙哑地问了句："你敢说真话吗？"

祝五一怔住了，一时不知如何回答。屋里的灯光从左林的身后倾泻出来，将他的轮廓勾勒得十分清晰，面容却隐在黑暗中。门无声地关上了。祝五一在暗夜中呆愣了一会儿，推着小轮车闷头往正屋去。小屋的窗内，左林一动不动站着，仿佛一尊雕塑，目送着祝五一走远。

"你去后院干吗？"

祝五一吓了一跳，循声看去，只见通往卧室的走廊上，祝槿玉正看着他，表情严肃。

"我小轮车的螺丝松了，去借扳手。姨妈，那个左伯是干吗的呀，怎么一个人住在那儿？"

"他原来是你姨父的司机，二十多年忠心耿耿的，退了休没人照顾，你姨父就让他住在家里。他喜欢清静，你以后别老去打扰他，听见了吗？"

“听见了。”

“刚才他都跟你说什么了？”

“没说什么。他好像不爱说话。”

“对，他不爱和别人说话。你姨父能用他二十年，就是因为他是一个不爱多说话的人。”

祝五一更加好奇，正要询问，祝槿玉打断他：“去休息吧。记住，没事别往后院跑。”

夜色已深，萧原仍然呆在办公室里。办公桌上摆着一份发黄的旧报纸，这是一份中都日报，一行通栏标题十分醒目：《巨额善款下落不明　假感谢信瞒天过海》。

萧原静坐于灯下，沉入回忆……

青年萧原奋笔疾书。

印刷机快速地印制出一份份《中都日报》。

《中都日报》张贴在阅报栏里，头版通栏标题是：《巨额善款下落不明　假感谢信瞒天过海》

……

回忆的目光穿过曲曲弯弯的石板小路，直到一个院子门口。门开了。祝槿澜一脸茫然地看着青年萧原。

萧原闭上了眼睛……

回忆的目光急促地穿过河畔拥挤的人群，映出一张张表情凝重的面孔。场面有些纷乱。寻找的目光继续向前。祝槿澜的尸体呈现出来。她浑身湿透，被打捞的人们抬到岸边的草地上，苍白的面孔，睁大的双眼……

当心有人弄死你

新的一天。接线员们正在热线值班室里忙碌地工作。祝五一的声音混在其中：“您好，欢迎致电中都时报新闻热线。我是6号接线员，请问我能为您做些什么吗……”他的态度显然比前一天温和很多，记录速度也快了起来。

蒋丽丽也正在接听一个电话：“欢迎致电……您等一下。”她把话筒交给祝五一，“找你的。口气挺横。”

祝五一接过电话：“你好。”

电话里传来一个阴沉的声音：“祝五一吗？”

这声音让祝五一后背发冷：“我是。请问你是……”

对方语气凶狠：“祝五一，以后出门小心点，当心有人弄死你！”

祝五一面色发白：“你谁呀？”

对方挂断了电话。祝五一握着听筒发呆，听筒里只留下了嘟嘟的忙音。

蒋丽丽在旁边问了句：“谁呀？”

“不知道。”

“他说什么？”

“他说，有人要弄死我。”

蒋丽丽吓了一跳：“哟，你是不是得罪什么人了？”见祝五一茫然无措。蒋丽丽又说，“咱们电话上有他号码，你要不要回拨个电话看看他谁呀？”

祝五一连忙按下回拨键，握着听筒等候。蒋丽丽等人紧张地看着他。

电话里传来对方接线员的声音：“欢迎致电永利旅馆……”

…”… 不按摩到这儿干嘛来了”

暮色中，“永利旅馆”四个霓虹大字忽明忽暗，诡异万端。祝五一站在门口，迟疑片刻，才走了进去。

大堂里，前台服务员婉拒了他的求助：“对不起，先生，我们没办法帮你查是谁打的电话。我们这儿一共有一百多个房间，再加上洗浴中心二十多个按摩房，每个房间里都有分机，还有餐厅的电话，都可以拨打外线……”一位客人过来要求退房。服务员连忙招呼客人去了，祝五一被晾在了一边。他等了一会儿，见服务员都在忙碌，只好怏怏离去。

祝五一走出旅馆，在门口与一个白衣女子擦肩而过。他忽然停下脚步，回头看去。白衣女子修长的身影一闪而过，转身之际，一张俏丽的面孔如白驹过隙，片刻呈现。

劫持案中的女人质！

祝五一愣神之际，那白衣女子已经不见了踪影。他追进旅馆，看到她的身影在电梯间闪过。他连忙冲过去，但电梯已经关门，正逐层上升，停在了三楼。

他追至三楼，走出电梯，看到一条长长的走廊在他脚下延伸。走廊的尽头，白衣女子的身影又是一闪即逝。他拔腿追去。

走过转角，一扇微微晃动的玻璃门拦住他的去路。门上贴着几个俗艳的大字：大成洗浴。他迟疑一下，推门而入。两个迎宾员见有客人光顾，立即躬身行礼。他左顾右盼，看到白衣女子的身影消失在一扇门后，连忙跑过去，正要进门，一个女服务员从里面出来拦住他："哎，先生，你走错了。"

他执意推门。服务员拼命拉他，同时大喊："保安！保安！"

两个保安闻声跑过来拦住他："先生，你要干什么？"

"我找人。"

保安指向门楣，大声说："你看清楚了，这儿是你找人的地方吗？"

祝五一抬头看到门楣上有块牌子：女宾部。他立即退了几步："哟，没看见。"

服务员问："你到底找谁呀？"

祝五一说："我找一个女的。"

"里边都是女的，你找哪一个？她叫什么？"

"不知道。"

"叫什么都不知道，怎么找？"

"就是刚进去的，穿白衣服，长头发，挺漂亮的……"

"你认识她吗？"

"不认识。我刚才在外边看见的。"

保安和服务员都笑了。服务员说："噢，看见人家女孩漂亮，就追这儿来啦？"

祝五一有些尴尬："不是，我……"

保安打断他："先生，想洗浴的话，男部在那边，认识男女这两个字吗？"

他们身后忽然响起一个女人泼辣的声音："怎么回事？你们怎么又扎堆啊，我都说多少遍了，你们不想干就走人啊！"

众人扭头，看到一个中年女人从女宾部出来。保安的态度立即变得谦恭起来："王姐，这人非要进女宾部，我们这儿正处理呢。"

王姐的目光投向祝五一："进女宾部，干吗呀？"

服务员替他回答："他在外面看上一个女的，就追进来了。"

"找女人呀？他刚才看上谁了，是咱们这儿的按摩师吗？"

"他说是一个白衣服、长头发的，咱这儿有吗？"

王姐仍然盯着祝五一："长头发的？有！你先开房吧。我给你找去。"

祝五一没弄明白："开房干吗？"

"你不开房，怎么给你按摩呀？"

"我不做按摩啊。"

"不按摩到这儿干吗来了？"

"我找人。"

王姐不耐烦了："我们这儿营业时间不会客。"她转身对保安说，"让他走！"

王姐走开了。保安马上驱赶祝五一："快走吧你。"

祝五一不动："麻烦你们把刚才进去那个女的叫出来，行不行？"

保安断然拒绝："不行。我们这儿营业时间不会客。快走吧你。"

"那你们几点下班？"

"早着呢，我们通宵营业。你要么开房间做按摩，要么赶紧出去，再闹我们就不客气了。"

又有两个保安过来，一起往外轰祝五一。他心有不甘，站着不动。保安们开始推搡："捣乱是不是？捣乱你也不选好地方。再不走就别走了，我们有地方让你呆着。"

祝五一左推右挡："干吗呀你们，松手！"

他用力甩开一个保安。保安失去重心，一屁股坐到地上。更多保安和服务员上来揪住他，有人挥起了拳头。

祝五一大叫："等等，松手！"

保安们没有松手，但拳头也未落下。祝五一喘着气："我……开房！"

一间钟点房打开了，祝五一跟着王姐走进去。王姐打开电视："你先看会儿电视吧，我这就给你叫人去。"

手机响了。祝五一掏出手机，走到窗边："姨妈……我不回去吃饭了。我加班呢，不说了，我这儿正忙着呢。”

他挂断电话。走到门口的王姐回头冷笑道：“要不要给你叫份工作餐？”

王姐走了。祝五一拿起电视遥控器，胡乱拨到一个频道，百无聊赖地看着。

经理办公室里，那个白衣女子低着头，回避开了王姐的目光。

王姐说：“红叶，我知道你不做这个，但客人非要找你，你就去应付一下吧。”

沈红叶低声说：“我不知道怎么应付。”

“应付都不知道？上去说两句话呗，说话你会不会？”

“我来这儿是做服务员的，不是做陪聊的，更不是做按摩的。”

“我让你去做按摩了吗？聊天也是服务，知道吗?!”

“我又不认识他，聊什么天？”

“这个客人跟你年龄差不多，你们肯定有共同语言呀。他大概在哪儿见过你，才跟到这儿来的，估计是对你动感情啦。他肯定不是来做按摩的。”

沈红叶怀疑地看着王姐。王姐又说：“我是干吗的呀，连这都看不出来吗？他肯定不是来做那个的。你就放心好了。”

沈红叶仍然犹豫。王姐不耐烦了：“我再说一遍，你去给401房间送壶开水，客人要是有话说，你就陪他说两句。现在就去！不去的话，你现在就给我走人。”

沈红叶低头不语，泪珠抖抖欲坠。王姐忽然抬起手，用力地拍向办公桌……

砰的一声，一个中年男子推开洗浴中心大门。更多男子跟在他身后，走进了大堂。每个人都沉着脸，不发一言，径直向前台走去。

迎宾员连忙跟过去：“几位先生，洗浴吗？这边请！”

一个男子伸手拦住她，亮出证件：“警察！”

迎宾员下意识地后退。她看到更多穿制服的警察进入大堂，顿时面目发僵。前台的一个服务员手忙脚乱地抄起电话，一个警察走到她跟前，按下电话叉簧，大声说：“都不要动，站那边去。你们的员工花名册呢？拿过来！”服务员和保安都听话地站到一边。警察又说，“叫老板出来。”

很快，警察将一群嫖客和按摩女押到三楼走廊里，大声喝道：“都靠墙蹲下！”

嫖客和按摩女们乖乖地沿着墙根蹲了一溜儿。

警察转过头，向刚刚赶来的王姐问道：“四楼也是你们的地方吧？”

四楼钟点房里，祝五一坐立不安。敲门声传来，他打开门，看到低眉垂首站在门外的，正是那个女人质。沈红叶缓缓抬头，她显然认出了他，脸上现出惊呆的神情。

祝五一问：“你还认识我吗？”

沈红叶目光怨恨，动作生硬地把水壶抬起来：“先生，您要的开水。”

祝五一没接水壶，让开房门：“请你进来，我有话要问你。”

沈红叶冷冷地说：“我是来送水的，你不要水的话，我走了。”

沈红叶转身走开了。祝五一连忙追过去，在走廊里拦住她：“你等等。你不是那天被歹徒劫持的人吗，你不认识我了？”

沈红叶低着头，夺路欲走：“先生，你认错人了。你让我过去！”

祝五一不肯让路：“今天有人在这里给我打过电话，请问你知道是谁吗？”

突然，走廊里传来了一阵急促的脚步声。他们回头看时，只见一个身裹浴巾、手里抱着衣服的按摩女正疾步跑来。她看到祝五一的房门大开，竟然一头闯进去，砰的一声把门关上了。

祝五一和沈红叶同时愣住了。很快，他醒悟过来，跑过去拧门把，门被反锁了。他用力敲门：“嘿，你谁呀，跑我屋里干吗呀？开门！”

屋里无人应答。他转过头去看沈红叶，沈红叶也惊愕地看着他。祝五一继续敲门：“你怎么回事，你走错屋啦，你是哪儿的呀，快开门！”

屋里无声无息。他转过头又去看沈红叶。沈红叶的身影已经消失在走廊的转角。他下意识地追了几步，又站住了，懊恼地自语：“这儿怎么都是神经病！”他转身回到房间门口，刚要继续敲门，只见走廊的另一端，几个警察带着服务员正疾步走来。

警察走到祝五一跟前，怀疑地看着他：“你是干什么的，住这儿吗？”

祝五一摇头：“不是。”

“那你在这儿干什么？”

“我找人来了。”

“找什么人，找女人？”

“我找的人，她刚走了。”

警察似乎洞悉奸情，指向房门："这是你住的房间吗？"

祝五一先点头，又摇头："不不，我不住这儿，这房子是临时用一下的。"

警察命令服务员："把门打开。"

服务员把房门打开，警察们陆续进入，祝五一跟在后面。

钟点房里空无一人。警察们注意到床上的被褥被人动过，非常凌乱。很快，警察的视线被地上的一条浴巾吸引，又迅速从地上移向窗台。窗户大开，窗棂上系着一条结成绳状的床单。一个警察连忙冲向窗口，探头向外面看去。

窗下是一条窄窄的小巷，那按摩女脸朝下趴在地上，衣着凌乱，已无声无息。两个行人站在她身旁，正目瞪口呆地向高处的窗口仰望。窗口那条被拧成绳索的白色床单已经散开，在半空中随风飞扬。

警察回过头，视线恰与过来查看的祝五一相撞。警察的目光严厉得几近凶狠。

…”…凭什么他嫖娼我买单”

祝五一被带到了派出所。他疲惫地坐在椅子上，试图向警察解释："我真的不认识那个女的，你们要是不相信，可以去洗浴中心再调查一下……"

警察严肃地摊开记录本，例行程序地问："叫什么？"

"祝五一。警察同志，你先听我把话说完，今天我……"

警察头也不抬："哪个祝？"

"祝贺的祝。我今天快下班的时候接了一个电话……"

"哪个五？"

"五一节的五，五一节的一！我前些日子跟你们打过交道，你们……"

"单位？"祝五一被噎得咽了口唾沫，泄气地闭上了嘴。警察追问，"有单位吗？"

"有。"

"什么单位？"

"中都时报。"

警察惊讶地抬起头来："什么报？"

“中都时报。警察同志，你们是不是以为……”

“你在中都时报干什么工作？”

“我？我是……记者。”

警察更加惊讶：“记者？你去洗浴中心干什么？别告诉我你是在暗访啊。”

“我本来是找人去了，结果刚找到，你们就来了，结果她就跑了。”

“你们都干什么了，她要逃跑？”

“我们没干什么呀，我们刚说两句话，你们一来，她就跑了。”

“没干什么？没干什么怎么把浴巾都拿到窗户那儿去了？”

祝五一莫名其妙：“哪个浴巾？”

警察大声喝问：“什么哪个浴巾？洗澡的浴巾，你装什么傻呀？”

祝五一恍然大悟：“噢，你说那个女的呀。”

“你以为说哪个呢？”

“我说的是门口那女的，我没说屋里那女的。”

“你到底找了几个女的？”

祝五一大声辩解：“什么几个女的？我就找一个呀！”

另一间讯问室里，王姐的说法似乎对祝五一很不利：“他让我帮他找小姐，我说我们这儿的女孩除了服务员，就是按摩师……”

警察打断她：“按摩师怎么跟客人上到一张床上去了？”

王姐叹了口气：“唉，现在有些女孩子太认钱了。有时候，客人把钱一塞，个别人就经不住诱惑啦。当然，这也怪我，怪我教育不严管理不善，我诚恳接受政府批评，以后一定注意。”

警察冷冷地问：“后来你给他找了没有？”

王姐说：“找啦。不过，我是让那女孩过去送水的，我还嘱咐过那个女孩，除了送水什么也别做。我觉得，客人既然开了房，正常的服务还是得有吧。”

警察问：“送水的女孩叫什么名字？”

王姐说：“沈红叶。”

祝五一继续辩解：“对呀，我要找的那个女的就是来送水的。你们可以问她，我正跟她在走廊里说话呢，那个女的就进了我的屋啦，我要找的那个女的都看见啦!”

警察问:“哪个女的?你说清楚。”

“我真不知道她叫什么名字。”

“沈红叶是你什么人?”

“沈红叶?谁是沈红叶?”

对于祝五一的说法,沈红叶矢口否认:“没有啊,我没看见。”

警察问:“那你认识他吗?”

沈红叶摇头:“我不认识他,我也没见过他……”

祝五一大吃一惊:“什么?她说她没见过我?那你们问她,她是不是前些天被歹徒劫持过,你们问问她有这事没有!”

警察说:“她是那个被劫持的女孩又怎么样?那件事跟你今天的这件事根本没有关系。那件事你是个英雄,这件事你是个什么,你自己认识认识。”

“我是什么呀,我什么也不是呀。”

“你屋里的小姐跳楼了,你说你是什么,啊?”

祝五一气闷地闭上了嘴。

警察说:“你在这件事上是个什么角色,咱们以后再说。现在,咱们先处理眼前的问题。那个跳楼的女人头部受伤了,现在还昏迷着,已经送到中大医院了。医院刚来电话催住院押金,我们先放你出去,你先去把钱交上,剩下的问题咱们回头再解决。”

祝五一愣住了:“啊?她跳楼凭什么我交钱呀?”

“凭什么,你说凭什么?”

“凭什么也不该我交呀,再说我也没钱!”

“没钱?那就通知你家里人来交钱吧。”

祝五一气恼地:“我……我家没人!我在中都没有家人。”

警察不急不恼:“没有家人?那就通知你们单位带钱来吧。”

萧原来了。他安静地坐在派出所里,聆听警察的训话。

警察说:“中都时报在咱们中都,算是发行量最大的报纸吧,你们聘用记者难道不认真把关吗？你们每天都在报纸上批评别人的黑暗现象，你们自己的记者干的事情也不怎么光彩吧。你们平时是怎么教育记者的？你们……”

萧原打断他：“你们发现他的时候，他跟那个女人是在床上吗？”

“他们要是在床上，就出不了这么大麻烦了，那个小姐就不会跳窗户下去了。现在是不是摔成植物人了，都不好说！”

“他们到底发生了什么情况，那个小姐要从窗户上跳下去？”

“发生什么情况你问我？你是记者，你可以分析分析当时到底发生了什么。”

“记者其实跟你们警察一样，看重的是事实而不是分析。所以我最想知道的是你们当时都看到了什么！”

“我们没看到，不代表我们不能分析，不代表我们无法判断。那些罪犯杀人放火的时候，我们都没在旁边看见，但不代表我们找不到证据。”

“你们找到什么证据了？”

“那个女人是从401房间摔下的，这是事实！401房间是你们这位记者开的，这也是事实！你认为还要什么证据吗？”

萧原沉默片刻，问道：“那你们叫我来，具体需要我做什么吗？”

警察说：“你们去一趟中大医院吧，替他把那个女人的住院押金交上。将来要是搞清楚没他责任，或者是找到那个女人的亲属了，再退还给你们。你们的人惹出这么大事，总不能把人往医院一送就见死不救了吧？”

萧原看了看表：“那我现在就能把他带走吗？你们好像有规定扣人不能超过夜里十二点吧，这都快到点了。”

警察点点头：“你先把人领回去，回去以后一定要对他加强教育，如果以后还有什么事，我们还得找他。”

萧原带着祝五一赶到中大医院，才发现身上的钱不够，只好给韩振东打电话。待韩振东赶到医院交完钱，已是半夜了。

萧原沉默着将车开出中大医院。祝五一郁闷地坐着，一言不发。唯有韩振东喋喋不休：

“你年纪轻轻，长得也不错，干吗跑那种地方去找小姐？”

祝五一扭过头不理他。萧原说：“韩振东，你少唠叨两句行不行？”

“我是说他这人……”见萧原板着脸，韩振东连忙打住，“我不说了，不是我爱唠叨，我本来都睡了。我没事唠叨他干吗呀？”

萧原说：“什么时候能不这么多话了，那你就算真的出息了。”

韩振东说：“我不说了还不行吗？”他闭上嘴，很快又憋不住了，“萧主任，我再说最后一句，行不行？”

萧原扭头看着他。韩振东终于发泄出来：“凭什么他嫖娼我来给他买单呀？”

萧原哑口无言，祝五一无力辩解，车里的气氛安静而压抑。

汽车开到大杂院门口，萧原停下车，跟着韩振东下了车，低声嘱咐：“这件事没搞清楚之前，你先别往外说，别传得哪儿都是，能做到吗？”

韩振东拍着胸脯保证：“没问题。我这人嘴最严了。我让它烂在我肚子里，您放心吧。”

萧原又说：“等事情查清了，你垫的钱自然会还给你，这你也放心。”

韩振东说：“您让我交的钱，您就是不还我也得交呀，我这人您还不清楚吗？”他看了看坐在车里的祝五一，“老六他到底怎么回事啊，真是人不可貌相啊，你说他怎么……”

萧原面有厌倦。韩振东连忙收住话头：“行行行，我不说了！”

萧原的汽车开到方家大院门口，放下祝五一，又开走了。

祝五一孤零零地在路边站了好一会儿，才走进院门。他蹑手蹑脚进到卧室，打开灯，忽然看到祝槿玉坐在沙发上，吓得叫出声来：“哎哟，姨妈，您怎么在这儿啊？”

祝槿玉睡眼惺忪地问道：“加班加到大半夜？”

祝五一疲惫地脱衣脱鞋，答非所问：“您怎么不睡觉，在我屋里干吗呀？”

祝槿玉口气严厉：“等你呀，还能干什么？我都知道了，今天下午有人打电话来骂你。你就去找人家理论了。你这孩子，气性也太大了，读者骂两句听过也就算了，连这点气都受不了，怎么当记者？”

祝五一重重地坐在床上，辩解道：“不是，我找的那人……”

祝槿玉打断他：“我告诉你，咱们今后得约法三章！第一，不许撒谎，找人就是找人，加班就是加班，不要撒谎。我最讨厌撒谎的人了，听见了吗？”

“听见了。”

“第二，你现在还小，不要在外面随便交往女孩子，以后什么时候交女朋友，交什么样的女朋友，要先跟我商量，听见了没有？”

“听见了。”

祝槿玉这才松下架势：“不早了，你赶紧睡吧。”

祝五一追问：“第三呢？不是约法三章吗？”

祝槿玉说：“第三？没有第三了。就这两条你能做到就行！”

祝槿玉走了。祝五一和衣躺倒在床上，伴随着无尽的烦恼和疲倦。黑暗中，这个晚上发生的一切在他脑子里乱哄哄地纠结着，最后定格在人质女孩的脸上，她叫沈红叶！她为何否认见过自己？祝五一感到困惑不安。

祝五一辗转反侧熬到天亮，起床后早饭也未吃，便匆匆向中大医院赶去。他明白，现在的当务之急是证明自己并未嫖娼，能帮助自己澄清事实的，只有那个坠楼的女子了。

…”…烂在肚子里”

大杂院里的早晨，照例是最忙乱的时间。

罗站长在家门口的炉子上做早点，女儿罗小青在屋子里练声：“咪咪咪吗吗吗……”

蒋春生走出屋子，穿过院子向厕所走去。他突然停下脚步，大声嚷嚷：“这是谁晾的衣服？怎么也不拧干了，水滴我一脖子。”没人理他。他唠叨着继续往厕所走去，“这又不是你一家的地方，太没德行啦……”

蒋丽丽出屋径直走到旁边的房前，一边刷牙一边敲门，叫道：“韩振东，起来没有？该上班啦。”

门开了。韩振东哈欠连天，蒋丽丽皱着眉头问他：“怎么跟抽了大烟似的，你昨晚干吗去了？”

韩振东又打了个哈欠：“别提了，还不是因为老六。我真没想到他居然……”他忽然想起萧原的警告，立即闭上嘴没再往下说。

蒋丽丽追问：“老六怎么了？”

“没什么。没事。”

“行！你以后什么都别跟我说了，我也什么都不跟你说！”

蒋丽丽生气了，扭身要走开，韩振东连忙拉住她：“你上哪儿去呀？我跟你说还不行吗？不过你可得保证，烂在肚子里也别说出去！”

蒋丽丽佯作不感兴趣：“别跟我神神秘秘的，我还没兴趣听呢。”

韩振东凑到她耳边一阵窃窃私语。蒋丽丽惊讶地睁大了眼睛：“什么？”

中大医院住院部的一间病房里，按摩女的头部做了包扎，手上插着针管，躺在病床上沉睡不醒。

一位医生对祝五一说：“她的身体有些软组织挫伤，脚腕有骨裂，但都不是很严重，头部伤到什么程度现在还确定不了。”

祝五一问：“那她什么时候能醒呢？”

“那就不好说了。”

新闻热线值班室里，小张问蒋丽丽：“组长，老六怎么还不来上班呀？”

蒋丽丽随口答道：“他还能不能来上班，恐怕是个问题了。”

小张大惊小怪：“哟，他怎么了？他没出什么事吧？”

蒋丽丽欲言又止：“去去去，不该问的别问。”

小张的好奇心被勾了起来：“是不是他骂人家大便，让报社给开除了？”

蒋丽丽摇头：“别瞎猜了，好好工作。”

小张继续纠缠：“组长，他到底怎么了，你就说说呗，我们又不是外人。”

蒋丽丽经不起纠缠，终于松动：“去，把门关上。”

小张连忙过去关上房门，和另外几个接线员一起凑到蒋丽丽跟前。

蒋丽丽郑重其事地说：“这事你们知道可以，知道了可都得给我烂在肚子里！”

小张发誓道：“放心吧，打死你我也不说。”

祝五一离开医院直奔大成洗浴中心，却见玻璃门紧锁着，门上贴着一张告示：停业整顿。他隔着玻璃看了看，里面不见一个人影，只好转身下楼。

他来到永利旅馆的前台，向服务员询问沈红叶的情况，自然又是一问三不知，只好快快离去。

大街上车水马龙，人们来来往往。祝五一走到了报社门口，他抬头看着“中都时报”几个大字，表情犹疑，不知何去何从。终于，他下定决心，向大厦里走去。他不知道的是，此时，小张在女厕所将他的事透露给了社会新闻部的刘敏，刘敏又打电话透露给了刘成。随后，众多记者纷纷参与到这场接力式的传播当中，一时间，祝五一“嫖娼”的消息不胫而走，仿佛每个角落都充满了窃窃私语：找小姐？刚当了英雄那个……真的假的？烂在肚子里……忽然，所有人都闭上嘴，把目光投向门口。

祝五一走进来，向办公室里扫了一眼，众人连忙把目光移开。他意识到有点不对劲，但他继续向值班室走去。当他的身影消失在值班室之后，窃窃私语声再次响起：他怎么又回来了？他刚才还笑呢。社里领导怎么说呀……

方舟一直端坐在座位上，她为这突如其来的消息震惊了。她没有参加议论，但她比任何人都更感到不可思议，更感到羞耻和痛心。

祝五一走进值班室，蒋丽丽等人正在窃窃私语，见他进来，立即闭上了嘴，脸上不知该摆出奇怪还是尴尬的表情。

蒋丽丽故作平静：“来啦？”

祝五一说：“对不起，我有点事来晚了。”

蒋丽丽掩饰地笑：“哦。没事，没事。”

大家都转身各忙各的。祝五一环视每一个背影，似乎每个背影都不自然。

…”… 网络通缉令 ”

社会新闻部里渐渐恢复了平静。人们各自工作。韩振东正在电脑前漫不经心地上网。突然，他像是被针扎了一下，禁不住叫出声来：“哎哟！”

坐他旁边的刘成迅速扭头：“怎么啦，一惊一乍的？”

韩振东没说话，指了指面前的电脑屏幕。刘成俯身看去，脸上顿时浮现出了惊讶的表情。

电脑屏幕上打开的是“中都在线”网页，上面赫然出现了一篇“网络追缉令”：“昨晚，一名中都时报记者在某洗浴中心嫖娼时遭遇警方检查，为避免自己暴露，迫使一名小姐逃跑，导致其坠楼受重伤。目前，只知该嫖娼记者姓祝，名五一，具体信息不详，恳请各位网友积极上传其相关信息，以便大家认清其丑恶面目，人人喊打，匡扶正义……”

刘成和韩振东对视了片刻，同时把惊愕的目光投向坐在另一边的方舟。方舟面无表情地看他们一眼，把目光移开了。

祝五一和蒋丽丽等人各怀心事地坐在值班室里。小张等人不时向他投来偷偷一瞥，他装没看见。屋里的气氛尴尬而沉默。

突如其来的电话铃声打破了沉默。祝五一接起电话，彬彬有礼地说：“欢迎致电中都……”对方不知说了什么，他脸色突变，“什么？你听谁说的？没有的事。”对方又说了什么，他大声斥责，“网上？网上的消息你也信呀？网上说埃及有个木乃伊怀孕了，你信不信？我看你就是起哄，唯恐天下不乱！”

蒋丽丽在旁边轻声提醒他：“注意态度……”

祝五一不理她，继续斥责对方：“就算有人嫖娼，报社该怎么处理怎么处理，干吗非得向你通报呀？你再造谣，小心我追究你造谣的责任！你是不是嫖过娼啊，你这么门儿清！”

他猛地挂断电话，重重地喘了口气，扭头看到蒋丽丽等人正目瞪口呆地看他。他瞪着眼说：“看我干吗？我又没嫖娼！”

萧原也看到了“网络通缉令”，他把崔哲叫进办公室，紧急商讨对策。

崔哲说：“这事恐怕要早点处置，这种消息最吸引眼球了，既然已经上网了，估计很快就会传得天下皆知，报社面临的压力可想而知。如果我们不及时处理，社里也会强制我们处理，弄不好我们还要承担失职的责任。”

萧原问：“那你的意见是怎么处理？”

“还能怎么处理，应该马上开除！”

“现在连公安机关都仅仅是怀疑，并没有证据定性这件事。事实还没搞清楚就作出处理决定，这对祝五一太不负责任了。”

“这种事，只要是没把两个人捉奸成双，谁也不会承认。但人人都心知肚明，社会舆论也不可能听你这套解释。现在，挽救中都时报声誉和形象的唯一出路，就是尽快表明绝不姑息包庇的态度!”

萧原刚要说什么，办公桌上的电话突然响起铃声。萧原接起电话：“喂……周社长……”萧原放下电话，面目严峻，对崔哲说，“周社长的意思是，立即处置。”

祝五一穿过社会新闻部的走廊，在无数人异样的注视下，低头向主任办公室走去。韩振东等人呆呆地看着他的背影，说不清是蔑视，还是担忧。

祝五一走进主任办公室，萧原和崔哲没有多作解释，直截了当地向祝五一宣布了社会新闻部对他的处置决定。

“停职?”祝五一显然大感意外。他看了一眼崔哲，又对萧原说，“您不是说相信我吗，为什么又要停我的职?”

萧原说：“我相信事实。”

“那我事实上就没……”

崔哲打断他：“事实在法律的意义上，指的就是证据，你有证据吗?”

“那公安局也没证据说我干了那个事呀……”

崔哲再次打断他：“希望你能理解我们的苦衷。你现在的情况，已经不方便再以记者身份来这儿上班了。”

祝五一大声叫屈：“这算是辞退，还是除名啊?你们这么一弄，别人更以为这事是真的，我冤不冤呀?”

萧原说：“冤不冤只有你自已知道!我们只能耐心等待公安局的调查结果。”

祝五一问：“公安局要是查不清楚呢?”

萧原和崔哲都没作反应，他们几乎无动于衷。

祝五一收拾了东西，沮丧地离开热线值班室。走进电梯时，方舟恰巧已经在电梯里了。两人打个照面，都愣了一下，但都没有说话。

电梯运行中。方舟不知是有意还是无意，扭脸看了他一眼。祝五一立即问道：“看什么?”

方舟一言不发，转过脸不再看他。

祝五一问：“你不会也相信那个事是真的吧?”

方舟侧目道：“哪个事?”

祝五一反倒语塞，支支吾吾地说：“那个……你要是听到他们造我什么谣了，希望你不要随便相信，更不要到处乱传，尤其不要回家去传。”

方舟冷冷地说：“那种事我才懒得说，我怕脏了我的嘴！”

祝五一怔住了。电梯门打开，方舟径直走了出去，只留下他还在原地发愣。

祝五一走出报社，他站在街上，回望报社大厦，两眼茫然。

她怎么可能失忆呢

祝五一再次来到中大医院住院处，病房里，坠楼的按摩女已经苏醒过来。她茫然地看着病床边的祝五一：“你是谁呀？”

祝五一问：“你不记得我了？”

按摩女摇了摇头。祝五一提醒她：“昨天晚上，你进了我的房间……”

“你的房间？”

“对，昨天晚上，警察来检查，你就跑我房间来了。我叫你开门……”

按摩女忽然很惶恐：“你是谁，你要干吗？我不认识你！你快走开！”

祝五一的表情先是沮丧，然后是欣喜：“你真的不认识我？”

“不认识。”

祝五一喜上眉梢：“你再说一遍！你认不认识我？”

“不认识！你别缠着我，我头疼！”

祝五一跑出病房，迎面撞上一个护士。护士被他撞得连连后退。他拉住护士，兴奋地说：“她说了，她不认识我！我也不认识她！我没问题啦！”

护士莫名其妙，还没反应过来，祝五一已经跑远了。

祝五一径直跑到了派出所。他显然兴奋过度了，警察的反应却显得相当冷淡：“她说她不认识你？”

祝五一点头：“对啊。”

“那你想说明什么呢？”

“这还不明白吗？她不认识我，说明她根本就没和我……”

警察冷冷地打断他：“她呀，她现在谁都说没见过。”

祝五一没听清似的："什么？"

"她失忆了。医生没跟你说吗？"

"失忆？"

"啊。"

祝五一结结巴巴："她怎么，怎么会失忆呢？"

警察说："我还想问你呢，她要不从你那房间跳下去，怎么可能失忆呢！"

仿佛当头被人泼了一盆冷水，祝五一张着嘴，怔住了。

离开派出所，祝五一满脸沮丧，漫无目的在街边游荡着，熙熙攘攘的人群中，他的身影有些落寞。突然，他停下脚步，抬头看去。街边挂着一幅招牌——网吧。他犹豫了一下，走进网吧，打开一台电脑开始上网。突然，他瞪大了眼睛，"中都在线"的那则"网络通缉令"里，赫然跳出了他的头像——正是刊登在报纸上的那张照片。照片下面，无数网友留言：记者中的害群之马。天下共诛之。千刀万剐……

祝五一惶顾四周，周围的网友们坐在电脑前全神贯注，没有人注意到他。他松了一口气，开始敲击键盘，然后站起来匆匆离开。屏幕上显示着他的跟帖：

"没搞清事实就乱骂者，滚！"

人肉搜索

一群网友聚集在中都时报门口，正围着传达室的工作人员小魏，七嘴八舌地质问："祝五一在哪儿？快叫他出来！"小魏无力控制局面。几个保安过来增援也于事无补，只能徒劳劝阻。

忽然，有人大声喊道："他不出来，进去把他揪出来！"网友们应声蜂拥着走进大厅，场面混乱。保安队长跑过来拦住他们："你们到底要干什么？请大家不要扰乱我们的工作秩序。"

带头网友问："祝五一去哪儿了？叫他出来！"

保安队长说："我们不知道他去哪儿了。"

“那你们领导在哪儿？我们要见报社领导。”

“祝五一的行为属于他的个人行为，和报社无关！你们不要把这事……”

“他是中都时报的记者，怎么和中都时报无关？”

“你们不要在这儿胡闹，这里是……”

网友们一齐发炮，把保安队长的话淹没：谁胡闹了？我们胡闹还是你们胡闹啊？你们的记者光天化日之下胡作非为！你们才是胡闹！

保安队长大声喊道：“大家不要乱，不要激动，有什么话一个一个慢慢说。”

带头网友说：“你们的记者逼人跳楼，你们不好好反省，我们本着社会正义对这种现象提出批评，你们接电话的工作人员居然无理抵赖恶语伤人，可见你们报社的人员素质普遍很低。这种事发生在你们中都时报，看来绝非偶然！”

萧原疾步走出社会新闻部，走向电梯。蒋丽丽满头是汗，跟了过来：“热线都要打爆了，全是老六的事，读者意见可大呢，话说得特别难听。我们都不知道该怎么回答了。”

萧原没有止步：“你们只回答报社会严肃处理，别的不要多说。”

崔哲迎上来拦住了萧原：“萧主任，情况你都知道了吧？很多读者堵在门口非要见报社领导，我们要不要马上把情况跟周社长报一下？”

“我刚知道，你去跟社长办公室报告一下，下边我去处理。”

“你一个人去？”

“没事。读者是来表达意见的，我们处理好了，不会有什么问题的。”萧原说着大步走进电梯。

到了大厅，萧原意外地发现，这里一片平静，刚刚还聚集在这里的网友们已经不知去向，只剩下疲惫不堪的保安队长和几个保安正低声说着什么。一个清洁工在旁边打扫网友们随意丢弃在地上的饮料瓶等杂物。

萧原问：“人呢？”

保安队长说：“走了。刚才差点就招架不住。”

“怎么都走了呢？”

“谁知道怎么回事，好像有人接了个电话，说查到人在哪儿，呼啦一下都走了，估计又到别处找去了吧。现在网上的人肉搜索什么都搜得出来，太疯狂了！”

萧原叹了口气，正要上楼，方舟从电梯里冲了出来，差点撞上萧原：“主任，我家地址不知被什么人贴网上了，我请个假，回去看看。”

不等萧原回答，方舟已匆匆跑向停车场。

祝五一回到了方家大院，他轻手轻脚地穿过走廊，向卧室走去。祝槿玉忽然出现在他身后，叫了声“五一”，祝五一吓了一跳，连忙回头。祝槿玉的脸色还算正常：“怎么回来这么早？”

“我……我有点不舒服，提前回来了。”

“哪儿不舒服？要不要去医院？”

“不用。睡会儿就好了。”

祝五一继续向卧室走去。祝槿玉觉得有点不对劲，疑惑的目光一直追随着他。她转过身，刚刚走进书房，忽然听到门外传来一阵喧闹声，便站在书房门口喊道：“陈阿姨，你快去看看门口怎么回事！”

陈阿姨应声从厨房出来，向院子里走去。她打开院门，向外看了一眼，顿时吓了一跳，连忙把门关上。

众多网友聚集在大门外，场面纷乱，人声嘈杂：祝五一，快滚出来！姓祝的，你敢做敢当，有种的你站出来。站出来你还算个人！

几个网友在门口涂写辱骂字样：猪狗不如！祝五一藏匿于此……

一辆小车开了过来，网友们立刻围过去，扒着车窗向车里查看。车里的方舟狼狈不堪，按着喇叭小心地穿过人群，好不容易把车开进了车库。她下车后不得不再次穿过示威声讨的人群才能进入大门。网友们堵住方舟，围着她七嘴八舌地追问：你是祝五一的女朋友，还是他家里人？你知不知道他都干了什么无耻的事？

方舟避而不答，低着头向前走去。网友们却不肯让路，围住她继续盘问谩骂：别仗着你们有几个钱就胡作非为。为富不仁迟早要遭报应的……

大门忽然打开，一个头戴“奥特曼”面具的人挥舞着一只大竹扫帚冲了出来，横扫竖劈，瞬间将围在方舟身边的网友打散。在众人尚未清醒之际，“奥特曼”已经拉起方舟的手冲出重围，向街口跑去。有人追上来，而大多数网友一时错愕，未予追赶。

“奥特曼”拉着方舟一路狂奔，甩开了追赶者。他们跑出路口，跑上大路。“奥特曼”挥手拦下一辆出租车，拉开车门，将喘得跑不动的方舟推进车里。

出租车开动，“奥特曼”摘下面具，露出祝五一气喘吁吁的面孔。方舟并不惊讶，甚至不置一顾，转头去看窗外。

祝五一大口喘息，因方舟的沉默备感难堪。

两辆警车开过来的时候，网友们还在方家大院门外示威，声讨之声丝毫未减：祝五一，滚出来！祝五一，可耻！

几个警察下车，拿着扩音器冲人群大声喊话：“大家都散开，不要围在这儿。你们这是在骚扰他人的正常生活！”

带头网友试图解释来意：“警察同志，你们来得正好。请你们上网去看一下，我们要对这种社会腐败现象表达我们的愤怒，我们要声讨这种败坏风俗的行为，要制裁这种人……”

警察继续喊话：“都散了吧，你们再不走就违反治安管理条例了，法律就要制裁你们了。大家都离开这里吧！”

带头网友很不情愿地走开了。网友们渐渐散去。

方家大院门前恢复了平静。不一会儿，几辆气宇轩昂的轿车开过来。何光磊等大道公司高管下了车，一齐簇拥着方守道走进家门。

黄昏时分，一辆轿车静无声息地驶入一条小巷，停在一家茶馆门前。方舟从茶馆里出来，上了车，坐在何光磊的身边。轿车随即开动。

茶馆里，祝五一坐在一张临窗的桌子前，有几分尴尬地望着窗外的那辆轿车无声地开来，又无声地开走。他端起茶来，欲喝未喝。对面那个空下来的座位前，杯中的茶水满斟未动。

…”…网上说话谁负责任”

天黑透时，祝五一才忐忑不安地回到方家大院。等待他的是祝槿玉一番恨铁不成钢的训斥：“你怎么能干出这种事来呢，你做事难道不想想后果，啊？”

祝五一低头辩解："我干什么事了？我什么也没干！"

"你什么也没干，警察为什么抓你？"

"警察怎么抓我了，这不是把我放了吗？"

"警察放你时怎么说，为什么抓你，他们怎么说？"

"抓错了呗，他们有什么证据抓我！"

"证据？那网上不是都给你登出来了吗！"

祝五一抬起头来："网上说话谁负责任，网上的话你也信？"

祝槿玉被噎住了，一时无言以对。她把目光投向床头柜上祝槿澜的遗照，又回过头来看看祝五一，眼圈突然红了。祝五一惶恐地说："姨妈，你……你别这样……我错了还不行嘛。"

祝槿玉说了声"你呀……"，便再也说不下去，哽咽着快步离开。

祝槿玉走进书房时，已是泪流满面。方守道显然也在为祝五一的事心烦："事情既然已经出了，哭有什么用？还是想想怎么善后吧。"

祝槿玉不满地说："事情闹到这个样子，他自己怎么善得了后！"

"敢做就要敢当，他做了错事就要敢于承认，敢于面对！"

"你说得轻松。有些错事可以承认，有些事承认了更麻烦！我看，你还是找个人帮忙去处理一下吧，给那个女的赔点钱算了，让她别再追究了。"

"你以为这是生意呀？这是法律！如果那个女人受伤真是五一的责任，今后会牵涉到很多问题，治疗、赔偿、法律责任等等，哪有那么简单的？"

祝槿玉哽咽着说："五一怎么会做出这种事来？这太让人不敢相信了。"

方守道说："他从小独自生活，家教相对缺失。家教不好的人，做出什么事也都难怪。"

祝槿玉叹了口气："他从小这个情况，我们也有责任，所以我们不能不管。"

方守道沉默下来，目光投向祝槿玉。祝槿玉双眼含泪，也直视着他，眼神复杂……

> 青年祝槿澜看着青年祝槿玉，眼中充满期望。祝槿玉也看着祝槿澜，无奈地摇头。终于，祝槿澜的目光由期望变成绝望。她默默地后退，转身，蹒跚而去。祝槿玉无力地坐下。

夜深了，周自恒与萧原还在社长办公室里商量如何善后，气氛严肃而沉重。

周自恒抖抖手中热线值班室的报告，说："看看，今天打进来的二百多个电话中，居然有一百三十多个是议论祝五一的事。甚至有人说，中都时报道貌岸然，记者编辑男盗女娼。事情已经闹到这个地步了，报社绝对不能再沉默下去，必须马上有所动作，否则局面会更糟！"

萧原沉默不语。

周自恒继续说："至于祝五一是不是清白，你的感觉没有任何价值，有价值的东西只有一样，就是证据。你的证据呢？"

萧原目视周自恒，无言以对。

周自恒一脸严肃："报社现在面临外界的巨大质疑，我们必须尽快启动有效的危机公关来保护报社的声誉，显示报社的道德责任和反应速度。"周自恒顿了顿，又说，"现在，不光是外界的压力，我们报社内部也有许多口舌是非，所以你们社会新闻部必须尽早对此事作出安排！"

"内部？有什么口舌是非？"

"说你为了袒护祝五一，不惜报社名誉扫地。"

萧原有点激动："报社的名誉，就是我自己的名誉。"

周自恒放缓语气："二十年了，你还觉得对不起他吗？你还在内疚吗？"

萧原抬眼看着周自恒，未作答言。

周自恒说："没有必要了！"

信息时代，最重要的是真相

昏暗的灯光下，左林在小屋里修理着园艺工具。祝五一闷头坐在一旁，面容显得有些憔悴，声音似乎也失去了往日的光泽。

祝五一迟疑半晌，终于打破沉默："左伯，您……上过网吗？"

左林说："我不用电脑。"

祝五一闷了一会儿，又问："您从来不用电脑吗，从来不上网吗？信息时代，信息不是最重要的吗？"

“信息时代，最重要的……不是信息。”

祝五一疑惑地看着左林：“信息时代，最重要的……是什么？”

“是真相！”

“可是，只有获得更多的信息，才能了解真相呀。”

“信息时代，信息是无限的，但人的辨别力是有限的。信息太多了，就一定真假难辨。”

“这么说，一个人如果受了冤枉，难道就真的说不清了吗？”

左林停下手中的活儿，抬眼看着祝五一，缓缓说：“一个人受了冤枉，永远说不清；一个人做了坏事，永远查不清。这样的人，这样的事，自古有之！”

祝五一绝望地沉默下来。

入夜，祝五一躺在床上，辗转反侧。黑暗中，他的耳边再度响起了电话中那个嘶哑的声音：“以后出门你可要小心点，有人会弄死你的。”接着，是沈红叶的声音：“我不认识他，我根本就没见过他……”然后，是众多网友的声音：“祝五一，可耻！祝五一，可耻！”……

祝五一闭上双眼，暗夜中，依稀可见他脸上的泪光。

新的一天，方守道与祝槿玉在餐厅里吃早饭。祝五一心神不宁地进来。祝槿玉看看他，欲言又止。祝五一坐下来搅动着碗里的粥，一副食欲不振的样子，餐桌上气氛沉闷。

方舟走进餐厅。祝槿玉看了看她的脸色，问道：“没睡好吧？”

方舟坐下来：“这两天失眠。”

祝槿玉说：“应该不会再有人来闹了。要不要吃点安眠的药？”

方守道说：“是药三分毒，尤其是镇定类的药，最好不要吃。”

祝槿玉转向祝五一：“五一，你那块月亮石不是治失眠的吗，你给方舟戴戴。”

祝五一还没吭声，方舟抢先说：“他整天戴着的东西我可不戴。”

祝槿玉说：“不脏，不行你洗洗再戴，说不定管用。”

祝五一板着脸说：“我这两天还失眠呢。”

祝槿玉生气了：“那好，从今天起你就在家睡觉，哪儿都别去。”

祝五一：“为什么？我又不怕他们……”

祝槿玉厉声打断："你不怕我怕！"她顿了一下，态度稍缓，又强调了一遍，"你就呆在家里，直到公安局把事情查清。"

祝五一问："这事要一辈子查不清呢？"

方守道说："身正不怕影子斜，你要是什么问题都没有，公安机关肯定会查清的！事情到了这一步，也只能相信公安机关了！"

祝五一背书般说："一个人受了冤枉，永远说不清；一个人做了坏事，永远查不清。这样的人，这样的事，自古有之！"

方守道一下噎住。他转眼去看祝槿玉，祝槿玉也在看他。两人不安地对视片刻，方守道问："这话是谁跟你说的？"

祝五一毫无精神地反问："这话，说得不对吗？"

方守道说："当然，不对！真的假不了，假的真不了。你连这点自信都没有，那只能说明你的心理素质太差了。"

祝五一低头不语。方守道看了一眼方舟，方舟顾自吃饭，置身事外。

方守道转移话题，对祝槿玉说："槿玉，今天晚上的慈善晚宴，你代我去一趟吧。"

祝槿玉问："你不去？"

方守道说："五一这个事，媒体炒得正凶，我还是离他们远点。"

祝槿玉瞟了一眼祝五一："我也别去了，我还是在家吧。"

方守道说："你别总在家呆着，也要出去多参加些活动，特别是公益活动，这对我们的社会形象有好处。"

祝槿玉看了看方舟："你叫方舟去吧，这两天我在家陪一下五一。"

方守道说："一个大小伙子，陪他干什么？"

祝槿玉说："我一走，陈阿姨哪里看得住他？"

方守道转脸去看方舟。方舟刚刚从餐桌前站起来，马上表示："我不去。"

方守道说："今天是慈善晚会，我们必须去露个面的。我让光磊陪你一块去。你代表我，光磊代表公司，要是有媒体问到五一的事情，你们一概都说不清楚，别的不要多说。"

方舟刚想说什么，祝五一倒率先站起来，脸皮很厚的模样，径直走出了餐厅。方舟看着他的背影，气不打一处来。

早饭后，祝五一在前院练习小轮车，他显然无法集中精力，屡次摔倒。他气闷地将小轮车丢在一边，向大门走去，祝槿玉的声音忽然在他身后响起："五一，你干什么去?"

祝五一说："我去买个东西。"

祝槿玉不容商量地说："让陈阿姨帮你去买。"

"算了，不买了。"祝五一悻悻转身，回到卧室。

整整一天，祝五一窝在床上，百无聊赖地看电视……地上的阳光渐渐移动，影子渐渐拉长，由浅变深。黄昏时分，祝五一走出卧室，看到左林在前院里修剪树冠，便拉起水管帮着给草地浇水。

下班后匆匆赶回家的方舟，已换上了一身黑色的西装，搭配了丝质的白衬衣，准备替父亲出席慈善晚宴。她与过来接她的何光磊会合后，一同走向前院。

前院草坪上，祝五一卖力地拖着水管走来走去，左林忽然指指他脚下，祝五一低头看去，才发现自己踩坏了草地。他连忙跳开，慌乱中水管失控，水蛇旁射，身边顿时传来方舟的一声惊叫。他回头看去，只见方舟刚刚换上的西装被水击湿，同样衣着笔挺的何光磊身上也被溅了不少水星。

何光磊手足无措。方舟狼狈不堪，气急败坏地吼道："老六!"

方舟换上另一身西装，在书房里用吹风机帮何光磊吹干身上的水渍。

祝槿玉走进来，赔着笑脸："你们别生气，五一也不是故意的。回头我让他过来给你们道歉。"

方舟余怒未息："他不是故意的，但肯定是成心的。"

祝槿玉说："他可能心理压力太大了，手脚都不听使唤了。"

何光磊说："他的麻烦其实都是他自己惹的，事情既然出了，躲也躲不了，还是要面对。要躲还不如让他回永川去，总比躲在这儿像过街老鼠似的强。"

祝槿玉似被何光磊的话提醒，返回前院。草坪上，只有左林在独自收拾园艺工具。她立刻来到祝五一的卧室，里面空无一人。她感觉不妙，大声叫道："陈阿姨!"

陈阿姨跑过来："什么事?"

祝槿玉问："五一没出去吧?"

陈阿姨摇了摇头："没有吧。你不是让我盯着门口吗？我一直在这儿盯着呢，没见他出去呀。”

祝槿玉想了想，匆匆向后院走去。后院里仍然不见祝五一的踪影。祝槿玉转身正要离开，忽然停下脚步，将目光投向围墙。

围墙旁立着一把梯子。

你愿意救我吗

祝五一翻墙离开方家大院，直接去了大成洗浴中心。洗浴中心已经重新开张，他推开大门，径直走向值班台，问服务员：“沈红叶呢？”

服务员抬起头，立即认出他来，转头大叫：“保安！”

保安闻声跑过来，一看是他，直皱眉头：“你怎么又来啦！”

祝五一追问：“沈红叶呢？”

保安上来推他：“这儿没这人，你快走吧，不走我报警了！”

祝五一不动：“你叫沈红叶出来。”

保安不耐烦了，粗暴地拉着他往外轰：“你再不走，别怪我们不客气了！”

祝五一甩开保安，大步走到女宾部门口，大声叫道：“沈红叶，你出来！”

一个中年女人恰巧从女宾部里出来，被他的喊声吓了一跳，惊惶避开。服务员上来劝道：“先生，你不能这样，吓着客人你负责吗？”更多保安和服务员跑过来拉扯祝五一，七嘴八舌地喊道：“快把他弄出去！别让他喊！”

祝五一拼命挣扎，继续大喊大叫：“沈红叶，你出来！”

扭打中，祝五一不知挨了多少拳脚。保安们把他架到门外，推倒在地。

夜幕降临了。洗浴中心前台的服务员换班回家，她走出旅馆大门，看到祝五一还坐在台阶上。路灯下，他脸带伤痕，衣单体薄，在夜风中瑟瑟发抖。

服务员心生怜悯，情不自禁走过去问他：“你是沈红叶的仇人？”

祝五一摇了摇头。

“你是她男朋友，被她甩了？”

祝五一又摇了摇头。

“那你找她干什么?”

“她可以救我!”

服务员惊疑地看着他。

祝五一也盯着她，半晌，又说了一句：“你愿意救我吗?”

一辆出租车开到李子巷，在巷口急停。祝五一下车走进了巷子。他在曲折的巷子里快步疾行，一路寻找。他忽然看到一间平房的门被人打开，一个女孩走了出来。祝五一连忙闪身墙角。那女孩正是沈红叶，她锁上门，转身向巷子口走来。

祝五一快步迎上去，正要叫她，忽然发现一个黑衣男子正在巷子的拐角处等她。两人见面后，低声说了几句什么，接着，并肩朝巷口走来。当那黑衣男子转身时，祝五一禁不住大吃一惊。

那人正是劫持案中的歹徒!

沈红叶和黑衣男子似乎很熟悉，他们一边低声说话，一边朝巷外走来。祝五一仓促转身，寻找藏身之处。不远处有个小吃店，他走过去站在柜台前佯作买东西，同时扭脸悄悄瞟向身后。沈红叶和黑衣男子越走越近，从他身后走过。他连忙低下头。他能听得到他们低低的说话声，但听不清内容。显然，他们并没有注意到身旁的祝五一。他呼出一口气，跟了上去。

沈红叶和黑衣男子走进地铁站，在站台上候车。祝五一躲在人群中盯着他们。他看到黑衣男子不断和沈红叶诡秘低语。沈红叶低着头，一声不吭。

列车进站了。沈红叶和黑衣男子走进车厢。祝五一从另一扇门进入了同一节车厢，站在一个角落里，透过人群的缝隙继续盯梢。他看到沈红叶面色沉重，似有心事。黑衣男子悄悄把手搭在她肩上，她转身移开了肩膀。

列车到达下一站。车门打开，上上下下的人流遮住了沈红叶和黑衣男子的身影。祝五一抻着脖子，一时看不到他们，他转头看向窗外，才发现沈红叶已经走出车厢，正朝出站口走去。他连忙挤出车厢，向沈红叶追去。

下了车，祝五一才发现黑衣男子不在沈红叶的身旁，于是下意识地回头向车厢看去，只见那黑衣男子倚在车厢门口，正在目送沈红叶走远。这时，车门关上，列车启动。他眼睁睁地看着黑衣男子的面孔从他的视野里滑过。再回头时，沈红叶的身影在楼梯上忽现忽隐。

沈红叶出了地铁站，匆匆走上了大街。祝五一远远地跟在她身后，一直跟到了长仁医院。他们一前一后，若即还离，迤逦向住院部走去。

沈红叶走进一间病房。祝五一悄悄地上前，透过门上的小窗，看到她坐在一个中年女人的病床边，和病人低声说话。屋里还有几张病床，几个病人或坐或躺。

沈红叶忽然起身向门口走来。祝五一闪到一边。沈红叶走出病房，匆匆向住院部外面走去。他跟在后面，看到她拦住一位医生交涉着什么，话语断续传来："你们能不能别给我妈妈停药呀，钱我一定想办法交上。""医院有医院的规矩，你别再磨我们了，你快去想办法把钱交上吧!"

医生走了。沈红叶转身向祝五一的方向走来，他躲进一个角落。等沈红叶走过，他走出角落，却发现沈红叶已经不见了踪影。

祝五一回到沈母的病房，却不见沈红叶回来。他赶紧跑到医院门口，四处张望。沈红叶已无影无踪。他垂头丧气地走过街头，忽然停下脚步，目光停在路旁的一个水果摊上。

一篮水果摆放在病房床头柜上。祝五一端坐在病床边的凳子上，对沈母嘘寒问暖。

沈母问："你是红叶的朋友?"

祝五一含糊其词："啊……"

沈母又问："你怎么称呼呀?"

"啊，我姓祝，小祝。阿姨，您的病好点了吗?"

"还好吧。"

一个病友插嘴："你这病呀，打针吃药是一方面，更重要的是靠自身抵抗力把它压下去，你长期睡不了觉，这抵抗力和免疫力肯定不行啊。"

沈母说："昨天我还吃了安眠药呢。"

"安眠药吃多了就没用了。我听说有一种项圈，戴上专治失眠的。"

"什么项圈呀，多少钱呀?"

"好像有二三百块的，也有一两千的。"

沈母显然没有要买的意思："那么贵呀。"

另一个病友说：“听说那东西是虚假宣传，效果不行的。”

祝五一忽然想起什么，他从脖子上摘下月亮石，递给沈母：“阿姨，我这儿有块石头，能安神的，这个不是假的，您可以先戴着试两天。”

沈母连忙推辞：“不用不用。我这是老毛病了，没关系的。”

祝五一坚持送出：“您先试着戴两天，要是管用，让您女儿再给您买一块。”

病友也帮着劝说：“老孙，你还客气什么呀。”又对祝五一说，“你阿姨就怕麻烦别人，怕占别人便宜，心可重呢。”

沈母这才接过月亮石。祝五一帮她戴上，随即问道：“阿姨，跟红叶在一起那个男的是你们亲戚吧？”

沈母不明白：“哪个亲戚呀？”

“总穿个黑上衣，留着刺头的那个，脸有点长……”

“你是说大伟吧？”

“大伟……他是干吗的呀？”

“他在一个公司里上班吧。”

“他跟红叶是朋友啊？”

“他们从小一起长大的。你是找红叶，还是找大伟呀？”

“我找红叶，她去哪儿了？”

“啊，她刚还在这儿，她回家了，呆会儿她还要上班去呢。”

要钱没有，要命一条

祝五一再次来到李子巷，却见沈红叶的小屋门上挂着铁锁，只好怏怏走开。他走进离小屋不远的小吃店里，要了一瓶啤酒，坐在靠窗的座位上观察前方的路口。路口偶有行人过往，始终未见沈红叶的身影。

此时，沈红叶正走进一幢居民楼，按响一户人家的门铃。门开了。王姐拿着手机，向她做了个“嘘”的手势，继续打电话：“咱们有五年的承包合同，现在还不到半年。你们要是不让我干了，就把承包押金全部退给我，还得赔偿我一切损失，否则我告你们去！你要敢翻脸不认人，我就敢把你以前那点糗事全都抖落出来，逼急了我什么事都……”对方挂断了电话。王姐余怒未息，又无可奈何，“孙子！真他妈孙子！”

一直站在门厅里的沈红叶怯怯地叫了一声：“王姐。”

王姐仿佛这才想起门厅里还站着个人，没好气地问道：“什么事？”

沈红叶难以启齿地：“我……我的工资，还有进店押金，您能不能……”

王姐气不打一处来：“哼，我还以为就你仁义，出了事还过来看我呢。闹了半天，你也是来讨债的。真是人一走，茶就凉，什么世道！”

沈红叶想解释：“王姐，我也是……”

“你不是被他们留下来继续上班了吗？你要钱找他们要去呀！”

“他们说您还没跟他们结算清楚，以前的工资得找您要，还有我的进店押金，说也在您这儿呢。”

“刚才你都听见啦，他们还欠我钱呢。要不你先帮我要回来，我再给你。”

“我怎么帮您要啊？”

“那你就等着吧。”

“王姐，我真有急用，工资您不给，就先把我交的押金退给我吧。”

“我告诉你，要钱没有，要命一条。你要是没能耐拿我的命，趁早给我走人，别在这儿耽误工夫！”

沈红叶生气了，在一张椅子上坐下：“你不还我钱，我不能走！”

王姐大怒：“你少跟我来这套，你这一套我见多了，赶紧给我滚！”

沈红叶哽咽着：“王姐，你也知道，我妈……”

王姐打断她：“生老病死，人之常情，你别动不动拿你妈吓唬我。我妈当初生病也没人给我送钱。谁的老娘谁养，谁的孩子谁抱，跟我没关系！”

“你太狠心了，我没让你送钱，我是来拿我自己的钱，你凭什么不给！”

王姐把沈红叶拉起来，推向门口：“你们看我倒霉了，都想来叨我一口是不是，休想！我干这行能到今天，能让你们这种小毛孩吓唬住吗？你赶快给我滚！滚！”

王姐推打沈红叶，沈红叶被迫反抗。扭打中，王姐被推了个趔趄，她怒不可遏地操起一只花瓶砸向沈红叶。沈红叶低头躲过，见王姐下此狠手，她急忙退至门口，夺门欲走，却被王姐拖住。眼见王姐操起另一只花瓶朝她头上抡来，沈红叶将王姐用力一推，转身逃出门去。王姐脚下不稳，向后摔倒，发出一声沉闷的响声。

祝五一仍然坐在小吃店窗边，紧盯着路口。面前摆着半碗面条，已经全无半点热气。

三个男子走进小吃店，在祝五一旁边的桌子边坐下，高腔大嗓地点菜要酒，议论着刚刚结束的一场足球比赛。他们动作夸张，举手投足间碰到了祝五一。祝五一反感地挪动椅子，躲开他们。一个男子注意到了他的反感，扭头看他一眼，满不在乎地又回头与同伴说笑，忽然再次转头，注意地看着他，顿时满脸惊讶："哎，你不是那个……"

祝五一立即否认："不是！"

对方凑过来，仔细地盯着他看。他厌烦地扭过头："什么情况啊！"

"没错，就是你。"对方扭头向两个同伴大声招呼，"快看呐，网络明星！"

祝五一回头吼了一声："有病吧你？"

另一个男子凑过来，只看了一眼便大呼小叫："哟，哥们儿，你住这边呀？"

祝五一站起来向店主走去："老板，结账！"

一个男子一把拉住他的衣袖："哎，你别走呀。我还没找你签名呢。"

祝五一转身，双手用力推击对方的胸部："有病啊你！"

对方不急反笑："哟，你还挺大牌！"

祝五一不再理他，掏钱结账。另一个男子上来，口出不逊："嘿！你玩女人玩出名了，你还真把自己当名人啦，耍什么大牌呀！"另一个也上来说："你算什么东西呀，动手你是个儿吗，你牛掰什么呀……"几个人在祝五一身上戳戳点点，推推搡搡。

祝五一交完钱，转身的同时一拳击出，一个男子猝不及防，瞬间倒下。另两个男子冲了上来，又一个男子在祝五一的拳头下重重地摔倒，只剩下一个瘦弱的进退无措。

祝五一并不恋战，转身拉开店门，扬长而去。

沈红叶回到病房，母亲已经睡了。她坐在病床边，一眼看见床头柜上的果篮，愣了一下，轻声问邻床的病友："阿姨，这是谁送的果篮呀？"

病友轻声答道："是你朋友送过来的。"

沈红叶疑惑地："大伟？"

"不是。大伟我见过。是另一个，姓祝吧好像……"

"祝……是不是叫祝五一？"沈红叶紧张起来，"他什么时候来的，跟我妈说什么了？"

"没说什么，就来看看你妈吧。他还送给你妈一块睡觉石呢，专门治失眠的。你看，你妈今晚睡得多好！"

沈红叶这才注意到母亲的脖子上有根红线，她轻轻拨开被头，露出那颗晶莹剔透的月亮石。怔忡之际，母亲忽然醒了，见沈红叶盯着自己的脖子，母亲解下月亮石："那个姓祝的小伙子是你什么朋友啊，这东西很贵吧？你快去还给人家吧。"

沈红叶接过月亮石，问了一句："那个姓祝的，他去哪儿了？"

"帮我把冤枉洗清了"

沈红叶回到李子巷，已是深夜。巷子里没有路灯，黑乎乎的。她小心翼翼走近小屋，正准备开门，忽然感觉身边有个人影。她吓了一跳，惊悚看去，认出那人正是祝五一。沈红叶定下心来，打开门，沉默着走进屋，祝五一跟了进去。小屋里陈设简陋，却收拾得非常整洁。沈红叶和祝五一各坐一边，默然相对。

终于，祝五一打破沉默："你和绑架你的那个人住在一起吗？"

沈红叶摇了摇头。祝五一又问："你和他，其实是恋人吗？"

沈红叶赶紧声明："不，我们只是朋友，是老乡。"

祝五一仍然沉着脸，克制着声音："你和你的朋友、你的老乡，你们的游戏……玩得很开心吗？你们很开心吗？！现在，警察在找我的麻烦，单位也不要我了，同事，家人，还有朋友，没人相信我了。我只是想问一句，你们玩够了以后，能帮帮我吗？"

沈红叶的眼里忽然有了泪光，她哽咽着："我们也想得到你的帮助，你是记者，你有说话的权力，但你不帮！”

祝五一有些惊讶：“你要我帮什么？”

沈红叶抬起头来，泪闪双眸。在她断断续续的叙述中，祝五一仿佛又回到了那个紧张的时刻……

曹大伟勒着沈红叶的脖子，尖刀抵住她的喉咙。他死死地盯着对面的祝五一，低声问道：“你是记者吗？”

祝五一点点头。

“你刚才拍照了吗，你要把照片登在报纸上吗？”

祝五一仍然点头。

“这事有新闻价值没有？”

祝五一怔了瞬间，又点头。

“你可以登！你只要答应我一件事，我就让你登！”

祝五一继续盲目地点头。

“你得给我在报纸上登个事。我妈病得很重，等着钱救命，等着钱做手术，要十几万，你在报纸上呼吁一下，帮我妈弄点捐款，你答不答应？”

祝五一始终在点头。

曹大伟脸上全是汗水：“我妈叫孙敏，住在长仁医院303病房，你记住了吗？君子一言，驷马难追，你要是真的答应了，我就马上投降。”

祝五一仍然点头：“好，你投降，你把她放了，你要我怎样……都行！”

曹大伟喘着粗气：“你给我妈的事登了报，出来我给你磕头，你要敢骗我，我让你生不如死，让你不得好死！”

祝五一继续点头。

曹大伟犹豫着，似在判断他的诚意。终于，他向祝五一绽开一个感激的笑容，同时把刀往地上一扔，双手举过头顶。沈红叶瘫倒在地。警察一拥而上……

祝五一几乎听傻了：“曹大伟……他为什么要这么干？”

“他就是想帮我。我妈得了重病，手术费要十几万，我当时连住院费都交不上，哪有钱做手术呀。我又不愿意挣那种钱。只能求大伟帮忙，他跟我是老乡，一直都特别帮我，我拿他当哥哥。大伟拿他要在朋友的公司投资入股的钱，帮我垫上了住院费，他就没钱了。他给一些慈善基金会打过电话，都没回音。后来他又给你们报社打电话，你们那儿接电话的人说，这事没有新闻价值，帮不上忙。他不懂新闻，就买了份报纸瞎琢磨，然后就拉着我上街，突然就拔出刀来逼住我……”沈红叶停顿了一会儿，似乎仍心有余悸，“当时我吓坏了，听到他大喊大叫要见记者，我才明白他的意思。再然后，你就出现了……”

“他怎么这么傻呀？”

“其实大伟心眼挺好的，就是太鲁莽。他不爱动脑子，想干什么就干什么。他觉得这事反正是假的，警察也不能把他怎么样，只要你们把我妈的事登了报，有人给捐款了，怎么都行。可他怎么也没想到，你居然没给登报。”

祝五一有点惭愧：“那……后来呢？”

“后来警察知道这事是假的，拘留了他几天就把他放了。他出来后就来找我了。他说你不但没帮我们登报，还把自己捧成了个大英雄！他说他咽不下这口气，不能就这样让你给耍了。我怎么劝他他都不听。他从报纸上知道了你的名字，就在我那儿给你们报社打了个电话……”

祝五一仿佛又听到了那个低沉的声音：“你出门小心点，当心有人弄死你！”

他继续问道：“那后来你为什么跟警察说不认识我，没见过我？”

“我当时挺害怕的，而且，我也挺恨你的。”

“恨我没帮你妈？”

沈红叶点点头。

“你妈得的是什么病？”

“主动脉瓣狭窄。医生说，如果不进行手术，最多只能再活两三年。”

“动了手术就能治好吗？”

“医生说，有些病人是可以通过手术治好的，但是，如果不动手术，没有人可以自愈，危险随时都可能发生。我从小就没了爸爸，我妈一个人辛辛苦苦地把我拉扯大，我一定要救她！”

祝五一看着沈红叶，同命相怜之感油然而生，他诚恳地说：“我帮你！”

沈红叶惊喜地看着他：“真的吗？”

祝五一点点头，又补了一句：“你也得帮我才行！”

沈红叶连连点头。祝五一说：“那咱们说好了，我帮你跟报社说你妈妈的事，你帮我去公安局作证，把我的冤枉洗清了。”

沈红叶点点头："好。"

"一言为定。"

"一言为定。"

两人互留了手机号码。祝五一告辞出来，沈红叶目送着他走出了巷子，才转身回屋。她忽然又想起什么，摘下脖子上的月亮石，转身出门，追到巷口，祝五一早已不见了踪影。

谁能证明你清白

夜深了。方家客厅里，一家人坐立不安地猜测着祝五一的去向。

方守道铁青着脸说："他现在还在涉案阶段，我不相信他会这样一声不响就离开中都。连个行李都不拿。要是那样，那他就可能真的犯了什么事，畏罪潜逃了!"

祝槿玉吓得面目僵硬："我们还是报警吧?"

方守道冷冷地："我再派人去永川找找吧，如果一周内找不到他，再报警。"

方舟睡眼惺忪地插了句嘴："也许他就是闷得慌，上哪儿玩去了。"

祝槿玉说："他出这么大事还有心情玩儿? 怎么可能!"

方舟说："要不就是上哪儿喝酒去了，借酒消愁呗。大小伙子一两天不着家，你们犯不上为他操这么大心!"

祝槿玉说："他不会喝酒，他从来不喝酒的。"

大门忽然响了一声。几个人急忙走到走廊上，他们惊异地看到，祝五一满脸轻松地走进来。他对自己的"失踪"未作任何解释，反而奇怪地问："这么晚了，你们还没睡呀?"

祝槿玉先是惊喜，继而气愤，连珠炮似的训斥道："你跑哪儿去了? 也不跟家里说一声，手机也不带。你知不知道我和你姨父急成什么样了。你姨夫派人找了你一个晚上，火车站汽车站都找遍了，就差去公安局报警去了!"

"报警? 家里出什么事了吗?"

“除了你，家里还能出什么事呀？”

“我？我挺好呀，我没出事呀。”

祝五一若无其事的样子叫祝槿玉气急败坏，方守道赶紧开口说：“五一，过去你可能一个人生活惯了。但你现在不再是一个人了，你得知道你姨妈在担心你，你年纪也不小了，该懂事了，该懂得为别人着想了。”

祝五一有些歉意：“对不起。姨妈，是您不让我出去，我才偷着跑出去的。”

祝槿玉缓和下来：“你一出去就惹事，你还嫌不够热闹吗？现在这种情况，你出去干什么？”

“我去找证人呀。”

“证人？找什么证人？”

“证明我清白的人。”

他们都怔住了。半晌，方守道才问了一句：“谁能证明你的清白？”

命案

第二天上午，祝五一按照约定时间在派出所门口等候，却迟迟不见沈红叶出现。他拨打沈红叶的手机，发现对方已关机。

他又去了李子巷。沈红叶栖身的小屋门口挂着一把大锁。

他走出巷子，手机忽然响了。他接了起来：“萧主任……”

祝五一匆匆跑进社会新闻部，向会客室走去。韩振东跟上来，低声问他：“你又干什么坏事了？”

祝五一茫然：“没有。什么叫又啊？”

“警察都找到这儿来了！”

“警察找我干吗？”

“这得问你自己呀。最近这几天，你没又干那个事吧？”

祝五一傻乎乎地问：“哪个事？”他很快反应过来，瞪眼道，“什么情况啊！”

韩振东故意反问："你知道我说哪个事啊？"

"你吐不出象牙来！"

"你真没干？"

"你才干了呢！"

韩振东教导说："好！那你就咬死了说没干。就算有哪个女人把你供出来了，只要你不承认，警察也没辙，知道吗？"

"知道。"祝五一转念又说，"我本来就没干嘛。"祝五一说着走进会客室。

萧原正陪几个便衣警察说话，见祝五一进来，立即站了起来，对警察说："他就是祝五一。你们问他吧，我先出去了。"

萧原走了。警察严肃地对祝五一说："你先坐下吧。"

祝五一坐下了，有点不安。

警察摊开记录本："昨天晚上八点到十一点，你在什么地方？"

祝五一想起了韩振东的警告，有点紧张："几点到几点？"

"八点到十一点，你在什么地方？"

"我没在什么地方啊。"

"也就是说，在这段时间里，你无法说清你在什么地方？"

"说得清啊。等我想想，几点来着？"

另一位警察说："你就说你昨晚和谁在一起吧，在一起干了什么？"

祝五一马上解释："没干什么呀，我们什么都没干。"

"你们？你和谁？那人是男的还是女的？"

"是个女的。"

"哦，女的！你和那个女的昨天晚上八点到十一点在什么地方吗？"

"在……在家里呀！"

警察有些意外："家里？你昨天晚上和谁在家里？"

送走警察，萧原和祝五一在报社的走廊里边走边谈。

萧原问："警察找你到底因为什么？"

祝五一说："他们问我那个时间是不是和那个女的在一起。"

"哪个女的？"

"就是那个人质，我上回去大成洗浴中心找的那个女的。哦，她叫沈红叶。"

“哦。你怎么说?”

“我什么都没干，当然不能承认了。”

“哦。没在一起你就说没在一起，实事求是。”

祝五一看看左右，小声对萧原说：“其实我们昨天晚上是在一起来着，我没告诉警察。”

萧原停下来，严肃地问：“为什么?”

“因为我们确实什么事都没干啊!”

“什么事啊，都没干?”

祝五一再小声：“就那种事呀，我躲还来不及，还能往里跳?”

“既然你躲都来不及，那你干吗还和她在一起?”

“我要找她为我作证，她是我唯一的证人。她愿意为我作证。”

“她愿意作什么证?”

“她愿意证明我那天去洗浴中心就是去找她的。她可以证明跳楼的那个女的是自己跑到我的房间里去的!”

萧原气恼地：“你就不应该到那种地方开房间！你在那种地方开房让警察抓了现行，你以为那么容易说得清啊！你这儿进水了呀?”

萧原指指祝五一的脑袋，转身走了。祝五一站在采编平台的入口，不知进退。韩振东恰好路过，问道：“哎，老六，警察找你干什么呀，没事吧?”

祝五一烦躁地：“没事。”

“那什么，你那钱……什么时候还我呀?”

“什么钱?”

“嘿，你怎么给忘了呢？就是你出事那天，那天晚上，我帮你垫的那个医药费呀!”

“噢，你说那个呀……”

面对前来方家求证的两个警察，祝槿玉显然有点反应迟钝：“什么？和我?”

“祝五一说，昨晚八点到十一点，他一直呆在家里，跟你在一起。”

祝槿玉有点紧张：“他，他跟我……他又犯什么事了吗?”

“他没犯什么事。我们是想通过他调查另一个人，是个女的。据那个女人说，她昨晚八点到十一点这段时间里，和祝五一呆在一起。”

“他们在一起都干了什么？那个女人是干什么的？”

“昨晚八点到十一点这段时间，这个女人涉嫌一起重大刑事犯罪，所以我们想调查一下，这段时间她是不是和祝五一呆在一起。”

祝槿玉惊呆了：“刑事犯罪？”

祝五一回到了方家大院。他无精打采地走进卧室。

祝槿玉立即跟进来问他：“你怎么会认识那种社会上的女孩子，啊？你了解她吗，你就跟她接触？”

祝五一说：“我要找她给我作证，我不接触行吗？”

“你昨天说今天可以恢复名誉，今天又说证人被抓了，你到底哪句是真的？”

“两句都是真的。”

祝槿玉叹了口气说：“五一呀，咱们这回可得说好了，这件事没弄清楚之前，没有我同意，你哪儿都不许再去了。听见了吗？”

祝五一转身去喂“讨厌”：“听见了。”

祝槿玉起身要走，祝五一忽然拦住她：“姨妈，求你个事。”

“什么事？”

“你借我点钱吧？”

“你借钱干什么？你反正不出去了要钱干什么？”

“我上回跟同事借了点钱。”

“你缺钱可以问我要啊，干吗跟你们同事借钱？”

“上回那个事，我当时不是没告诉你吗？当时是我们同事给垫的钱。”

祝槿玉不明白：“哪个事啊？”

祝五一吞吞吐吐：“就……就那个事。”

“那个事呀！你不是说你什么都没干吗？”

“我是什么都没干啊。”

“什么都没干怎么还花钱了？”

“不是，当时警察不是让我……唉，算了算了，越说越拧巴，你不借算了。”祝五一丧气地坐下了。

方舟下班回家，从祝五一门口经过时，她脚步略停，先冲祝槿玉点了点头，然后目光扫进屋里，落在祝五一的脸上。

晚饭的气氛异常沉闷，方守道没有回来，饭桌上只有祝槿玉和那一对“姐弟”。

方舟看看祝五一，欲言又止。祝五一低头吃饭，目光回避。方舟终于开口了，她冷冷地问：“哎，那个洗浴中心又出事了，你知道吗？”

祝五一问：“哪个洗浴中心？”

“就是你老去的那个。”

“谁老去了！”祝五一本想发作，见方舟目光严厉，便缓和下来，“我知道，昨天我找的那个女孩让警察抓了。”

“我不是说这个事。”

“还出什么事了？”

“那家洗浴中心的老板娘被人杀了。”

祝槿玉和祝五一都吓了一跳。祝五一问：“什么时候的事啊？”

“据说是昨天晚上八点到十一点之间。”

“你是怎么知道的？”

“下班前，我在萧主任办公室听法制版的人跟他汇报了这个事。”

祝槿玉好奇地问：“为什么杀人呀？”

“听说是因为债务问题。那个老板娘欠了不少债，还拖欠了职工的工资。”

祝五一问：“是债主把她杀了？”

“听说就是他们洗浴中心的一个人。”

祝五一有些心惊：“哪个人？”

“公安局抓了哪个人，就是哪个人吧。”

祝五一目瞪口呆。

沈红叶坐在公安局审讯室里，灯光照射下，她泪水双流。

警察说：“现场提取到了你的指纹，邻居也看见你进了死者家里，还听到了你们争吵。这你也想否认吗？”

沈红叶辩解：“我是去过她家，但我没有杀她呀。”

“你们为什么争吵？”

“我去要我的工资和押金，她不给……”

“然后你们就动手了，对不对？”

“是她先动手的，她打我，我没有打她……”

“你们先是争吵，然后发生厮打，死者被重物击中要害部位，死者倒下后，你就匆忙离开了现场，对不对？”

沈红叶哭了：“我没杀她，我昨晚七点多就从她家出来了，后来一直跟祝五一在一起，你们可以问他……”

“我们问过他了。他说他昨天晚上一直在家，跟他姨妈一起。”

沈红叶惊呆了：“什么？”

我不想杀人，也不想被杀

晚饭后，祝槿玉把祝五一押回卧室。谈起那桩凶杀案，祝槿玉仍然忧心忡忡：“我早说过你不要什么人都接触，你偏不听。中都这种大城市什么人没有，现在你搅进这么大一件事里，你说你现在怎么办吧！”

祝五一说：“我哪知道能发生这种事呀，不行我就去跟警察说嘛……”

“你跟警察说什么？”

“就说我和她昨天晚上是在一起的，她不可能去杀人。”

“你哪知道她杀没杀人呀，你跟她又不熟！她杀了人会告诉你吗？”

“那我至少……”

祝槿玉打断他：“警察要是没证据能抓她吗？说不定警察正在找她的同伙呢。万一你说不清楚，警察怀疑你是她的同伙，你可怎么办呀？你以为说清楚一件事就那么容易吗？上次的事，你跟那个跳楼的女人，你们干什么没干什么都是小事，这次可是人命关天的大事！你万一扯进去又说不清，你可怎么办呀？”

祝五一怔忡不已。

后院小屋里，灯光如烛，昏暗不定。祝五一坐在灯影下，与左林默然相对。

祝五一低着头：“我们报社有句名言：假话都不说，真话不都说。真话……”

他抬起头来，“可以不都说吗?”

左林的脸沉在更深的阴影里，他的声音幽幽地从暗处传来：“假话和真话，都是锋利的刀，可以杀死别人，也可以杀死自己。”

“那……可以不说话吗?”祝五一停了一下，又说，“我不想杀人，也不想被杀。”

“如果你能让自己的心坚硬起来，硬得再也不会感动，再也没有焦虑，再也不用忏悔，硬到你的心可以与世隔绝，那时候，你就可以永远……保持沉默。”

祝五一怔怔地看着左林，几乎看不清对方面庞的轮廓，只能看到一双苍老而无光的眼眸。他说：“可我的心总也硬不下来，它还会疼，还会害怕，还会让我流眼泪，让我睡不着觉，让我不得安宁。”

祝五一的目光忽然清晰起来，坚定起来，那目光灼灼地投向那灯下的暗影。他看到暗影中那双本已无光的眼睛，慢慢地合上了。

第二天一大早，祝五一便来到了公安局。他把手指按在笔录上，留下红色的指印。他擦了擦手上的印泥，目光抬起时，他看到了笔录警官眼中的鼓励。

警官说：“谢谢你向我们提供证言。以后有些情况可能还会找你了解。希望你能以一个记者的职业操守，继续实事求是地向我们提供最真实的情况。”

祝五一说：“当然!”

“别那么肯定。至少上回你就说了谎话，没有向我们提供真实的证言。其实，你来之前，我们已经基本否定了沈红叶作案的可能性，幸亏你及时作出了更正，否则你就可能涉嫌伪证了，伪证也是一种犯罪。”

“上次呀，我是怕你们又说我……”祝五一忽然收住话头。

“说你什么?”

“怕你们又说我生活作风不好。”

“我们说过你生活作风不好吗?”

“你们是没说过，但上次你们派出所的人说过。其实你们抓的这个女孩可以证明我没问题，她可以证明我是清白的!”

在场的警官们不知祝五一在说些什么，莫名其妙地面面相觑。

沈红叶无罪释放。离开看守所之前，警察把一个塑料袋交还给她。袋子里是她进来时被暂扣的东西，手机、钱包、钥匙……还有那颗晶莹的月亮石。沈红叶凝视着月亮石，百感交集。

沈红叶走出看守所大门，等候已久的祝五一面含微笑迎上前去。忽然，一辆出租车开来，阻断了他的步伐。曹大伟下车，拉开车门，恭请沈红叶上车。

沈红叶隔着车顶望了祝五一一眼，曹大伟则狠狠地瞪了祝五一一眼，随后也上了车。出租车就要开走之际，祝五一忽然拉开另一边车门，挤了上去。汽车已经起步，没有停下，驶离了看守所大门。

曹大伟没料到祝五一不请自上，和他一起夹着沈红叶坐在一排车座上，不由得恼羞成怒。沈红叶却向祝五一投以感激的目光，令曹大伟发作不得。

曹大伟说："你老实交代，那天晚上你跟红叶在一起到底干了什么？"

祝五一目视前方，充耳不闻。

"装什么哑巴呀。你们大晚上的都干了什么见不得人的事，啊？"

祝五一仍不答腔。

沈红叶委屈地看着曹大伟："大伟，你说谁呢？你思想怎么那么肮脏？"

"红叶，我没说你。我说他呢。"曹大伟捅了捅祝五一，"我可告诉你，红叶以前可是干干净净没让人碰过的，所以你干什么没干什么，我可检查得出来！"

祝五一问："你怎么检查？"

"装什么傻呀，等以后我们结了婚我自然会知道！你要是干什么了趁早坦白，否则我让你后悔一辈子！"

沈红叶红着脸说："大伟你说什么呀，谁跟你结婚呀……"

曹大伟说："我是让他把事情说清楚，怎么敢做不敢当呀！"

祝五一说："我是要把事情说清楚！但不是跟你！"他转头对出租车司机说，"师傅，麻烦你先去一下新元街派出所……"

沈红叶把手指按在笔录上，留下红色的指印。她擦了擦手上的印泥，目光抬起时，她看到了祝五一脸上感激的微笑。

他们走出新元街派出所。等候在门外的曹大伟立即迎上去拽住沈红叶："红叶，走吧。你对得起他了。"又对祝五一说，"一报还一报，从此你走阳关道，我过独木桥，井水不犯河水！拜拜了！"

曹大伟拉着沈红叶走了。走远的沈红叶忽然停下脚步，回首张望。她看到祝五一还呆呆地站在路旁。

孺子不可教也

祝五一回到报社，他昂首大步走过社会新闻部，众人无不眺望关注。

祝五一兴奋地闯进了主任办公室，萧原不在。他转身出门，看到了崔哲。

听了祝五一的汇报，崔哲似乎并没表现出应有的释然。他说："这个事恐怕光你这么说还不行吧。你也知道，这个事给咱们报社带来了很大麻烦，影响很坏。报社领导几次专门为此事开会研究，做了大量的危机公关，但效果都不是很明显，目前正在考虑对你的处理措施。不严肃对你作出处理，恐怕难以平息事态。就是处理了你，其实也难挽回对报社的负面影响。所以这个事要真是像你说的那样，就必须让公安机关给你出具一份证明，证明你确实什么问题都没有，是被冤枉的！咱们报社就可以大张旗鼓地正面澄清这件事，驳斥所有的不实传闻和恶意攻击，既还你本人以清白，也还报社以尊严，还事实以公正！"

祝五一有点犯愣："公安局……出什么样的证明才行啊？"

派出所里，一名警察断然拒绝了祝五一的请求："什么样的证明我们也不能出。再说你有没有那个事，我们也证明不了！"

祝五一说："怎么证明不了呢？沈红叶给我作过证明了，你们也都记录了呀。"

"沈红叶？她在你的房间门口就呆了一分多钟，她能证明什么？"

"怎么不能证明呀？当时怎么回事她都看见了！"

"你在洗浴中心里开房，在房间里呆了一个多小时，她就看见你一分多钟，能证明你什么？那个女的从哪儿来的，为什么进你房间，之前是不是在你房间里，她都能证明吗？"

祝五一哑然。

"我们没有认定你什么，也没有追究你什么，这事在我们这儿已经处理完了。

至于你和那个女人之间到底是有什么还是没什么，我们没法证明，明白吗？我们不可能给你出什么证明。”

祝五一问：“那谁能给我出证明啊？”

警察说：“证明啊，那恐怕只有你们自己了吧。”

祝五一无言以对。

祝五一又去了中大医院，按摩女躺在病床上，惊讶地看着他：“你怎么又来了？”

祝五一问：“你认识我了？”

“你不是那天来过吗？”

“那你想起那天晚上的事了吗？”

“哪天晚上？”

“就是你摔伤的那天晚上……”

“什么事啊？”

祝五一急了：“我求求你了，你跟警察说说吧，就说你想起来了……”

“可我真的想不起来呀，你是干什么的呀？”

“那天你闯到我房间里，你把门锁上，当时我在走廊里，还有一个……”

按摩女打断他：“过去的事情，我什么都想不起来了，我真的不记得你了，也不记得跟你在一起的那个女孩了！”

祝五一哑然。他走出医院，在大街上郁郁而行。他耳边忽然回响起了按摩女的声音：“我真的不记得你了，我也记不得跟你在一起的那个女孩了！”

他若有所思，蓦然站住。

祝五一猛地推开了主任办公室的门。这一次，萧原在屋里。

听了祝五一的汇报，萧原显得很冷静：“你肯定吗？你肯定从来没跟她提过沈红叶？”

祝五一说：“我上次和这次去找她，都没跟她提过沈红叶啊，她如果真忘了，怎么可能知道当时我身边还有个女孩呢？”

“你的意思是，她的失忆，全是伪装的？”

祝五一怔了半天：“她干吗要装呢？”

桌上的电话响了，萧原接了起来："周社长……我马上过去。"

他挂上电话，站起来向外面走去。祝五一追着他问："萧主任，这事公安局已经不追究了，咱们报社还要处理我吗?"

萧原想了一下，说："我们再商量一下吧。因为事情还没有完全搞清，所以目前部里还没有正式研究处理意见。"他们走出办公室。萧原随口问了句，"沈红叶被放出来以后，去哪儿了?"

祝五一说："她好像跟着曹大伟去一家公司应聘了。"

"什么公司?"

"好像叫力健公司，我在网上看过他们公司的广告，可恶搞呢!"

"力健公司?"萧原放缓脚步，若有所思。

萧原走进社长办公室时，看到崔哲已经在座，像是已经和周自恒谈了很久。

周自恒开门见山："萧原，祝五一的事不要再拖了。我刚才查了一下热线通话记录，网友们还是不依不饶的，昨天还有几百个网友打来电话，问我们打算怎么处理。这种事拖久了，对报社的社会形象非常不利，所以你们必须马上处理!"

萧原点点头，转头问崔哲："老崔，你的意见呢?"

崔哲说："现在底下人都在议论，说祝五一上次那个事刚被公安局抓了现行，没过几天就又和那种女人来往密切，好像有点孺子不可教也。也赶上他点儿背，这次又让公安局查到了。当然没查到的也许还有很多次。至于应该怎么处理他，是开除，还是给他留面子，让他自己辞职走人，我还没有想好，萧主任决定吧。不过，我赞成周社长说的，这事宜早不宜迟，早定了早对外公布。"

周自恒问："萧原，你看呢?"

萧原未即答言。

晚上，报社里安静下来。祝五一和萧原面对面坐在办公室里。两人都沉默着，不发一声。

终于，祝五一开口了："萧主任，我明白了。"

萧原点点头："好，接下来的路你要走好，自己当心吧!"

祝五一站起来："我知道了，萧主任再见。"

萧原也说了声"再见"，面目严肃地看着祝五一走出了房间。

社会新闻部里的灯光大部分都关闭了，静无一人。祝五一从笑脸墙前走过，他放慢步伐，目光投向自己的照片——一张稚气的面孔在墙上傻傻地笑着。

祝五一缓缓离去，他的脸上没有一丝笑容。

萧原站在窗前望着外面。外面下雨了，他看到祝五一孤独的身影钻进了雨幕。雨越下越大，他的眼前渐渐模糊起来……

青年萧原走进一间小小的居民住屋，环顾四周：几件简陋的家具，到处胡乱堆放着空酒瓶子。这就是祝五一的奶奶家。祝五一的父亲，一个醉醺醺的中年男人，正在训斥童年祝五一。祝五一恐惧地缩在墙角，无助地啼哭。奶奶拦住祝五一的父亲，不知是斥骂还是哀求。

萧原向他们问话。祝五一的奶奶反问着什么……醉酒的父亲冲过来冲萧原大喊，醉态毕露。萧原的目光投向墙角的祝五一。祝五一脸上两行眼泪非常触目。奶奶唠叨着向萧原解释着什么，似乎在说孩子，又似乎在说那个醉汉。

萧原无奈地退出阴暗的屋子，不料奶奶又追了出来。"同志，既然你是他妈妈的朋友，就请你帮帮忙，把孩子带走吧。"

萧原愣了。奶奶不由分说，把祝五一推到萧原怀里："好好让他上学，要是让他跟了那个醉鬼爸爸，他一定会学坏的。"

萧原茫然之际，屋门砰的一声关上了。

萧原再去敲门，门却不再打开。祝五一撒腿向雨中跑去，萧原正欲去追。身后的房门突然再次打开，奶奶把一个提包扔了出来。门砰的一声又关上了。萧原从地上捡起那个提包，然后朝祝五一逃走的方向追去。

……

永川市儿童福利院。童年祝五一跟着一名老师走进了楼门，他回了一下头，表情木然。萧原站在楼外，目送他们直到消失。祝五一的回眸一望，刻入他的心间。

萧原回过神来，向楼下望去，祝五一早已不见了踪影。

第二天上班，韩振东站在一把椅子上，把祝五一的照片从笑脸墙上摘了下来。周围来往的编辑记者们小声议论：真开除啦，还是让他自己辞职的？听说是开除的。是吗？老萧够狠的！

萧原走过来了，人们立即闭上嘴。萧原从韩振东手里接过照片，看了一眼。

照片上的祝五一笑容依然。萧原似有些感触，但他一言未发，转身走了。

韩振东走回自己的座位。刘成凑过来，向他伸出手："给钱吧。"

"给什么钱?"

"你别装傻。你不是赌老六能转正吗，愿赌服输！一百块，谢谢。"

韩振东很不情愿地掏出一百元，扔在桌面上："你瞧你这素质，同事被开除，你不感到悲伤也就罢了，居然还兴高采烈地来要钱，大发人难之财……"

刘成打断他："哎，当初可是你主动要赌的。"

韩振东叹了口气："我哪知道老六这么不争气呀。"

王长庆站在他身后，手里仍然端着个大杯子，也发出了一声叹息。

韩振东问："老王，你又有什么不成熟的看法了?"

王长庆说："老六的事本该为你敲响警钟，可你怎么还执迷不悟呢。"

"你这话怎么说的？我又不嫖。"

"你是不嫖，可你好赌啊。嫖赌一家，都是害人害己啊!"

"你懂什么呀？小赌可以怡情，输了也不丢人。嫖可就不一样了，一旦事发，不但自己丢人现眼，家里沾亲带故的也跟着……"

韩振东忽然从刘成的表情上感觉到了什么，连忙刹住话头。他转头看到方舟板着脸从他身边大步走过，连忙闪身让路。

方舟目不斜视地走了过去。

方舟匆匆走出报社，忽然停下脚步，转头看去，一辆轿车停在路边，何光磊按下车窗。

方舟和何光磊来到一家西餐厅，边吃边谈。谈到报社对祝五一的处理决定，何光磊似乎有些惊讶："开除？不应该呀。"

方舟无精打采地问："怎么不应该呀?"

"出去找个女人，这是个人的私生活嘛。怎么？报社连职员的私生活都管?"

"你的私生活也是这样吗，你们男人的私生活都是这样吗?"

"我哪还有私生活，我的全部生活都贡献给大道公司，贡献给你们方家了。"

方舟认真地说："在老百姓眼里，新闻媒体担负着社会的道义，他们可不太愿意看到，担负这种责任的人，有这样的私生活!"

何光磊立即附和道："是啊。他弄出这种事来，确实伤了你们方家的脸面。"

方舟低头吃饭。何光磊小心翼翼地问："你爸和祝阿姨知道了吗？"

祝槿玉小心翼翼地走进书房，看着被高背沙发遮住身子的方守道，目光忧虑。方守道知道她站在身后，但没有转身，而是用沉默表达了他的气愤。

祝槿玉说："是我没把他教育好，不过我认为五一可能真的是被人冤枉了，我不相信他会是他们说的那样。"

方守道仍然沉默，但他在沙发里的身体似乎不那么僵直了。

祝槿玉又说："你再帮五一找份工作吧。他有个单位，还能替我们管管他啊。"

方守道缓缓开口："你去问问他，他还想干什么，他还能干什么？"

第二天早晨，仍然是在这间书房里，坐在高背沙发上的人却换成了祝槿玉。祝五一站在沙发后面，几乎看不到她的身躯。他说："姨妈，谢谢你们的好意，不过，我不用你们帮忙，工作我会自己去找的。"

祝槿玉说："好。你长大了，应该学会独自谋生，你也应该知道每一份工作都来之不易，得到了就应当珍惜。"

"我知道了，谢谢姨妈。再见姨妈。"

他转身离开了书房。

祝五一走出了方家大院。祝槿玉仍然坐在沙发里，没有起身。唯一目送他离去的，是站在卧室窗前的方舟。

百万富翁的摇篮

一架老电梯摇摇晃晃地把祝五一送到三楼。他走出电梯，迎面看到一块牌子：力健公司，百万富翁的摇篮。接着，他看到了在前台等候的沈红叶。

沈红叶把他带到经理办公室。一个中年男子正在剪指甲，头也不抬地说："来了？"

沈红叶向祝五一介绍："这是郭经理。"

郭经理抬眼看了看祝五一，目光稍稍停顿，感觉似曾相识："咱们见过吗？"

祝五一摇头："好像没有吧。"

"看你面熟啊，你叫什么？"

"我叫祝五一。"

郭经理继续打量他，一时想不起来在哪儿见过，转脸对沈红叶说："你先带他去办手续吧。人是你介绍来的，加入费可以优惠，就按你以前交的那个数交吧。"

沈红叶说："好的。郭经理再见。"

沈红叶和祝五一走了。郭经理打开电脑，在网络上输入"祝五一"，按下回车，"网络通缉令"顷刻呈现！

沈红叶带祝五一到了职工宿舍。曹大伟正在宿舍里跟几个同事打牌，牌桌上零散地堆着一些钞票，几个人大呼小叫很是热闹，忽见沈红叶带着个人站在门口，屋子里霎时静了下来。沈红叶走了进来，曹大伟惊讶地看到，跟在她身后的居然是祝五一。

曹大伟疑惑不已："他怎么来了？"

祝五一看着曹大伟，沉默不言。沈红叶说："他是我找的下线。让他睡哪儿呀？"

曹大伟沉默地指了指一张空床。沈红叶帮着祝五一收拾床铺。曹大伟在旁边狐疑地盯着他们。其他人也不说话，只是观望。

床铺收拾好了。沈红叶对祝五一说："我就住那边女宿舍，有事就过来找我。"又对曹大伟说，"大伟，你平时多照顾点老六吧，行吗？"

曹大伟和颜悦色："你放心吧。"

沈红叶走了。曹大伟看了一眼祝五一，招呼其他人接着玩。他们坐下继续打牌。祝五一独自在床上坐着发呆，忽然站起来走向门口。

曹大伟问："你干吗去呀？"

祝五一说："上厕所。"

"离开宿舍要先报告。"

"上厕所也要报告吗？"

"对，要向我报告！"

"我现在要上厕所，特此报告！"

曹大伟挥挥手："去吧。"

祝五一板着脸走了。一个叫黑子的同事目送他出门，扭头问曹大伟："认识啊？"

曹大伟阴着脸扔了牌，半天没吭声。黑子试探地说："我看红叶对这小子还挺不错的。曹主管，你这两天跟红叶是不是拌嘴了，红叶是不是故意气你呢？"

曹大伟一怔："啊，没有啊。"

黑子又说："这个老六是不是跟你有什么过节呀，那腔调怎么那么没规矩呀。"

曹大伟把牌捡起来，慢悠悠地说："没规矩，就慢慢给他立规矩，没有规矩不成方圆嘛！"

"您说吧，怎么个意思？"

"还能怎么个意思？"

祝五一从厕所出来，走向宿舍。他刚打开门，搭在门框上的一盆脏水立即兜头而下。他猝不及防，浑身湿透，呆若木鸡，狼狈地抹了一把脸。

曹大伟和黑子等人哈哈大笑。祝五一扑了上去……

食堂里乱哄哄的。祝五一脸上有些青肿，他打了饭，坐在角落的一张餐桌旁。曹大伟和黑子等人坐在不远处，向他投来敌意的目光。

沈红叶过来坐在祝五一对面，看到他脸上的淤青，问："你跟大伟打架了？"

祝五一说："啊。他太过分了。"

曹大伟在他们身后说："红叶，你跟他坐一起，不怕大伙连你也嫌弃呀？"

沈红叶说："大伟，你别欺负人好不好？"

曹大伟说："我这可是好心提醒你，你不嫌他臭，那你就跟他一块坐着吧！"

祝五一瞪眼："你说谁呢，找抽呢你！"

曹大伟也瞪眼相向。沈红叶连忙劝阻："哎呀，你们都是同事了，干吗这样？"

曹大伟说："千万别说我跟他同事，多丢人呀。"

祝五一说："我跟你同事我才丢人呢。我提你我都难受！"

沈红叶拉开曹大伟："别吵了。大伟，人家又没惹你，你怎么那么好斗呀？"

曹大伟说："行行行，我走，再呆一会儿我这鼻子还真受不了呢。"

曹大伟走了。沈红叶看着他的背影说："大伟这人就是这样，他要是喜欢谁，就对谁特别好，要是不喜欢谁，也都挂在脸上。以后他说什么，你别理他。”

祝五一闷闷地问：“他对你应该算是特别好吧？”

沈红叶说：“挺好的。”

“也就是说，他特别喜欢你？”

“嗯，他挺照顾我的。”

“你也喜欢他吗？你是他女朋友吗？”

“谁说的？”

“这儿的人都这么说。”

“他们起哄呢，反正我没说。”

祝五一狠狠地说：“他对你再好，再不错，你们也不配！你瞧他那德性！”

沈红叶想了一下，说：“我跟他说了，现在我没心情谈恋爱。但我不想伤害他，每个对我好的人，给我帮助的人，我都不能伤害他。”

祝五一沉默片刻，才说了句：“哦。”

萧原坐在办公桌前，盯着电脑屏幕。电脑屏幕里正在播放的是一段视频广告：

一个女主持人和一个中年男子正襟危坐，面对镜头。主持人说：我们刚刚已经介绍了力健内裤的各种保健功能，下面我们再请杜总介绍一下，它的价钱是多少呢？杜总故弄玄虚：你猜猜看。两千。你再猜。啊？两千都不用啊，一千？再猜。主持人夸张地大叫：不可能吧，连一千块都不到？杜总矜持地笑道：市场上它卖一千八百八，但是，只要你是前五十个打进电话的人，你就是今天的幸运儿。只要八百八，你就可以体会到它带给你的无穷魅力啦。千万不要犹豫，你稍稍犹豫一下，这个机会就不属于你啦！

力健公司会议室的讲台上，杜总像在视频里一样夸张地演讲：“现在，这个机会摆在你的面前，就看你能不能抓住它。你们都非常年轻，年轻就有前途，年轻就有希望，就应该创业。你们来到力健公司，说明你们已经有了创业的梦想。既然你们已经有了梦想，力健公司就是你们实现梦想的创业平台。我们的目标是，把每一个力健人都培养成百万富翁、千万富翁……”

祝五一和沈红叶等人在台下聚精会神地听着。祝五一把胳膊架在膝盖上，姿势很不自然。沈红叶小声问：“你胳膊怎么了？”

祝五一收了一下胳膊，小声答：“没事，有点扭筋。”

沈红叶关切地问：“我看看，哪儿扭了，我帮你揉揉？”

祝五一连忙躲闪：“不用，没事了。”

曹大伟侧目，看到沈红叶和祝五一嘀嘀咕咕，“授受相亲”的样子，脸色阴沉如晦。

杜总结束了演讲，台下一阵掌声。郭经理走上台来，挥舞着双手大喊：“杜总讲得好不好？”

众人举手喊道：“好！”

郭经理继续振臂：“有多好？”

“特别好！”

“到底有多好？”

“非常好！”

郭经理几乎喊哑了嗓子：“到底有多好？”

众人疯喊：“极其好！”

祝五一惊讶地看着这个近乎疯狂的场面。曹大伟推了他一把：“跟着喊呐。”

祝五一不由自主随着满场激动的喊声，举起了自己的手臂：“极其好！”

杜总领袖般的张开双手，接受着台下高亢的呼喊。

“特别好！”“非常好！”“极其好！”

在疯狂的追捧声中，杜总离开了会议室。

培训继续进行，郭经理开始传授推销技巧：“一个优秀的推销员，首先必须具备的就是口才，所以，今天的培训就从自我介绍开始。”他指指台下，“董经富，你上来，给大家作个示范。”

董经富上台，自我介绍：“我叫董经富，董是董事长的董，经是总经理的经，富是富裕的富。我爸妈生我时就已经给我规定好，将来不是董事长，就是总经理，就算什么也不是，也一定很富裕……”

一阵笑声和掌声中，董经富走下讲台。郭经理说：“董经富讲得非常好。就是这样，你越滔滔不绝，别人就越没有时间思考，你想要说服他，就很容易啦。”他突然指向祝五一，“你，上来。”

祝五一指着自己的鼻子：“我？”

“对，就是你，上来。”

祝五一迟疑着走上讲台。

郭经理说："现在，你来讲！放开讲！"

祝五一不知所措："讲什么呀？"

"大胆讲，先跟大家把自己介绍一下。"

"噢。我叫祝五一。"

台下众人期待地看着祝五一。祝五一却看向郭经理。

郭经理说："这就完啦？继续讲！"

祝五一说："还讲什么？没什么可讲的了。"

"没什么可讲的？那你站在这儿听着，我来替你讲！"郭经理指着祝五一，冲台下大声地，"他，叫祝五一。他，是一个记者！"

台下哗然。众人惶惶不安："怎么混进来的？""怎么发现的？"

祝五一站在台上，浑身僵硬，面色煞白。

郭经理继续说："可是，他刚刚被报社开除了。"

众人松懈，七嘴八舌地议论着："开除了呀。""我说呢，要真是记者……"

郭经理卖了个关子："他为什么被开除呢？"众人仰着脖子看他，等候下文。郭经理却说，"还是让他自己说吧。"

众人又看祝五一。祝五一仍然僵硬地站着，窘迫得无言以对。

沈红叶低头不看他。曹大伟却满面笑容，大声起哄："说呀，为什么被开除呀？"

祝五一低声而潦草地说了句："嫖娼。"

郭经理装作没听清："什么？大家听清楚了吗？"

曹大伟等人大喊："没有，没听见。"

郭经理说："你大点声好吧，因为什么？"

祝五一沉着脸，突然爆发，大吼一声："嫖娼！"

众人先是一愣，接着一阵大笑。曹大伟笑得最开心。

沈红叶悄悄向台上看去，看到祝五一竟是一副死猪不怕开水烫的漠然表情。

拉人头的技巧

培训仍在继续。祝五一仍然傻傻地站在台上。

郭经理说："现在，我简单向各位介绍一下拉人头的技巧。"他看一眼祝五一，停下话头，先问祝五一，"嘿，拉人头的技巧，你懂吗？"

祝五一摇头。

郭经理说："你自己就是一个人头，沈红叶介绍你进来，就算拉来一个人头。你再介绍别人进来，这就叫拉人头。我们的事业要不断壮大，要靠大家共同努力，不断地拉人头进来，明白吗？"

祝五一点头。

郭经理继续说："拉人头首先要先近后远。就是要先找关系近的拉。比如你的亲朋好友。因为他们最信任你，所以要作为首选目标。发财大家一起发！首先让你的亲朋好友发！这也符合我们中国人的传统习惯嘛，对不对？"

郭经理说得唾沫横飞。祝五一双手抱胸，一只袖口冲向他的方向。

培训课进入下一个阶段，众人连成一串，转圈跳兔子舞。祝五一跳得很笨拙，曹大伟在后面推着他。突然，曹大伟悄悄伸出腿。祝五一被绊了一下，摔倒在地，袖口里的录音笔甩出，落地有声。他连忙扑过去捡，却被曹大伟一脚踩住。曹大伟从自己的脚下捡起录音笔，细细端详："这是什么？"

祝五一出其不意地夺过录音笔："MP3。"

"MP3？我听听，里面有李宇春的歌吗？"曹大伟伸手要夺，祝五一用力将他推开。曹大伟被推了个趔趄，怒目而视，"怎么回事，跟你好好说不行是吧？"

沈红叶连忙过来拉架："你们干吗呀，怎么又打？"

后面的人不知发生了什么，大声问："你们跳不跳啊？"

郭经理也在台上喊："别停，接着跳啊，不要停！"

曹大伟瞪了一眼祝五一，接着跳起来。祝五一把录音笔装进口袋，惊魂未定，手脚僵硬地继续比划起来。

午饭后，祝五一走出宿舍。曹大伟在走廊里拦住他：“哪儿去呀，请假了吗？”

祝五一冷冷地说：“报告，拉人头去。”

曹大伟冲宿舍里叫了声：“黑子！”

黑子应声而来：“曹主管，有何吩咐？”

“你跟他搭伙去拉人头吧。”曹大伟扭头又对祝五一说，“学着点啊！”

祝五一一声不吭向外走去，黑子紧随其后，两人一前一后到了公交车站。车站上人流拥挤，祝五一和黑子混在人群中，焦急地等候着。一辆公交车进站，人们拥挤着上车。见祝五一站着不动，黑子问他：“上不上啊？”祝五一说：“这么挤，怎么上啊？”

黑子打着火点烟。就在车门即将关闭的一刹那，祝五一忽然一个箭步冲上去，挤上了汽车。车门关上的同时，他象征性地冲黑子喊道：“快上来啊！”黑子反应过来时，汽车已启动。他在车外追了两步，徒劳地喊：“哎！”

祝五一透过车窗看他一眼，转过头来，脸露暗笑。

公交车到站。祝五一下车，疾步向对面的一条小街里走去。他走进一家茶馆，走向一间包房。包房里，萧原已然安坐，虚位以待。

祝五一从包里拿出一盒力健内裤：“这就是他们卖的神奇内裤。”

萧原接过来看了看，装进包里，问道：“这两天情况摸得怎么样？”

“肯定是传销，不会错。”

“这几天你们都干些什么？”

“主要是培训。其实就是教大家放开胆子骗人。”

“都录音了吗？”

“录了一部分，不知道清不清楚。”

“你没听一下？”

祝五一掏出录音笔交给萧原：“哪有机会听呀，一天二十四小时身边都有人，人盯人，盯得死死的。”

萧原按下放音按钮，录音笔无声无息：“好像坏了。”

祝五一接过来鼓捣，同样弄不出声音：“真讨厌，成心给我往坏了踩！”

萧原掏出另一只录音笔：“你拿我的这只吧，有关的证据一定要录下来才行。最好能弄到文字证据，比如内部培训资料之类的。没有证据，公安部门很难受理，受理了也很难立案。”

祝五一有些意外：“啊！我还回去呀？”

“还能再回去一次吗？”

“啊？我还以为……萧主任，我可不是胆小啊，这事我还真干不了，我连正常的采访经验都没有，这种暗访我真不知道怎么弄！”

“这种传销公司，没有人介绍根本进不去。这不沈红叶正好在里面吗，所以我和周社长商量，索性做一个你被开除的局，把你给送进去，这个机会不容易。不过，安全是第一位的。如果不安全，你就退出来，我们另想办法。”

祝五一想了想，岔开话题：“我那个事怎么样了，什么时候给我平反昭雪呀？”

萧原说：“我正在查，你别着急。你要是真的问心无愧，事情总会搞清楚的。”

祝五一不吭声了，情绪有点低落。

萧原问：“你出来这么久，他们会不会怀疑呀？”

祝五一说：“我不知道，反正一块出来盯着我的人让我给甩了。”

“盯着你的是什么人？”

“就是我们一个屋的，是曹大伟的人。”

“曹大伟在里面怎么样？”

“特坏。我跟他打好几架了。”

“为什么？”

“大概是为了沈红叶吧。他以为我跟红叶有什么似的。”

萧原看着他：“那你跟沈红叶有什么吗？”

“没有啊。”停了一下，祝五一又不确定地赘了一句，“没有吧？”

萧原仍然看着他：“你问谁呀，我问你呢！”

祝五一像是要说服自己似的：“没有。”

“那你这次执行这个任务，没跟任何人说吧？”

“没有啊，我连我姨妈都没说。报社里的人知道吗？”

“不知道。除了周社长，只有我一个人知道。”

“那我这个任务要是完成得好，是不是算将功补过啊？”

“当然。”萧原警觉地补了一句，“补什么过呀，听你口气，你还真有那个事？”

祝五一连忙更正："没有。我就是这么一说，用词不当。"

萧原看了看表："咱俩别聊太久，你快回去吧……你还回去吗？"

祝五一沉默一下，站了起来。

萧原说："后天这个时间，还在这儿见面。如果遇到什么危险，你不用请示，随时可以出来，随时可以脱身，知道了吗？"

"知道了。"祝五一说着走到包房门口。

"老六。"祝五一停下脚步，回过头去。萧原严肃中透着几分慈祥，说，"作为一个记者，用词不当，是大患！"

祝五一愣了一下，咧开嘴笑了："知道！"

卧室透春绿

祝五一回到宿舍时，曹大伟和黑子等人又在打牌。见祝五一进来，曹大伟扔下手里的牌，阴阳怪气地说："够阴的啊，把我们黑子给甩了。一个人干什么见不得人的事去了？"

祝五一看了一眼黑子："他没挤上车赖谁呀？"

黑子说："你就是找妞儿去，也别甩我呀，我又不碍你事。"

祝五一没反应过来："妞？谁呀？"

黑子笑道："又装傻！"

祝五一明白了，连忙辩解："我拉人头去了！"

曹大伟问："人头拉来了吗？"

祝五一摇头："没有。"

曹大伟冷笑："你根本就不是这块料。我看你小子人模狗样长得还行，要不我给你介绍个地方当鸭去？"

祝五一反唇相讥："你这长相，当鸭还当不成呢。"

曹大伟愣了半天，接不上话来。黑子说："曹主管，别理他，咱们接着玩儿！"

曹大伟这才悻悻地坐下来，看着黑子洗牌。

祝五一躺在床上发了会儿呆，忽然坐起来："哎，咱们公司有没有培训资料啊？"

曹大伟扫他一眼："你要资料干什么？"

"学习学习。"

"你上课用心听就行，公司的资料是你能看的吗？"

"公司的资料……都谁能看呀？"

没人理他，几个人继续打牌。黑子像是想到了什么，向他投来一瞥。

牌局终于散了。曹大伟伸个懒腰站起来："吃饭去，吃完饭接着玩儿。"

曹大伟等人走了。黑子在床上翻出一本资料册，掏出笔在扉页上写了一行字，然后走到祝五一床前："这是你要的资料，送你了，好好看看吧。"

祝五一半信半疑："啊？谢谢啊。"

他翻开第一页，看到扉页上写着一行字，便小声念道："卧醉梅闻花，卧室透春绿。这是首诗啊。"

黑子呵呵笑道："这是杜总亲笔题写的一句唐诗，他最喜欢的。"

"什么意思啊？"

"你连这都看不懂，真没文化。多念几遍就懂了。"

黑子走了。祝五一看了看那两句诗，抑扬顿挫地大声念了一遍："卧醉梅闻花，卧室透春绿！"

萧原回到报社后，立即将韩振东叫进办公室，把那盒力健内裤交给他。

韩振东受宠若惊："哟，萧主任，您这是，这是干吗呀？这多不好意思呀……"他看了看包装盒，有点疑惑，"保健内裤？您怎么送我这个呀？"

萧原说："我让你去查查，这条吹得神乎其神的内裤到底有多神奇。"

韩振东有点尴尬："我说呢，好端端的送什么内裤呀。"

新的一天，力健公司的培训课按部就班地进行着。会议室里，台上的郭经理讲得青筋毕露，台下的人们听得兴致盎然。

郭经理说："面对那些有可能争取到的人，说话一定要流利，一定不能结巴。对于某些口齿不清的人来说，绕口令是一种有效的训练方法……"他扫视台下，指向祝五一，"老六，你上来。"

祝五一环顾左右，迟疑着起身："怎么又是我？"

"这里就数你笨嘴拙舌。不叫你叫谁？上来！"

祝五一上了台。郭经理说："跟我说，大树底下闹表闹。"

祝五一学着说了一遍。

"说十遍。"

"大树底下闹表闹，大树底下闹表闹……"

郭经理在旁边催促："快，速度要快！再快！"

祝五一加快速度："大树底下闹表闹，大树底下闹表闹……大树底下尿泡尿。"

台下众人哄堂大笑。笑声中，杜总推门进来。郭经理向台下招招手："大家鼓掌欢迎杜总。"

台下一片掌声。祝五一站在台上，不知如何是好。杜总看到台上的祝五一，感觉似曾相识，于是审视地问道："你是新来的吧，你叫什么？"

郭经理替他回答："他叫祝五一。"

杜总正要开口，黑子忽然插嘴："杜总，老六学习特别玩命，刻苦钻研业务，昨天晚上钻研到半夜才睡。"

杜总问："哦。都钻研些什么呀？"

"钻研怎么拉人头啊。他还特意把您最喜欢的两句诗背下来了呢。"

杜总奇怪地看黑子，又看看祝五一："我最喜欢的诗，什么诗？"

黑子冲台上说："老六，你朗诵给杜总听听。"

祝五一念道："卧醉梅闻花，卧室透春绿。"

台下片刻安静，继而有人发出笑声，接着是一阵哄堂大笑。郭经理笑道："老六，你这是哪儿的口音啊？你老家是不是山东的呀？"

祝五一莫名其妙："山东？"

郭经理说："你最没文化，你是头蠢驴？你还挺谦虚的啊。"

祝五一张口结舌。台下所有人都大笑起来。沈红叶也忍不住被逗笑了。杜总却不笑，他仍然盯着祝五一，目光疑虑。少顷，对郭经理说："跟我来。"

郭经理跟着杜总走出会议室，进了杜总的办公室。

杜总："那个新来的祝五一，我不放心，他什么背景？"

郭经理："原来是中都时报的记者，来咱们这儿之前，因为嫖娼被开除了。"

“你肯定他被开除了？”

“他去洗浴中心找小姐这事肯定有，网上挺轰动的，您没听说？”

“你想办法查查，看看他是不是真的被开除了。”

“怎么查？”

“你现在就给报社打个电话，就以普通读者的名义找祝五一，看看他们怎么说。”

郭经理查了个号码，开始打电话：“中都时报吗？请帮我找一下祝五一……”很快，郭经理挂了电话，对杜总说，“他确实被开除了。”

杜总显然仍未释疑：“那你也要当心，他毕竟干过记者，肯定有很多在媒体工作的朋友，万一哪天他把我们这儿的情况捅出去，那麻烦就大了！”

郭经理看着杜总，意识到有点严重：“那您说怎么处置他？”

杜总思索一刻：“你必须限定时间让他拉人头进来，只要他也拉来了人头，就等于亲身参与了咱们这个事了，他就也脱不了责任了。他不能自己捅自己吧。”

郭经理点头：“好，我督着他，不行就让他走人！”

你的记忆现在恢复了吗

按摩女的面前放着一张祝五一的照片。她移开目光，看向病床边的萧原。

萧原期待地看着她：“你真的不认识他？”

按摩女说：“他来找过我几次，可我真不认识他呀。”

“请你再仔细想想。你很年轻，他也很年轻，你想保护自己，他也一样。”

“我真的想不起来了。”

萧原无奈，掏出一张名片递给她：“如果你想起来了，就给我打个电话吧。他现在生活一团糟，如果你能实事求是地帮助他，对他非常重要。”

按摩女无言以答。

萧原走到门口，又回头看去。按摩女也在看他，见他回头，目光连忙躲开。萧原似有所悟，走出了病房。

萧原找到按摩女的主治医生，向医生了解按摩女的病情。

医生说："……从目前情况来看，她的伤已经没什么大问题了，再观察几天，如果没什么变化，就可以出院了。"

萧原问："据您看，她是不是真的失忆了呢？"

医生说："记忆这种东西，属于精神范畴，我们很难判定。目前，我们只能治疗她的伤，至于她的记忆状况，不好说。"

接下来几天，萧原四处奔波，几经周折终于查访到按摩女的家人。这天，萧原又来到中大医院住院部病房，将一张照片摆在按摩女的面前。照片上是一位满脸阳光的男青年。按摩女从照片上移开视线，惊慌地看向站在床边的萧原。

萧原面目严肃："这个人是谁，你也不记得了吗？"

按摩女支支吾吾："我……你到底，到底要干什么？"

"这个人是你弟弟，二十岁，中都大学二年级学生，你们家上下三代唯一的大学生。如果这些你都不记得了，我可以把他带来见你。"

"别！你别把他带来。"

"你的情况你弟弟知道吗，你父母和家里人知道吗？你现在受伤躺在这儿，他们知道吗？"

按摩女惊惶失措："你怎么找到他的，你还要找到我家里去吗？"

"我能找到你弟弟，就有办法找到你的家，找到你的父母。"

按摩女几乎哭出声来："你都跟我弟弟说什么了？"

"你希望我说什么？或者，你不希望我说什么？"

按摩女语无伦次："我什么都，你千万……你到底跟他说什么了？"

"你弟弟告诉我，这几年的学费都是你帮他交的。他说你在一个公司上班。"

"那你是不是告诉他我是干什么的了？"

"没有。我想，不到万不得已我不会再去找他，也不会去找你的家人。"

按摩女爬起来，跪在病床上："你千万别告诉他，我求求您了……"

萧原扶住她："好。我答应你。"

按摩女哭着说："谢谢，谢谢！"

萧原盯着她问："那么，你的记忆现在恢复了吗？"

……你不会是卧底吧”

祝五一正在等电梯。曹大伟从背后拍了他一下："干吗去呀？"

"拉人头呗。"祝五一扭头，见曹大伟一脸坏笑，说，"怎么了，还需要跟什么人一起去吗？"

曹大伟笑得更加诡异："别呀，你还是天马行空独来独往吧。万一你又去那种地方痛快，我们跟个人你也不好意思呀。"

电梯到达，祝五一走了进去。他没发觉，曹大伟刚才那一拍，已在他背上贴了张字条：我是头蠢驴。

祝五一走上街头。曹大伟和黑子远远地跟在他身后。祝五一拦下一辆出租车。曹大伟和黑子立即拦下另一辆出租车。祝五一乘坐的出租车驶过大街。曹大伟和黑子乘坐的出租车追随其后。出租车到达一个汽车禁行的路口，祝五一下了车，朝小街里走去。跟踪的出租车很快开过来，也在路口停下。曹大伟和黑子下了车，瞄着他的背影，走进小街。

祝五一匆匆向前。几个闲人在路边聊天，看到他背上的字条，好奇地笑着。

那个茶馆已经在望。突然，有人从身后拍了拍祝五一的肩膀。转身的刹那，他隐约看到曹大伟和黑子人影一闪，躲到一棵大树后面。眼前是个女孩。经她提醒，祝五一从背上揭下了字条，低头细看，先是愤怒，继而尴尬。他向女孩道了谢，不动声色地继续前行。曹大伟和黑子从大树后出来，紧追不舍。

萧原坐在茶馆里，透过窗户向外观察。他看到祝五一从窗前经过，目不斜视步履不停，顿感奇怪。正要敲窗打招呼，忽然发现祝五一身后有"尾巴"，当即恍然，他放下茶钱，走出茶馆。

祝五一继续向前，苦苦寻找摆脱的机会。曹大伟和黑子躲躲藏藏跟在后面。萧原在他们身后，沉着跟进。

前方有间发廊，门口站着一个洗头妹。祝五一无意间看了她一眼，她立即过来搭讪。曹大伟和黑子躲到一个小卖部旁，佯作购物，继续盯梢；萧原则踱进对面一家商店，隔窗观察双方。他们都看到，祝五一和洗头妹低声说了几句话，随即进了发廊。曹大伟和黑子对视一笑。萧原不动声色。

发廊里，洗头妹掀起一个门帘，祝五一随她走进里屋。洗头妹问："先生，洗头还是洗脚，还是需要别的服务？"

祝五一塞给她五十元钱："我什么都不需要，坐会儿就走。"

祝五一说着掏出手机，给萧原写短信。发完短信，见洗头妹一声不响满脸疑惑地看着他，便说："咱俩就聊聊天吧。"

"聊天另外收费。"

"那算了。"

洗头妹向门口走去，祝五一连忙过去拦她："哎，你不能出去。"

"你什么也不干，我呆在这儿干吗？"

"呆着呗。你出去不也是呆着吗？"

"出去空气好。再说跟你在这儿呆着，你给拉生意呀？"

祝五一只好掏钱："那再给你十块钱，聊十分钟，行不？"

洗头妹接过钱："聊什么？"

祝五一说："随便。你哪儿人呀？"

两人闲扯了一会儿，时间很快过去了。洗头妹看看墙上的时钟："到点了，不聊了，再聊加钱啊。"

祝五一从包里拿出那本公司资料册："你再帮我个忙吧。一会儿我走了以后，会有人过来取这东西，你把这个给他。"

洗头妹惊愕不已："啊？你不会是特务吧？"

"你看我像特务吗？我约了朋友还他东西的，我有事等不及了，麻烦你转一下，改天我再来找你洗头行不行？"

"那行，你再给五十吧。"

"二十，行不行？"

"不行。五十！要不你别给我，回头我再给你弄丢了。"

祝五一只好再掏钱："好吧，五十就五十。"

曹大伟和黑子仍然在小卖部门口守候。正百无聊赖时，忽然看到祝五一和洗头妹走出发廊，站在路边低语了几句，挥手作别。他们对视一眼，轻蔑一笑，尾随而去。很快，萧原从商店里出来，过街走向那间发廊。

祝五一刚回到力健公司职工宿舍，沈红叶便敲门进来。她四下看看，问："怎么只有你一个人，大伟他们呢?"

祝五一说："都出去了吧。你没去拉人头吗?"

"我没人可拉。除了我妈，我没什么亲戚朋友了。而且我总觉得这么推销，好像有点骗人似的。一条内裤，真有那么大疗效吗?"

"你说这话，小心头头整你。"

"我这不是跟你说嘛。别人我不会说的。"

"你跟曹大伟说过吗?"

"他觉得跟着杜总干，肯定能挣到钱，所以鬼迷心窍似的，我不敢跟他说。"

"那怎么敢跟我说?"

"我觉得……你比他有文化吧。"

门忽然开了，曹大伟和黑子嘻嘻哈哈走了进来，一边嚷嚷着："祝五一，你他妈拉的人头呢?"见沈红叶也在屋里，曹大伟立即沉下脸来，狐疑地问，"就你俩？聊什么呢你们?"

祝五一不予理睬。沈红叶说："没聊什么，我等你呢。"

曹大伟问："你等我干什么?"

"我不想在这儿干了，你能不能找郭经理，帮我把押金要回来?"

"想走？是谁撺掇你走啊?"

"是我自己想走，我觉得这儿太压抑了，走到哪儿都有人跟着，太没自由了!"

"这不为挣钱吗，你不想挣钱啦，你不想给你妈做手术啦?"

"在这儿能挣到钱吗！天天训练怎么骗人，挣到钱不也是坑了别人吗!"

"你胡说什么呢？你这是被谁洗了脑啦?"

曹大伟阴沉地看着祝五一，祝五一面无表情地脱下外套。

萧原回到报社后，立即把方舟叫进办公室，问她："力健公司，你知道吗?"

方舟说："知道啊。就是推销保健内裤的那个吧。还有那个什么杜总……"方舟模仿杜总的语调，"只要八百八，是这个吧?"

萧原把那本资料册交给她："这是他们的内部资料，里面提到了几个为他们代言的专家，还有几个所谓的员工成功典范。你去查查，看看到底真的假的。"

方舟接受了任务刚要离开，萧原叫住她："还有件事，我差点忘了。你跟家里人说一下，就说我帮五一找了份工作。"

方舟有些惊讶："什么工作？"

"我一个朋友开了个公司，我介绍五一去了。"

"那他怎么不回家呀？"

"他刚去，可能还需要一段时间封闭培训。你跟家里人说，叫他们别担心。"

"好的。谢谢萧主任。那我先走了。"

"好。叫韩振东来一下。"

不一会儿，韩振东敲门进来。

萧原开门见山，问他："那个事查得怎么样？"

韩振东一头雾水："哪个事啊？"

"那条保健内裤啊，我一直等你消息呢！"

"那个呀，我还没开始查呢。"

"这都几天啦，你办事怎么这么磨蹭？"

"我家里最近有点事，丽丽她妈……"

"算了，你把东西拿回来，我另外找人去查。"

韩振东似有难言之隐："萧主任，我查，我马上去查还不行吗？"

萧原摆摆手："不用了，你把东西拿回来吧，我让刘成去查。"

"那好吧，那我明天给你。"

"现在就拿过来，另外，你叫刘成来一下。"

韩振东有点尴尬："那个……我已经穿了两天了，容我晚上洗洗再给刘成吧。"

萧原吃了一惊："什么，你把它穿上啦？"

韩振东干笑："呵呵，我试穿一下。"

萧原气恼地："我让你去查，你怎么……"

"我这不也是为了工作吗？您不是总强调什么事都要亲自核实吗？毛主席也说过：你要知道梨子的滋味，就必须亲口尝一尝它。我也是想亲身体验一下呀。"

"你核实出什么结果了吗？"

"这不才穿两天吗，它广告上面吹的那些功效，目前还没有体现出来。要不，我再穿两天看看？"

萧原气不打一处来："你赶快脱了给刘成！"韩振东答应着转身要走，萧原又追了一句，“洗干净了再给！”

晚上，祝五一借上厕所的机会，溜到楼梯间里。沈红叶等在那儿，看到祝五一，劈头就问：“你今天是不是去发廊了？”

祝五一：“你找我就为了问这个呀。曹大伟告诉你的吧？”

“你到发廊干什么去了？”

“我……理发呀。”

沈红叶看着他的头发：“你哪理发了？”

祝五一愣了一下：“我……就是洗了洗。”

“老六，你那么年轻，长得也不比谁差，你不至于吧？”

“你小声点，好好的你生什么闲气呀？”

沈红叶有点激动：“我生的真是闲气。你干什么没干什么其实和我都没关系，我没权利管你，也没权利问你！”她的眼圈红了，“原来他们说你这些事我还不相信，现在你自己都承认了。”

祝五一连忙把沈红叶拉到一个更僻静的角落里，压低声音解释：“我去发廊，是去见一个朋友。我发誓，跟那种事没有一点关系！”

“朋友？你的朋友是做洗头妹的？”

“我朋友是男的，是大老爷们儿，我们在那儿谈点事！你可别跟曹大伟说，跟任何人都别说。”

沈红叶疑惑地看着他：“老六，你到这儿到底是干吗来的？大伟说，杜总他们怀疑你是来这儿卧底的。”

祝五一暗暗吃惊：“卧底？没有啊！”

“你卧也没关系。你救过我，我不会出卖你的。”

“我真没卧……我真不是卧底。”

“我不管你是不是，反正你自己小心点就行。”

“他们还说什么了？”

“曹大伟不让我跟你说。”

祝五一恳求地看着沈红叶。沈红叶犹豫了一下，说：“大伟说，如果过些日子你再拉不来人头，就说明你可能真有问题，杜总他们就会对你采取措施。”

祝五一有点紧张：“采取什么措施？”

沈红叶："不知道。要不，你自己先跑了吧。"

夜深了，宿舍里一片黑暗。祝五一悄悄看看周围，见曹大伟等人都睡了，便用被子蒙住头，开始写短信。短信发出后，他仍然蒙着被子静静地等候，直到收到回复。看完短信，他的表情放松下来，正要关机，被子忽然被人猛地掀开了，他吓得叫出声来。

几个黑影站在床边，个个面目狰狞。一只手电光芒刺目，照住他惊慌的面孔和手里的手机。

曹大伟厉声问道："三更半夜的，给谁打电话？"

祝五一惊魂未定："给……给我表哥。"

"哪儿的表哥？"

"老家的。"

曹大伟阴阴地逼问了一句："你们说什么呢？"

表哥入会

第二天下午，曹大伟和黑子跟着祝五一一起到了中都火车站，站在出站口守候着。

出站口倾泻的客流里，韩振东的身影晃晃悠悠地出现了。他穿着土里土气的衣服，背着个大包袱，四下张望着朝站外走来。

祝五一口呼"表哥"，迎了上去，两人一通寒暄，又对曹大伟和黑子作了介绍。四人相跟着回到力健公司。

祝五一领着韩振东到财务室办手续。女会计接过韩振东手里的一叠钞票，数了数收进抽屉，然后将一盒保健内裤交给韩振东。

韩振东问："发票呢？"

女会计反问："什么发票？"

韩振东说："买内裤的发票，还有我刚才交的加入费，也得给个凭据吧？"

“没有。你是想找地儿报销是怎么着?”

“不不不。我买东西习惯要发票，看看中没中奖。”

“你进了咱们公司，就等于中了奖，还要什么发票呀?”

“那……写个收据也行。”

女会计不高兴了：“你交了钱，我也把货给了你，以后咱们就是自己人了，还要什么收据呀。”她从文件筐里拿出一个笔记本，“你登记一下。”

这是一本员工花名册。韩振东看到上面的姓名都是依据上下线关系登记的，形状如同金字塔。“祝五一”上面是“沈红叶”，而“沈红叶”上面是“曹大伟”……

祝五一把签名的位置指给韩振东。韩振东在“祝五一”下面写上自己的假名：“祝佩忠”。他又翻了翻花名册，却被女会计收回，放回文件筐里。

“都办完了。你们走吧。”女会计从文件筐里拿出一个账本，开始写写划划。

韩振东和祝五一注意地看了看那个账本，转身走了。

两人回到宿舍，曹大伟等人都去餐厅吃饭了。祝五一动手帮韩振东收拾床铺。看着由一块块木板拼成的床架，韩振东失望地摇头：“一天二十块住宿费，就住这个呀?”

祝五一把褥子铺上：“你将就点吧。”

韩振东叹了口气：“就当是体验生活吧。这儿饭怎么样，还行吗?”

“走吧，吃饭去。”

祝五一带着韩振东进了食堂。

曹大伟和黑子等人坐在一桌，见他们进来，议论纷纷：……你别说，他还真开胡啦。逼急了还不都得先从亲戚下手。光弄个表哥来算什么，真想挣钱，就把全家人都弄来，七大姑八大姨的，再加上同学朋友，那才能发起来……

议论声中，曹大伟盯着祝五一和韩振东，一言不发，面色阴郁。

祝五一和韩振东打了饭，在远离曹大伟的一个角落里坐下。

韩振东低声说：“萧主任让我告诉你，那个女人已经恢复记忆了，愿意给你作证。你那个事马上就能真相大白了。”

祝五一半信半疑：“真的假的，你骗人吧?”

“我骗你干吗呀！我早就说过，你怎么可能去干那种事啊，你长得也不寒碜，找女人还用得着使银子吗？要是长成刘成那样还说得通。别看他们当记者当编辑都那么多年了，全都一脑袋糨糊，起码的推理能力都没有。”

祝五一兴奋起来：“我要是恢复名誉了，是不是就能回去上班？咱们部里人怎么说？”

“你别着急呀。这事暂时还不能对外说呢。得等咱们完成了这个任务才能公布，你才能锦上添花地回去。要不，你这苦肉计不就白演啦。”

祝五一正要说话，看到沈红叶端着饭走过来，立即向她招了招手。食堂的另一边，曹大伟的目光也被沈红叶吸引着，他刚要站起来，却见沈红叶径直向祝五一走去，只好又讪讪地坐下。

沈红叶在祝五一身边坐下。祝五一问：“你怎么才来吃饭？哎，我给你介绍一下，这是我表哥，叫祝……祝佩忠。”又向韩振东介绍，“这是沈红叶，她，她算是我的上线。”

韩振东立即欠身致意：“上线就是上级。老六是我的上线，你是老六的上线，那你就是我上级的上级，请上级领导多多关照，多多关照。”

见沈红叶有点尴尬，拙于应答，祝五一立即扯开话题：“你上午不是请假去看你妈了吗，你妈怎么样了？”

沈红叶担心地说：“看上去还可以，可医生说，如果不及时手术，随时有危险。”

祝五一想了想，说：“实在不行，过几天我带你去见见我姨父姨妈，求他们借点钱给你，把你妈妈的手术先做了，借的钱以后我们可以一起还！”

“你姨父姨妈？他们肯借吗？”

“试试看吧。”

韩振东看看祝五一，又看看沈红叶，似乎察觉出什么来了。

食堂的另一边，曹大伟的目光也不时瞟向这边，观察着沈红叶和祝五一的形迹。身旁的一个同事忽然冲他打了个喷嚏。他烦躁地推开对方：“你打喷嚏冲旁边打，你看你喷我这一身唾沫星子，恶心！”

同事指着餐桌说：“对不起！这辣椒油也忒，忒他妈……”又一个喷嚏之后，他终于把后半句话说了出来，“忒他妈呛鼻子了。”

笑声中，黑子看向餐桌上的辣椒油瓶子，又看看走出食堂的祝五一和韩振东，心有所动。

离开食堂，祝五一带韩振东熟悉周围的环境。两人边溜达边聊天。韩振东调侃道："老六，你对刚才那个小妞是不是有点意思？"

祝五一说："别胡扯了。"

韩振东怀疑地看他："真没有啊？我看你们俩那眼神，应该有点意思吧？"

"你有病没病，什么情况啊。"

"你卧底不忘谈恋爱，你这可是违反卧底的纪律，小心祸水红颜……"

"你有正经话没有？"

"行，跟你说个正经话吧。刚才忘了说。萧主任让你有空给家里打个电话，别让你们家人担心，知道吗？"

祝五一看看周围："这儿没地方打电话！我家里人找报社去了？"

"那倒没有。你还是找机会打一个吧，到厕所里打，小心别让人听见就行。"

"你也小心点。"

"我小心什么？"

"你是新来的，这地方专门爱整新来的人！"

韩振东满脸不屑："你放心吧，他们那一套我上学时都玩腻了。"

两人路过厕所，祝五一拐了进去，韩振东独自朝宿舍走去。

宿舍门虚掩着，韩振东站住了。他突然抬脚踹过去。门被踹开了，一筐垃圾从天而降，落在他面前。他大摇大摆地走进宿舍，扫了一眼曹大伟和黑子等人，冷笑道："都什么年月了，还玩这种把戏，一点创意没有。"

黑子赔着笑脸："是是是，您是高人，玩不过您。"

韩振东轻蔑地白了他一眼，走到自己的床前，一屁股坐下，不料床板早已被黑子抽空，被褥只是虚搭在上面，他立即摔了个仰面朝天。

大家都笑。黑子过来伸头看他，笑道："您是高人，屁蹾都摔得那么有创意！"

韩振东尴尬不已。曹大伟走过来，警觉地问："老六呢？"

祝五一在厕所里逐个蹲位查看是否有人。某个蹲位上，一个同事手里拿着一本通俗杂志正在"蹲坑"。祝五一走进另一个蹲位，耐心等待。

终于，那个同事走了。祝五一左右倾听，确信厕所里只剩自己，才掏出手机，打开电源。电话刚刚接通，他忽然听到一阵轻轻的脚步声，连忙捂住手机，透过蹲位隔板的缝隙向门外看去。他看到曹大伟正挨个蹲位查看，连忙挂断电话关上电源。

曹大伟凑到祝五一的蹲位前，悄悄查看。门突然打开了，曹大伟猝不及防，被门撞上脸庞。他跌坐在地上，捂着被撞疼的鼻子，尴尬地说：“有人呀？”

祝槿玉、方守道、方舟围坐在餐桌旁，正在吃饭。

祝槿玉问方舟：“……你们萧主任给他找的工作，没说具体什么工作吗？”

方舟说：“没说。他就是让我告诉你们不用担心。”

祝槿玉不解地说：“他对五一还挺好的啊。你们这领导是对谁都这么好吗？”

方舟思索着，说：“当初大家都反对录用老六当记者，可我们萧主任执意要录用他。现在老六出事了，他挺没面子的。要是换上我，肯定恨死老六了。可我们主任不但没恨他，还帮他找工作。我也弄不清这是心胸宽阔，还是什么……”

祝槿玉和方守道对视一眼，没多说话。电话突然响了，祝槿玉起身接听，少顷，她回到餐桌上，满脸疑惑：“五一打来的，一句话没说又挂了。我打过去，他又关机了，神神秘秘的，怎么回事呀？”

方舟也纳闷：“是吗？”

祝槿玉说：“你给萧主任拨个电话吧，我来问问他。”

萧原在办公室里接到了电话。他只听了一句，神情一凛：“你是五一的姨妈？哦，他去的是一个贸易公司，最近出差了。手机关机？可能没电了吧。你别着急，应该没什么问题，回头我再问问情况吧。”

萧原挂断电话，若有所思。往事再度浮现在他眼前……

> 永川税务局的走廊上，青年萧原向青年祝槿玉询问着什么，祝槿玉试图回避，不想多谈。萧原继续追问，祝槿玉低头避走，不再多言。很快消失在光线昏暗的走廊里。

夜色深沉。力健公司宿舍门外同样光线昏暗，同样静无一人。宿舍里鼾声四起。黑子悄悄起床，蹑手蹑脚地走到曹大伟的床前，拍了拍他。两人来到祝五一的床前。祝五一睡着了，呼吸均匀。黑子拿出那瓶辣椒油，将瓶口对准了他的鼻孔。一束手电筒的光芒忽然亮起，直射黑子。

黑子吓了一跳：“谁？”

韩振东举着手电筒，坐在自己的床上：“干吗呢你们？”

曹大伟压低声音："睡你的觉，少管闲事。"

曹大伟和黑子回头，又吓了一跳。祝五一已经坐起身，睁大双眼看着他们。

黑子仓促把瓶子藏起："你呼噜打得太响了，我们都睡不着觉。"

祝五一睡意未消，口齿不清："什么情况啊，我从来不打呼噜！"

屋里的人都被惊起，曹大伟喝道："没事，都睡吧！"

人们都躺下了。曹大伟和黑子也各自回到自己的铺位躺下。祝五一和韩振东对视一眼，韩振东关了手电。屋里重陷黑暗。待宿舍里鼾声又起。韩振东悄悄起床，蹑手蹑脚地走到祝五一床前，拍了拍他。祝五一跟着起来，两人轻轻开门，溜了出去。

他们穿过无灯的走廊，来到财务室门口。韩振东拧了拧门把，门锁着。他从口袋里拿出身份证，插到门缝里，上下划动。祝五一紧张地四下张望，压着声音问道："行不行啊？"

"没问题。这种锁跟我家的锁一个类型，用身份证一插就行。"韩振东忽然声音都变了，"坏了！"

祝五一问："怎么啦？"

"身份证掉进去了。"

"那怎么办？"

"把你的身份证给我。"

祝五一拿出身份证，却有些担心："你不会再掉里边吧。"

"不会，同样的错误我从不犯两次。"韩振东把身份证插入门缝，继续划动。他声音忽然又变了，"糟糕！"

祝五一声音抖抖地问："怎么啦？是不是又掉里边啦？"

韩振东说："啊。"

"那怎么办呀？"

"我哪知道怎么办呀！明天让他们抓住，要是严刑拷打，你可别当叛徒！"

祝五一气急败坏："你还说你不犯两次错，他们要打我，我先把你供出来！"

韩振东忽然笑了："你看，我就是考验一下你，没想到你还真经不住考验，关键时刻你真能出卖自己人！"

门开了。他们悄悄走进财务室，祝五一压着声音说："我故意逗你的。"

韩振东说："你这小子，严刑拷打你绝对扛不住！"

“严刑拷打我绝对不怕，我就怕给我上美人计！”

“傻子才给你上美人计，那你还不将计就计！”

韩振东打开手电筒，低头往地上看。祝五一问：“你找什么呢？”

韩振东说：“我身份证呢？哎，你踩着啦，靠边！”

祝五一移开脚步，韩振东捡起身份证。两人直奔办公桌，借着手电筒的微光，在文件筐里一通搜寻，却没能找到他们想要的东西。

韩振东泄气地住了手：“她是不是给拿走了？”

祝五一问：“那怎么办？”

韩振东收拾着桌上的东西：“都恢复原状，赶紧回去睡觉！”

两个月赚一百万

这一天的培训，由杜总亲自授课，他上来就问：“首先，我要问大家一个问题，有没有什么办法能在两个月内赚到一百万？”

台下很安静。杜总扫视着台下。突然，他把目光投向站在祝五一身旁的韩振东。此刻，韩振东正张着大嘴打哈欠。

杜总指向他：“那位同仁，你还没有睡醒吗？”

韩振东抑制住哈欠：“醒了。”

“那就请你说说，有没有什么办法能在两个月内赚到一百万。”

“一百万？有！”

“什么办法？”

“买彩票，说不定就中了。”

“那么请问这位同仁，你买过彩票吗？”

“买过！”

“中过吗？”

“中过。”

“中多少？”

“五块。”

大家哄堂大笑。杜总也笑，又看向曹大伟：“曹大伟，你说说看？”

曹大伟说：“抢银行吧。不过，要是抢银行，只抢一百万，是不是太少了，搭自己一条命，不值！”

大家又笑。杜总也笑，又指向祝五一：“你说说！”

祝五一摇头：“我没什么好办法。”

杜总分别指向其他人，被指者皆摇头。杜总踌躇满志：“大家都没有办法是吗？那我来给大家说个办法吧。首先，我要给大家介绍一个人……”

一个小区里，方舟将一张照片递给物业经理：“徐志国是住这个小区吧？”

物业经理看了看照片，这是一张中年男人的头像。

照片上的中年男人在力健公司会议室里现身，站到杜总身旁。杜总介绍说：“这位是徐志国先生，本公司骨灰级元老之一。江湖人称‘徐百万’的，就是他！下面，就请他告诉大家他的办法。大家鼓掌欢迎。”

台下一阵掌声。徐志国矜持地挥挥手。待掌声止住后，他说：“杜总叫我来，我可不敢不来。可以说，没有杜总，就没有我徐百万的今天。当初，在我最穷困潦倒的时候认识了杜总，加入力健公司后只干了不到两个月，准确地说是五十七天，就挣到了我的第一个一百万……”

台下一片惊讶的窃窃私语。

方舟跟着物业经理来到一户人家门口，门上涂满“欠债还钱”等标语。

方舟问：“徐志国还住在这儿吗？”

经理摇头：“没有。前段时间讨债的络绎不绝，邻居都烦了，他哪敢再住？”

“他怎么欠的债？”

“具体的不清楚。不过，我们来处理过几次，听那些人说，他们都受了骗。”

徐志国继续授课：“关于拉人头，我相信大家在杜总的教导下，已经学到了很多技巧。我今天来，主要就讲两点。第一点，必须让对方相信，这是一个可以发财的机会。没有人会拒绝发财的机会，你说得越坚定，对方就越有可能动心。

这个不用多说，大家既然已经来到这里，肯定已经相信了这一点。”

台下一阵会意的笑声。

徐志国接着说：“第二点，必须让对方相信，这个产品的质量也是有保障的。这个我们说了不算，人们更相信专家，所以要让专家替我们说话……”

他举起手中的一本内部资料册，指着上面的专家照片。

照片上的专家在他的办公室里，接受了刘成的采访。他说：“现在有些人为了发财，什么假话都敢说！力健公司我听说过，但我从来没答应过要为他们的产品宣传。他们再这样侵犯我的名誉，我是要起诉他们的。”

刘成一边听，一边往笔记本上记录。

傍晚，祝五一和韩振东在餐厅里一边吃饭，一边商量下一步的行动计划。

祝五一说：“咱们拿到了花名册和账本，是不是就可以闪了？”

韩振东说：“只要拿到这两样东西，就铁定证明他们是非法传销啦。到时候咱们把东西往公安局一交，就大功告成啦。”

“可它们在哪儿呀？”

韩振东低头思索。祝五一也沉默下来。他忽然像是想到了什么：“会不会在那儿？”

韩振东抬起头来：“哪儿？”

夜色已深，走廊里很安静。祝五一和韩振东又从宿舍里溜出来。他们悄悄来到一个房间的门口，房间门牌上写着“总裁办公室”几个字。韩振东又把身份证掏了出来。咔嗒一声，门被打开了，祝五一和韩振东走进来，打开手电，四下巡看。

老板桌上除了电脑，还堆放着许多文件，一个桌角上摆着一只小小的石龟。韩振东拿起石龟，摆弄一下，用手电筒照着它：“老六，你看它像不像你？”

祝五一瞪他一眼：“别闹了，快找吧。”

韩振东放下石龟，开始寻找。桌面上没有，抽屉拉不开。他说：“撬开吧。”

祝五一问：“拿什么撬？”

韩振东没找到工具：“算了，先看看别的地方吧。”

他们来到书柜前继续寻找，书柜里也没有。韩振东伸手在柜子里摸索着。

祝五一问：“你干吗呢？”

“看看有没有暗道，一般都有个开关。”

“你电影看多了吧。”

韩振东继续摸索，祝五一回到办公桌前查找。他找了一阵，忽然低声叫道：“韩振东，你看！”

韩振东看到祝五一手里拿着两个本子。他举起手电，照见的正是花名册和账本。韩振东惊喜地问：“在哪儿找着的？”

“他搁电脑键盘下边了，我无意中发现的。”

“他怎么搁那儿啊，真是想不到。”

祝五一把账本和花名册藏在衣服里：“走吧。”

…”…警察来了”

早晨。祝五一站在楼梯间里小心观望四周，给正在打电话的韩振东望风。韩振东压着嗓子打完电话，祝五一立即问他：“怎么样？”

韩振东一脸倦意，无奈地说：“萧主任让咱们先别撤。”

“为什么？”

“如果咱们现在就撤了，杜总他们肯定会起疑心的，万一他们转移地方或者销毁证据，这锅饭就做夹生了！”

“那萧主任报案没有？”

“报了。让咱们等他消息。”

郭经理走进杜总的办公室，杜总正盯着桌子上四脚朝天的石龟，皱眉思索。

郭经理问：“怎么啦？”

杜总没有回答，他抬起键盘，才发现键盘下空空如也，又在桌面上搜索一通，头上冷汗毕现。

郭经理又问：“什么东西丢了？”

杜总脸色死灰，半天才说："组织图花名册，还有账本，都不见了！"

郭经理大吃一惊。

"老六？表哥？"杜总喃喃道，"肯定是他们干的。"

他猛地站起来，大步冲出门去。郭经理紧随其后，两人匆匆闯入男宿舍，曹大伟等人见状立即站了起来。

杜总气急败坏："人呢？"

曹大伟问："谁？"

郭经理说："老六，还有他那个表哥！"

曹大伟摇头："没看见呀。"

杜总声嘶力竭："快去找！"

曹大伟等人乱哄哄地正要出门，忽然看到祝五一神闲气定地站在门口。

郭经理有些意外："老六，你去哪儿啦？"

祝五一神色如常："有事吗？"

杜总喝道："别装傻，快把东西交出来！"

祝五一装作无辜的样子："什么东西？"

杜总狠狠地下令："快，搜他身！"

曹大伟等人冲上去，搜出了祝五一的钱包，杜总马上否定："不是这个！"

曹大伟等人又搜出祝五一的手机，杜总摇头。曹大伟等人再搜，都是些零碎东西。他们停了手，无奈地看着杜总。杜总揪住祝五一的衣领："你表哥呢，他去哪儿了？"

韩振东的声音忽然从他们身后传来："杜总，你找我？"

杜总回头看到韩振东已经进屋，立即向曹大伟喊道："快，搜他！"

韩振东还没反应过来，就被曹大伟等人扭住了。他拼命挣扎："干什么你们，你们这是侵犯人权，我他妈告你们去！"

曹大伟等人把韩振东身上的东西一样一样地搜出来，杜总一样一样地盯着，脸上渐渐现出绝望的神情。

曹大伟看着杜总："有吗？"

杜总摇了摇头。

韩振东继续喋喋不休："你们丢什么了，啊？你们凭什么怀疑我们拿的，啊？你们得给我们恢复名誉，得赔偿我们的精神损失……"

杜总突然冲上去掀开韩振东的被褥甚至床板。郭经理和曹大伟等人也冲上去掀翻祝五一的床铺。结果同样一无所获。

搜索全面铺开。厕所，楼梯间，甚至餐厅的每一个角落，都一无所获。

郭经理走向前台，问接待员："祝五一和他表哥出去过没有？"

接待员摇头："没有。"

郭经理转身走开，突然停下，回头又问，"早上有谁出去过？"

"沈红叶。"

沈红叶站在一个僻静的街口，焦急地等待着。萧原的汽车开过来，停在她身边。车窗摇下，露出了方舟的脸庞。

宿舍里，曹大伟等人反拧着祝五一的双手，把他的头按在桌子上。

杜总严厉审问："沈红叶去哪儿了？你是不是把东西给她带出去了？"

祝五一大叫："松手！我没拿你东西，我什么都没拿！"

韩振东也被黑子等人扭在一边，他大声申辩："我们又不认识什么沈红叶。她去哪儿了我们怎么知道？"

黑子反驳："你还敢说不认识，沈红叶是你表弟的马子你不知道？"

韩振东故作惊讶："沈红叶不是曹主管的马子吗？我表弟在外面有女朋友啊！老六，你可不能对不起……方舟！"

祝五一的脑袋被按在桌上，青筋暴凸，粗声喘息。他斜眼看着韩振东，惊讶于他居然扯上方舟。

杜总厉声质问郭经理："沈红叶是谁介绍来的？"

郭经理说："是曹大伟。"

杜总目光凶狠地看向曹大伟，曹大伟求助于郭经理："郭经理，我跟您认识那么久啦，忠心耿耿！您可得……"

门外忽然喧哗起来。有人冲进宿舍，仓皇叫道："警察来了！快跑！"

杜总大惊失色，率先向门口跑去。郭经理跟了上去。曹大伟等人惊惶失措，松开祝五一和韩振东，一齐涌向门口。

走廊里，无数喝令的声音此起彼伏："都别动，原地蹲下！"许多警察沿着走廊大步走来。有人企图冲破包围，很快被警察们摁倒在地。后面的人们都蹲了下来。曹大伟等人见大势已去，只好藏头掩面地蹲在地上。

韩振东最后从宿舍出来，见众人蹲在地上，他得意地笑笑，继续向前走。

警察喊道："蹲下！听见没有？"

"警察同志，我是……"

"蹲下！"

韩振东无奈地靠墙蹲下了。

一片混乱中，杜总和郭经理钻进了厕所。他们打开窗户，狼狈地钻了出去。紧接着，祝五一追进了厕所，他从打开的窗户向下看去，看到杜总和郭经理正顺着下水管道爬到地面。就在他们几乎逃脱之际，祝五一忽然从高处凌空跃下，向立足未稳的他们扑了过去。扭打中，祝五一渐渐寡不敌众，倒在地上，被杜总和郭经理凶狠踢打。

刚刚赶到力健公司门口的萧原还没把汽车停稳，沈红叶就跳下车，向祝五一跑去。她试图拉开穷凶极恶的杜总和郭经理，却被他们轻易甩开了。杜总从地上捡来一根木棍，击向祝五一头部，沈红叶扑过去，木棍落在她的头上。沈红叶应声倒下。祝五一奋力打倒杜总，转身去救沈红叶。郭经理捡起木棍，还想从背后下狠手，被随后赶到的萧原和刘成合力制服。

祝五一抱起沈红叶大声呼唤："红叶！红叶！"

沈红叶昏迷不醒，血漫前额。祝五一抱起她向大街上跑去。方舟见状返身上车，开动汽车追了上去。她帮祝五一将沈红叶抱进汽车，沈红叶脖子上的那颗月亮石，瞬间闪入她的眼帘。

汽车全速向医院驶去。

医院里，沈红叶躺在病床上，头部做了包扎，人已安静地睡去。

祝五一的头上也贴着创可贴，他在病房外听医生介绍沈红叶的伤情："病人头部有外伤，手术处理之后应该没问题了。因为出血较多，病人有些虚弱，休息一段时间应该能恢复。"

祝五一松了口气，在走廊里的一条长椅上坐下。

方舟来了。她在祝五一身边坐下，两人默默无言。少顷，方舟把沈红叶的钱包和身份证等物品放在他身边："这是她做手术以前，医生让家属保管的，交给你吧。”

祝五一端详着那几件东西，他意外地看到方舟又拿出一样东西——月亮石！

冤家路宽

萧原在社长办公室里向周自恒汇报了力健公司传销案的报道工作：“杜天明等几个主要成员，检察院已经批捕了，我们还打算跟踪报道一段时间，直到法院审理宣判。报道抓的几个点我们做了个方案，您看一下有什么问题没有。”

周自恒接过萧原递上的文件，边看边说：“对于参与这次暗访行动的祝五一和韩振东，你们回头写个材料报编委会，要好好表彰一下。给祝五一恢复名誉的决定虽然已经宣布了，你们还要再作些报道，消除社会上对他本人以及对咱们报社的不良影响。”

“好的。”

“在这次行动中，还有一个人也应该给予表彰，就是那个受了伤的女孩子。在祝五一和韩振东没办法脱身的时候，就是她把证据送出来的。她的医药费可以由我们报社承担。”

“她的医药费可能会由公安局从见义勇为基金中支付，公安局对协助破案的群众是有奖励和补贴的。这个女孩现在最需要的，倒不是她自己的治疗费用。”

周自恒抬头问道：“那是什么？”

病房里，沈红叶已经醒来，祝五一守在病床边。

祝五一说：“红叶！我们周社长已经同意登报为你妈妈的手术费募捐了。”

“真的吗？”见祝五一点头，沈红叶喜极而泣，“我知道，这都是因为你帮我，谢谢你。”

“我要谢谢你才对，你帮我们把证据送出去，还为我挡住了那一棍子。”

“那我得谢谢你把我从看守所里救出来，你要不给我作证，我可能……”

“说到作证，我还没来得及给你道歉呢。我一开始还……”

沈红叶笑了：“我们一开始都不想给对方作证，都差点把对方害了。所以我们是一对冤家！”

祝五一也笑：“是啊，冤家路窄！”

两人你来我去，俨然一对亲密恋人。祝五一突然想起什么，拿出一个小袋子，递给沈红叶：“你做手术时，医生把这些东西交给我的同事保管了。”

沈红叶一一检视自己的物品，最后将月亮石托在手上，注目良久，终于说：“这个，不是我的。是你的。”她似乎有点不好意思，又解释道，“我以前是怕丢了才戴在脖子上。几次想还给你，几次都忘了。”

祝五一看着她，轻声说：“你要是喜欢就留着吧。”

“那怎么行，你只是借给我妈用一下，我怎么好据为己有。”

祝五一郑重地说：“我，祝五一，现在正式将月亮石送给沈红叶。”

祝五一将月亮石放回沈红叶的掌心，沈红叶看着祝五一，眼睛里满溢着幸福，两人的目光和宝石的光泽交融在一起，温暖而透澈。

韩振东站在椅子上，将祝五一的照片重新贴上笑脸墙。照片上的祝五一似乎笑得更灿烂了。

萧原走过来把一只信封交给韩振东：“那个女人自己把住院费交了，公安局就把你的钱退回来了。”

韩振东眉开眼笑：“咳！着什么急呀。”

萧原走了。韩振东马上开始数钱。他数到一半又想起什么，走到刘成跟前，伸出手：“给钱吧。”

刘成抬头问：“什么钱？”

“还能是什么钱？上回老六假开除，你迫不及待从我这儿拿走了一百块钱。我当时要不是为了保密，我真不想给你。”

刘成很不情愿地掏出一百元扔在桌面上：“这事还记着呢！”

“废话！这事也是老六平反昭雪工作不可分割的一部分。哎，就一百啊？”

“你不就给我一百吗，你不会还要利息吧？”

“这一百块是你应当还我的，老六现在转正了，你打赌输了的钱还没给呢。”

刘成又掏出一百元：“是吗，老六转正啦，对对，应该出钱，祝贺祝贺。这一百就算我给卧底英雄贺喜的份子吧，这钱我肯定要出！”

韩振东收了钱："噢，那你还差一百呢。"

"哎，你没疯吧，还差谁的钱？"

"还差我钱呀，我也是卧底英雄。你这钱不是给老六的吗，那我的呢，作为英雄，我要求你一视同仁！"

"噢，对了，还有你。咳，我单凭平时的印象看问题，所以把你给忘了，对不起对不起，那这样吧，刚才这一百就算是给你的，老六那边我直接给他，行了吧。"

"嗯……那也行吧。"

"那就这么着吧。"刘成转身走开了。

韩振东低头琢磨了一下，自语道："我是不是少要了一百？"

你捐多少

丰盛的晚餐刚刚开始。

方守道举起酒杯："五一，祝贺你恢复名誉，也祝贺你首次采访成功。"

祝五一连忙举杯。祝槿玉也举起杯，看了看方舟。方舟迟疑片刻，也举起杯真诚地向着祝五一："祝贺你。"

祝五一真诚地说了声："谢谢。"

祝槿玉说："太好了，前些天还揪着心，现在没事了，真应该好好庆祝一下。守道，过几天就是你六十岁生日，咱们也好好庆祝一下。"

方守道感叹："一过生日，就提醒自己又老了一岁，时日无多啦。"

方舟说："爸，你其实不老，就是显老。"

祝槿玉说："我们那一代人都显老。你爸二十年前白手起家，操劳了多少年。创业太不容易啦，心累人就老得快，不比你们，都二十多了还像个孩子。"

方舟说："谁说的呀，我们这一代人有我们这一代人的难处啊。"

祝槿玉说："你们有什么难处？你们的口号我知道，自己开心就好！对不对？歌词里不就是这么唱的嘛。"

方守道说："我看现在的很多年轻人，还是挺有爱心的。刚才你们不是还说准备给那个女孩的母亲捐款吗，说明你们也是有慈善之心啊。"

方舟说："对呀，爸，还想让您捐呢。"

方守道笑道："杀富济贫呀，呵呵。让我捐多少？"

"以您自己的名义，还是以大道公司的名义捐呀？"

"以公司的名义吧。"

"那你们公司最多能捐多少？"

报社大门外的阅报栏里，还张贴着前一天刊发的整版文章，标题是：《一桩"劫持案"的真实动机》

接待室里，来捐款的人出出进进。一位中年女人将一叠钞票交到了祝五一的手中。他道了谢，把钱交给身旁的蒋丽丽。蒋丽丽开始数钱，小张在旁边负责登记。又一叠厚厚的钞票放在祝五一面前，他惊讶地抬起头，眼前是一位老年男子。

"这是三万，你数数吧。"

"谢谢老伯伯，请问您怎么称呼？"

"我捐钱，既不图名也不图利。我看了你们的报道挺感动的，觉得这个女孩实在是不容易，能帮一把就帮一把吧。就这样啊，我走了。"

祝五一连忙阻拦："不不，您还是留个名吧。"

老年男子摆摆手："留这干吗？不留不留。"

萧原进来帮着劝说："老先生，那个女孩子还在医院里，不能过来接受捐款，但她非常希望知道都有谁帮助过她，将来有机会好亲自道谢。您行善不留名确实让我们敬佩，但您留个名不也是照顾到了受捐人的心愿吗？"

老年男子犹豫："那我说了，你们可别登在报纸上。"

"我们会尊重您的意愿。"

"我姓宋，叫宋明昌……"

方守道与何光磊同乘一辆汽车行驶在路上。

方守道问："光磊，那笔钱捐出去了吗？"

何光磊说："还没呢。我正想跟您请示一下。我刚才仔细地看了一下报道，写得很不错，很煽情，相信会有很多媒体关注。现在正在搞慈善家评选，我想，能不能借用这件事的声势，我们捐一万是不是少了点？”

“那你看捐多少好呢？”

“至少八万到十万吧。只有数目大了，媒体才可能提到您和咱们公司的名字。现在中都十大慈善家的评选到了关键阶段，多增加曝光度，对您参选比较有利。”

方守道点点头：“那就多捐一点吧。”

何光磊说：“好。”

方守道又补充道：“你亲自去给中都时报送这笔捐款，现在公司越做越大，社会形象就越来越重要，你们要善于跟媒体搞好关系。”

崔哲走出办公室，看到韩振东在座位上发呆，便停下脚步问道：“韩振东，你干吗呢？”

韩振东抬起头：“没什么，我正在思考一些新闻业务问题。”

“什么问题？”

“我在想，上次买彩票中了五百万的那个人，为什么不来捐款？”

“这算什么新闻业务问题。”

“怎么不算呀？我刚才去看了，来捐款的都是平头百姓，还有好几个出租车司机呢。可是，那些大富翁都到哪里去了？他们的同情心都去哪里了？我觉得，这里头是不是可以做点文章，是不是可以弄篇报道探讨一下？”

“你有工夫去批评人家，不如先从自我做起，你捐了吗？”

韩振东被问愣了：“啊？”

崔哲说：“咱们部的人可都捐了啊。这种出血的事，你好像没一次不落后吧？”

韩振东扭头问刘成：“刘成，这回你捐了吗？”

刘成说：“捐了。”

韩振东又问王长庆：“老王？”

王长庆说：“捐了。”

“捐了多少？”

“五十。”

韩振东有点不屑：“才五十呀。”

王长庆不理他，继续看报纸。

崔哲说："捐多捐少都是个心意。你呢？"

韩振东说："我这不正准备捐吗？我捐……六十。"

"你就不能多捐点？"

"捐款也是有讲究的，既不能捐少，也不能捐多。捐少了，别人说你没爱心，捐多了，别人面子下不来。让刘成老王他们难堪的事，我可不干！"

"你整天净琢磨些什么呀，这也是新闻业务问题？"

"这是办公室政治，很流行很热门的学科，不研究还不让他们欺负死？"

崔哲正想说什么，身后忽然传来一个声音："请问祝五一在吗？"

崔哲回头看到何光磊和左新光站在身后。他愣了愣，突然叫了声："何总。"

何光磊愣住了："啊，你是……"

"我是崔哲。上次你们公司在利德大酒店搞发布会，咱们见过面。你忘啦？"

何光磊装作恍然大悟："对对对，我想起来了，你贵姓？"

"我姓崔。我是这儿的副主任。你到我办公室坐坐吧。"

何光磊说："不了，我们有点事找祝五一。"

崔哲很热情："进来坐会儿吧，我让人找他去。韩振东，你去叫老六。"

韩振东站了起来。何光磊对左新光说："你跟这位记者去找老六，事情办完后在车里等我。"

左新光跟着韩振东走了。崔哲殷勤地将何光磊让进自己的办公室。

崔哲和何光磊在办公室里相谈甚欢。

何光磊说："企业嘛，形象很重要，以后肯定少不了需要报社帮忙的地方，希望崔主任多多支持。"

崔哲打着哈哈："没问题，报社嘛，没别的，就是有话语权。"

"那就仰仗了。"

"应该的。以后咱们要加强联系，说不定我以后还会有求于何总呢，不知道何总到时候是不是还得问我贵姓。"

"不会的。刚才一下没想起来。你姓李？哦，不是，你姓……"

崔哲笑笑："崔。"

何光磊也笑："对对对，崔！这回记住了。"

接待室门口，左新光低声向祝五一交代：“钱已经交了，回头你再跟那个女孩说一声，就说这是你姨父，也是咱们大道公司的一片心意，让她有机会的时候，对你姨父，对大道公司表示一下感谢。”

祝五一问：“具体怎么表示呀？”

“如果有媒体采访，让她提一下你姨父的名字。她是受捐人，由她提比公司自己宣传效果要好得多。”

“好的，应该没问题。”

快下班时，蒋丽丽和祝五一把收到的捐款摞在萧原的办公桌上。

蒋丽丽说：“一共十六万四千二百三十七块。”

萧原：“怎么还有三十七块？”

“有个人把身上的所有零钱都掏出来了。”

萧原对祝五一说：“你回头跟沈红叶商量一下，看看什么时候搞个简单的捐款转交仪式，把钱给她。”

祝五一说：“我刚给她打过电话了，她说马上过来取。”

蒋丽丽说：“哟，她干吗急成这样？是不是怕我们不给她呀？”

萧原说：“可能还是急着给她母亲做手术吧，可以理解。”

方舟走进报社大厅正要进电梯，突然有个人抢先一步走了进去。她皱了皱眉，跟着进去，这才看清那人原来是沈红叶。沈红叶也看着她，气喘吁吁。

电梯上行。方舟的目光忽然触到沈红叶脖子上的月亮石：“你戴的石头挺漂亮。”

沈红叶高兴地说：“这是月亮石，不但好看还能治失眠呢。”

方舟感兴趣地问：“哦。请问在哪里能买到呢？”

沈红叶掩饰不住喜悦地说：“我也不知道，这是朋友送的。”

方舟明白了，不再说话。

电梯到达，两人都看看对方。方舟看到沈红叶似乎无意再抢行，遂率先走出去。沈红叶察觉到方舟高高在上的姿态，懵懵懂懂地跟了出来。

捐款转交仪式在会议室里举行。萧原把捐款交给沈红叶，崔哲等人鼓掌祝贺。

沈红叶深深鞠躬，泪水盈眶："谢谢。我替我妈谢谢你们，谢谢所有好心人!"

萧原说："我代表所有捐款人向你转达真诚的祝福，希望你母亲早日康复!"

沈红叶感动地说："会的，有了这笔钱，一定会的!"

萧原交代祝五一说："你带红叶去会计那儿签一下收据，完了后陪她去医院入账。"

祝五一看看沈红叶，高兴地答应："好!"

祝五一带着沈红叶经过社会新闻部，向电梯口走去。刘成在他们身后探头探脑，悄悄问韩振东："就是这个女孩吧?"

韩振东说："对。就是她。"

"挺漂亮呀。你看人家俊男靓女走在一起，就是般配啊。"

"那是。看见没有，这个女孩对老六已经有点意思了。所以后来我们和那帮罪犯殊死肉搏的那场大戏，就没弄成英雄救美的俗套，而是弄成美救英雄了。从新闻的角度来看，比较新颖……"

刘成打断韩振东的高论："那老六什么意思呀?"

"有漂亮女孩投怀送抱，老六能那么没爱心吗? 老六也是人嘛!"

议论声中，方舟抬起头，平静地目送着祝五一和沈红叶并肩而去。

普通朋友关系

捐款入账后，医生对沈红叶和祝五一谈了手术安排："手术并不复杂，就是得对病人的身体状况再做些检查，看看是不是适合手术。你们先别着急，检查还需要几天，如果没问题，具体手术日期我们再和你们商量吧。"

谢过医生，祝五一随沈红叶一起来到病房。

沈母躺在病床上，见祝五一进来，硬撑着坐起来。祝五一赶紧扶住她，说："阿姨，您要好好休息，养足精神做手术。"

沈母拉住祝五一的手，亲热地说："你忙前忙后的，我也不知道怎么谢你。你们都还没吃饭吧？红叶，你请五一出去吃个饭吧，替我好好谢谢他。"

祝五一忙说："不用了阿姨。我得回家去了，我家里人还等着我呢。我明天再来看您。"

祝五一告辞出来，沈红叶把他送到医院门口，祝五一才费尽斟酌地把左新光托付的意思说出口来："……我姨父他们公司这次捐了八万，公司出钱做这种善事，可能也是为了企业的形象吧。你以后要是能在媒体采访你的时候，为我姨父他们公司说几句感谢的话，就行了。"

"没问题，当然要感谢啦，哪怕只捐了一块钱，我也会感谢他的。"沈红叶想了想，又说，"我想当面去感谢他，你说行吗？我们老家那边要是有什么人帮了什么人，被帮助的人都要做一面大锦旗或者大匾送过去，还得敲锣打鼓呢。"

祝五一笑道："敲锣打鼓就免了。过几天是我姨夫生日，家里会来很多客人庆贺，要不你也来吧。"

沈红叶爽快地答应了。

回到病房，沈红叶对母亲说了要去庆贺祝五一姨夫的生日。

沈母警觉地问："那他是要带你去见他家长啊？"

沈红叶说："不是。我是趁他姨父过生日，去跟人家说声谢谢。他姨父的公司给您捐了八万块钱呢。"

"他姨父为什么一下捐这么多钱啊，是不是小祝想和你谈对象呀？"

沈红叶有点脸红："妈，您想到哪儿去了？人家企业做慈善也是树立企业形象呀。"

"我是觉得人家一下捐这么多钱，不敢相信呀。"沈母顿了顿，又试探说，"我看小祝这孩子挺不错的，你觉得他怎么样呀？"

沈红叶低着头："挺好的。"

"他对你怎么样啊？"

"挺好的。"

沈母又说："不过，他是报社的记者，他姨父又是大老板，他要是找女朋友，恐怕也得门当户对吧。"

沈红叶叠衣服的动作停顿片刻："啊，可能吧。"

祝五一回到家，正好赶上晚饭。餐桌上的话题便是这场已经顺利完成的义捐。

祝槿玉说：“这么快就筹齐了手术费，看来你们报纸的影响力真是不小。”

方守道说：“报纸的影响力只是一方面，另一方面也说明社会上还是好人多，说明人心还是向善嘛。”

祝五一说：“对呀。姨父，红叶说她得好好谢谢您，还说要过来给您拜寿呢。”

方守道说：“拜寿？哦，我都忘了过几天是我生日了。”

祝槿玉说：“别忘了呀，光磊他们都准备了，六十大寿要办得正规一点。”

方守道说：“不要太张扬，就在家里吃个生日饭，顶多请公司几个骨干过来热闹一下。怎么这个女孩连我生日都知道？”

祝五一说：“是我告诉她的。”

祝槿玉感慨：“从她千方百计给她母亲治病这一点看，倒是挺孝顺的啊。”

祝五一连连点头：“是啊是啊。”

方舟看着他，忽然问道：“你跟沈红叶现在是什么关系呀？”

祝五一愣了一下：“我？没什么关系呀。”

祝槿玉反应过来，将惊疑的目光投向了祝五一：“你跟她既然认识，就得有个关系，是一般朋友关系还是……”

祝五一立即否认：“不是不是。”

“不是什么？”

“不是您说的那种关系。”

方舟撇撇嘴，说：“是什么关系就说什么关系呗。”

祝槿玉也追问道：“不是一般朋友关系，那你们是什么关系？”

祝五一横了一眼方舟，连忙更正：“我跟她……我们就是普通朋友关系。”

凌驾万物

方守道生日这天傍晚，大道公司的高管们陆续来到方家大院，院里院外停了很多汽车。客厅和餐厅里灯火辉煌。祝槿玉忙着招呼客人，布置宴席。

书房里，方守道写完一个“道”，把毛笔投入笔洗，众人齐声喝彩：“好字！”

方守道接过何光磊递过来的毛巾，擦了擦手，矜持不言。

何光磊说：“董事长为大道公司呕心沥血，每天还不忘修研书法，陶冶性情，真让我们自惭形秽呀。”

方守道笑道：“小爱好罢了。不过，写字亦如做人，字如其人，倒是不假。”

祝槿玉走进书房：“守道，请大家都到餐厅就座吧。”

众人拥着方守道向餐厅走去，赞美之声不绝于耳：“书法这东西，奥妙太深！”“什么时候董事长念大家辛苦，不发奖金，就赏个墨宝吧，更值钱！”

餐厅里已经准备好了一桌丰盛的宴席。方守道在主位就座。祝槿玉坐在他的右侧。坐于左侧的是方舟和何光磊，大道公司的高管们也都各就其位。

众人就座后，方守道开始侃侃而谈：“道这个字，在中国传统文化中可谓深入人心。道理、道德、道义……都离不开这个道字。道，其实是凌驾于有形万物之上的无形规律，人只能顺应，不得逆反。”

何光磊说：“是啊，咱们公司应名大道，必有董事长的良苦用心，我们一直在不断学习，不断领会。”

众人都在逢场凑趣，唯有祝槿玉左顾右盼，低声问陈阿姨：“五一呢？”

陈阿姨摇头：“没看见呀。”

方守道继续发表宏论：“我当初为公司取名大道，除了我的名字里有‘道’之外，确实是希望公司的事业能够顺应大道，不泥小利……”

他忽然停止讲话，目光投向门口。祝五一和沈红叶走进了餐厅。沈红叶脸上施了过重的脂粉，手里拿着一幅锦旗。在众人的目光审视下，她备感局促。

沈红叶的出现令方舟有些吃惊。祝槿玉也一脸意外：“五一，你有客人呀？”

祝五一说：“哦，姨妈，她就是红叶，今天特地过来给姨父拜寿来了。她想当面谢谢姨父帮助她给她妈妈治病。”他又向沈红叶介绍说，“红叶，这是我姨妈。”

沈红叶拘谨地致意：“姨妈。”

祝槿玉不太习惯似的：“叫我阿姨好了。”

沈红叶赶忙改口：“哦，阿姨。”

场面有些尴尬，祝五一连忙把沈红叶引见给方守道：“红叶，这就是我姨父。”

沈红叶深深鞠躬："谢谢您，伯伯！"

方守道起身扶住她："不用谢。你妈妈的手术做了吗？她的病能治好吗？"

沈红叶眼含热泪："做了手术就能好了。您是我妈的救命恩人，我不知道怎么才能感谢您。五一说今天是您的生日，我祝您寿比南山，长命百岁！"

她把锦旗拱手呈上。何光磊帮忙接过来，锦旗上写着"恩情似海"四个大字，令席间感叹万分。何光磊带头鼓掌，气氛开始温暖起来。

方守道目光慈祥："恩情谈不上。能为有困难的人做一点事，也是我们企业应尽的社会责任。你倒是应当感谢报社，没有他们呼吁，我们也不了解你的情况。"

沈红叶转向祝五一："伯伯说得对，真的应该感谢你，感谢你们报社。"

祝五一连忙介绍方舟："我表姐也是报社的，她是正式记者，你谢谢她吧。你受伤昏迷时，就是她开车把你送到医院的。"

沈红叶对方舟频频鞠躬："谢谢你，姐姐，你是我妈的救命恩人，你也是我的救命恩人。"

方舟礼貌地微笑："别客气，我也谢谢你给我父亲的祝福。"

祝槿玉对沈红叶说："你也坐吧，一起坐下来喝杯酒。"

祝五一高兴地帮沈红叶搬来椅子，拉她在餐桌前坐下。众人都重新落座。

方守道首先举杯对客人们表示欢迎："感谢大家光临，今天借我这杯生日酒，感谢各位辛苦工作，祝各位身体健康，家庭幸福！"

大家纷纷举杯，向方守道致生日贺词，一时间其乐融融。

何光磊扫了一眼沈红叶，有点不屑地低声对方舟说："五一喜欢这样的？"

方舟说："怎么啦，这女孩不是挺好吗？"

何光磊说："打扮太俗气了吧。"

在他们对面，祝五一和沈红叶也在窃窃私语。沈红叶说："真没想到你住这么大的房子，我什么也不懂，不会给你丢脸吧？"

祝五一说："不会，你刚才说得挺好的。"

"我刚才喝了一大口酒，脸红没有？"

祝五一看着她，笑道："你今天的妆化得太重了，打这么厚的粉，红也看不出来啦。"

"是医院里的一个护士姐姐帮我化的，化得很难看吗？"

祝五一坦率地："不好看，还不如不化呢。"

晚宴快结束时，左新光走进餐厅，对方守道附耳低语几句。方守道扭头看去，看到莫长山站在门口，手里抱着一个牌匾，冲他点头哈腰："董事长，生日快乐!"

方守道脸色不快，看了一眼左新光，又对何光磊说："不是说好公司里的人小范围聚一下吗，怎么还叫下面的工人来祝寿啊。"

何光磊也埋怨地看了一眼左新光，向方守道解释说："这是工人们自发的，他们听说今天是您六十大寿，都很高兴，非要让他们的工头给您送个匾来。"

方守道只好站起来对莫长山说："进来吧，你是七间房项目经理部的吧?"

莫长山碎步走进来："董事长，我姓莫，是负责七间房拆迁的。听说您今天六十大寿，我特地过来给您拜寿。"他举起手里的牌匾，"不成敬意。"

牌匾上画着一幅大大的招财菩萨，身边堆满钱币。莫长山说："这画虽然画得不怎么样，但上面的这些钱币都是真的乾隆通宝，是我让人一枚枚镶上去的。祝您财源广进，大发横财。"

方守道说："横财？横财多为不义之财，不义之财莫取也。"

莫长山有点尴尬："呵呵，大道公司的财，全都取之有道。"

方守道淡淡一笑，对站在旁边的陈阿姨说："你替我收一下吧。"

陈阿姨接过牌匾。左新光指着匾上的题字，对莫长山说："董事长精通书法，你不是特意找人题了一行字吗，你给董事长念念。"

"对对对，我请了个书法家题的字，董事长见笑了。"莫长山清清嗓子，大声朗读，"问中都地产谁领风骚，唯大道公司独占鳖头。"

听到"鳖头"二字，大家想笑却不敢，只有祝五一忍不住笑出声来。方守道面孔微扬，稍稍侧目。众人都扭头看祝五一，祝槿玉也向他投去责怪的目光。他马上闭嘴，笑声戛然而止。莫长山不知怎么回事，惶然四顾。

见场面尴尬，祝槿玉扭头喊道："陈阿姨，蛋糕准备好了吗?"

陈阿姨把生日蛋糕拿过来了，方舟点燃蜡烛。左新光熄灭了餐厅里的灯光。

方舟说："爸，许个愿吧。"

方守道慈爱地看着她："我的愿望就是希望你……"

方舟打断他："不能说，愿望就是秘密，说出来就不灵了。"

方守道注视着蜡烛摇曳的火光："好。每个人都有自己的秘密，无论是好事还是坏事，那就让我们都守口如瓶吧。”

众皆默然，揣摩其意。方守道一口气把多数蜡烛吹灭，只剩两炷摇曳的火苗。昏暗中，祝五一的目光无意识地扫过窗户，突然定住了。他看到有个人影立于窗外，一动不动地注视着餐厅里的一切。他惊恐地瞪大眼睛盯住那个黑影，竭力想把对方看清。

方守道吹熄了全部蜡烛。窗外的黑影仍然未动。电灯随即被打开了。窗户上反射出的，只有祝五一自己的影子。

方守道开始切蛋糕。众人围在旁边，说着一些应景的恭维话。沈红叶脸上挂着真诚的微笑。她无意中发现，身旁的祝五一已经不知去向。

夜色中，一个人影缓步走向后院小屋。祝五一的声音在他身后响起：“左伯。”

左林站住了，迟缓地回头。祝五一站在他身后的小路上，他们在黑暗中对视。

在他们后面的路口，沈红叶疑惑的目光投向这两个沉默的男人。

小屋昏暗的灯光下，左林抖抖索索地拿出一叠钞票，交给沈红叶。

沈红叶连忙推辞：“左伯，我妈做手术的钱已经够了。”

左林并不开口，坚持送出。沈红叶只好接过来，感动地说了声：“谢谢！”

左林看向祝五一，目光之中的隐意，似乎难以言说。

人们吃完蛋糕，改到客厅里小坐。莫长山正跟左新光等人闲扯。他高腔大嗓，旁若无人：“这个字我一直以为念鳖。这繁体字还真不会认……”

左新光纠正他：“这可不是繁体啊。”

“反正笔画一多我就头大，谁还注意到底是鳖还是……那个字念什么？”

“鳌。”

“鳌！这个鳌怎么讲啊，也是个大王八吧？”

不远处，方守道看看莫长山，问何光磊：“拆迁就交给他处理吗？”

何光磊点头：“他看上去虽然粗野，但对付拆迁户还是有一套办法。”

“这种人痞子习气太重。工作上可以用，但是不能有过多的私人交往，以后不要再让他上这儿来了。大道公司现在的社会声誉不错，你们平时都要注意维护，交往什么人也都要注意，对有些人一定要保持距离，明白吗？”

"明白。"

方守道岔开话题："七间房那个钉子户的问题解决了吗？"

何光磊说："我已经多次派人跟他谈判，但他始终不肯签协议。"

"如果拆迁进度影响到整个工期，项目不能按我们向市里和银行方面承诺的期限推出，后面的麻烦，我不说你也知道。"

"您上次交代要妥善处理……"

"妥善处理不代表你们可以不作为。我们拿下这个地块花了血本，怎么可能让一个小卖部拖进债务泥潭里去！这个项目如果不能按计划封顶销售，资金不能尽快回笼，公司的资金链就可能断裂，我们一连串项目都会被拖进去！"

"是。我马上就去安排。马上会有措施。"

没有血缘，扯不上伦理

生日晚宴散了。客人们陆续离去，祝五一也陪着沈红叶走出院门。站在台阶上和方守道一起送客人的祝槿玉抬起目光，向他们的背影投去注意的一瞥。

送走沈红叶，祝五一见祝槿玉站在客厅窗前发呆，便走进去问道："姨妈，您怎么还没休息？"

祝槿玉没有回头："是你把那个姓沈的女孩叫来的？"

"是啊。她自己也想来对姨父表示一下感谢。"

"以后尽量不要把这种人带到家里来。"

"她……她是，那您说她是哪种人呀？"

"你看看她打扮得那个样子，有教养的女孩恐怕不会把嘴唇涂那么红吧。"

"我见过她妈妈，她家教其实挺好的。"

"怎么，你喜欢她吗？"

祝五一竟有几分羞涩："还谈不上吧，姨妈，您早点休息吧……"

祝槿玉回过头，直视着他："你们认识多久了？"

祝槿玉回到卧室。方守道见她似有心事，便问了声：“累了？”

祝槿玉叹了口气：“五一跟那个姓沈的女孩，很可能有那方面的意思了。”

“你操那么多心干吗？这都什么年代了，现在跟我们年轻那会儿不一样了。现在的年轻人，喜欢就在一起，不喜欢就分开，没那么认真，也没那么郑重。”

“那可不行。五一毕竟是我外甥，我当然希望他找到合适的女孩，否则我怎么跟我姐姐交代。”

方守道放下报纸：“那你说，什么样的女孩才适合他？”

祝槿玉犹豫着：“我这不正想跟你商量一下吗。你看，他跟方舟怎么样？”

方守道有些意外：“方舟？这怎么可能。他俩是表姐弟……”

“表姐弟只是个名义，他们根本没有血缘关系，牵扯不到什么伦理问题。”

“方舟比五一大……”

“大个半岁也叫大？”

“我看，他俩的个性也碰不到一起去。”

“个性不一致才更有新鲜感呢，才更能互补呢。”

方守道继续劝说：“你就别唱这出拉郎配了。我看他俩也不像有那个意思的。”

“那是因为没人说破。一旦说破了，俩人一拍即合也说不定。”

方守道笑道：“那你就说破吧，我倒要看看，到底谁和谁能一拍即合。”

第二天晚上，何光磊送方舟回到方家大院。两人在客厅里坐了一会儿。见没有别人，何光磊说：“方舟，有句话埋在我心里好久了，我一直想问问你。”

方舟说：“你问吧。”

“我们认识有四年了吧？”

“差不多吧。怎么啦？”

何光磊犹豫一下，终于说了出来：“你觉得咱们之间……”

祝五一忽然走进客厅，他看到何光磊也在，连忙后退：“我呆会儿再来吧。”

方舟叫住他：“你有什么事就说吧。”

“我想问问你，呃，是姨妈让我问问你……”

何光磊踱到一边，表情郁闷，却无可奈何。

方舟送走何光磊，往自己的卧室走去。祝槿玉跟了过来，故作随意地问：

“光磊走啦？”

方舟嗯了一声，祝槿玉口气关心地说：“光磊是想跟你处朋友吧？”

方舟装傻：“没有吧？我们就是普通朋友。”

祝槿玉怀疑地看她：“是吗？我看光磊对你挺明显的。”

“怎么，您关心光磊了？”

“我是关心你。你个人的事，阿姨一直也没跟你好好聊过，你怎么个想法呀？有没有遇到过比较喜欢的人啊？”

“没有啊，阿姨你给我介绍一个吧。”

“你喜欢什么样的，跟阿姨说说吧。”

方舟想了想，说：“应该成熟点吧，我可不喜欢小孩。我觉得男人必须睿智！还有朴实。朴实的男人感觉特踏实。”

祝槿玉问她：“怎样才算朴实呀？你觉得像五一这样的，算朴实吗？”

“五一？五一挺朴实呀。”

“那你喜欢他这样的？”

方舟笑着说：“我就不凑热闹了。他形象不错，人也开朗，应该有不少女孩喜欢他吧。我觉得，那个送锦旗的女孩就应该喜欢他吧。”

祝槿玉叹了口气：“那个女孩怎么行啊，我倒不是有什么门第观念，但五一总得找个有内涵有文化的女孩吧。”

方舟直言快语：“那他自己的文化内涵也得再提高提高吧。”

“哦，那倒也是。”祝槿玉有点尴尬，讪讪地说，“你早点休息，我走了。”

出了方舟的房间，祝槿玉想了想，又来到祝五一的门前。她敲门进屋，见祝五一正站在窗台边，给“讨厌”喂食，不由长叹了口气：“你都多大了还玩这种东西，你没事不能多看看书吗？多长点知识，让自己变得更睿智更有内涵一点不好吗？”

祝五一心不在焉：“好好，我一定睿智，一定内涵，行了吗？”

祝槿玉生气了：“你懂不懂什么叫睿智，什么叫内涵啊！你看看你这个样子，你什么时候才能变得成熟一点啊？”

“我还不成熟？”

“你成熟？你看看你，吊儿郎当的，难怪方舟……”

祝五一抬起头来：“方舟？她又说我坏话了？”

祝槿玉掩饰地："没有。她也是希望你好。"

"她希望我好？她不说我坏话，我就已经感谢她八辈祖宗了。"

"方舟真没说你坏话，她也说你挺朴实的，形象也不错，挺招女孩子喜欢的。"

祝五一心存怀疑："方舟？不可能吧？"

祝槿玉底气不足："怎么不可能呀？"

祝槿玉回到卧室时，方守道已经上床，照例在灯下看报，他头也不抬地问："怎么样？你这么一拍，他们即合了吗？"

祝槿玉叹了口气："我懒得管他们，睡吧。"

她上床躺下，关掉自己那一边的台灯。方守道微微一笑，也躺下了，关掉了屋里最后一盏灯。

一条裤子的新闻价值

蒋丽丽和小张在值班室里正窃窃私语，见祝五一进来，立即笑了起来。祝五一莫名其妙："笑什么呀？"

蒋丽丽："老六，别看你前一阵灰头土脸的，现在看来，你挺值的。你现在是官复原职，财色双收啊。"

"奖励五百块钱也算财呀。再说，就这接电话也算官呀？"

"那至少事业重新开始，情场春风得意吧。你真低调！"

"我？哪来的情场啊，低什么调啊？"

"听说你暗访时顺便交了个女朋友，是真的吗？"

"你听谁说的？没有的事。"

"有也没事，报社又不干涉你搞对象。"

"真没有。"

"行！你就保密吧，我不问了行吧，好像我多八卦似的。"

一个保安进来，对蒋丽丽说："蒋组长，接待室有读者来访。"

蒋丽丽对祝五一说："你去接待一下吧。"

祝五一问："怎么接待呀?"

蒋丽丽把记录本扔在他面前："把他说的话记下来，让他回去等消息。"祝五一刚要走开，蒋丽丽又递给他一只录音笔，"你把他说的话录下来吧。"

"为什么?"

"免得你像上次一样，写一堆问号回来。"

祝五一自知理亏，接过录音笔，向接待室走去。

在接待室里等候的是一名中年妇女，祝五一按下录音笔的录音键，对她说："您说吧。"

中年妇女有些诧异："还要录音呀? 录就录吧。我有理走遍天下，你录下来放到电台去广播我都不怕。你要是真播了，我看谁还敢再去找那个二把刀裁缝。"

祝五一同时在记录本上作记录："你说哪个裁缝?"

"他给我做了一条裤子。你猜怎么着? 一边裤筒长，一边裤筒短。我认为，这不是技术问题，这是道德问题，这是在污辱我的人格。这不是骂我残废吗?"

祝五一抬起头来："哎，你可不能歧视残疾人呀。"

"我没歧视残疾人。可我是正常人呀，我一不瘸二不拐，他凭什么给我做成一长一短的呀，让我穿这样一条裤子出门，这不是寒碜我吗?"

"你让他给改改不就完了吗?"

"我让他改了。你猜改完以后怎么着?"中年女人在腿上比划着，"又变成这边裤筒长，那边裤筒短了，掉了一个儿，还是一样。"

"那你就让他再改改呗。"

"我又让他改了。你猜改完以后怎么着?"中年女人站起来，抻着裤腿示意，"两边都短了，脚脖子都露出来了。我那么贵的一块布料，就这么让他给毁了，我能不找他赔吗?"

"那他赔了吗?"

"他要赔了，我还找你们干吗? 他不赔，还说是我让他改来改去才改坏的，所以责任在我。你说，我花钱做条裤子，不但没做好，我还成了责任人啦。"

祝五一收起录音笔和记录本，例行公事地说："你说的我都已经记下来了，如果我们对这件事感兴趣，我们……"

“哎，什么叫感兴趣呀？你们当记者的，起码的同情心得有吧？看见这种事，你们就应该见义勇为，怎么还得凭兴趣呀？”

“这跟见义勇为扯不上！”

“怎么扯不上？那个裁缝起码算是假冒伪劣吧，你们就应该……”

祝五一有点不耐烦：“行行行，我都记下来了，你等我们消息吧。”

中年女人说：“那行，我在这儿等着，你多长时间给我消息呀？”

“谁让你在这儿等？我是让你回去等。”

“干吗回去等呀，我告诉你，这事你们不管不成！”

“我没说不管，管不管得研究完了才能……”

中年女人有点着急：“小伙子，我是冲着你们报社的名气才来的，都说你们敢替老百姓说话，怎么遇到我的事就不敢说话了呢？我们老百姓的事虽然不大，但没人帮忙就是解决不了，你们就帮帮我吧。”

祝五一纠缠不过：“行吧，我这就帮你问问去。”

韩振东正忙着翻找东西，对这条裤子显然不感兴趣。他对前来求助的祝五一说：“你真把自己当接线员啦？别忘了，你也是记者，你自己揽的麻烦自己解决。”

祝五一说：“我没办过这种事，我没这能力。”

“这事根本不需要你有多大的能力，就凭咱们报社在中都的影响力，别说是一个小裁缝，就是一个制衣厂，也得乖乖地听候发落，从实招来！”

“可我真的不知道……”

“你就别磨蹭了。赶紧去吧。要不然那个女的又该投诉你磨叽了。”

祝五一无奈地走了。韩振东窃笑。刘成知道他在捉弄祝五一，忍不住说了句：“韩振东，你就有本事捉弄人家新来的。”

韩振东说：“谁捉弄他了？人家是自愿急读者所急。”

祝五一实在不知如何打发走这位执著的中年妇女，只好跟着她到了一家简陋的裁缝铺。裁缝是个男人。他对祝五一的到来感到惊讶，进而怀疑到了他的身份：“你是真记者假记者？”

祝五一有点不自然：“真的啊。你从哪儿看出我是假记者啊？”

“记者怎么对这种事都感兴趣?”

“记者对所有新闻都感兴趣啊。”

“这算新闻吗?”

“怎么不算新闻?”

中年女人帮腔道:“裤子也是生活必需品,是我们老百姓谁也离不开的,怎么就不能算新闻?”

裁缝不理中年妇女,对祝五一说:“那你说说看,这么条裤子怎么就算新闻了?”

祝五一答不上来:“这个……”

一个旁观者站出来问他:“小伙子,你说你是记者,你有记者证吗?”

祝五一支支吾吾:“记者证?没有。”

裁缝顿时理直气壮:“没证?现在这年头,什么都有假货。我刚才还纳闷呢,一条裤子不至于把记者招上门来吧。”

围观者中有人笑起来。祝五一有点尴尬:“你说谁是假货呢?”

裁缝伸手指着他的鼻子:“说你呢。就你这样的,当得了记者?”

祝五一拨开他的手:“就你这样的都敢当裁缝,我怎么当不了记者?”

“我胆子可没你大,你敢冒充记者,我可不敢冒充裁缝。”

“你连条裤子都做不好,还敢摆个裁缝铺,不是冒充是什么!”

铺子门口围观的人越来越多,裁缝有点不耐烦了,他大声嚷道:“滚蛋滚蛋!我懒得跟你这种人废话。”

他伸手去推祝五一,祝五一反手推挡。双方的交涉渐渐变成了推搡和对骂。

“你们滚不滚?不滚别怪我眼神不好。”

“你别动手,你再动手我就不客气了。”

“我动你怎么了,你不客气一个给我看看。”

中年女人也加入了争吵:“啊!你还要打人呀!你打你打!”

突然,裁缝的妻子拎着一袋垃圾从里屋冲出来,大声嚷嚷:“你们干什么,欺负我们外地人呀?我告诉你们,我们也不是好欺负的!”

她说着把垃圾袋扔向中年女人。中年女人侧身躲开,祝五一猝不及防,被垃圾袋击中脑袋。他抖落身上的垃圾,又从头上摘下一片片菜叶,扭头一看,中年女人和裁缝夫妻扭成一团,显然处于劣势,他连忙冲过去,卷入了“战斗”。

旁观者纷纷过来劝架，他们一边嚷着“别打了别打了”，一边帮着裁缝夫妻把祝五一和中年女人推出门去。裁缝顺势关上房门。

祝五一垂头丧气地回到家。吃晚饭时，他将白天发生的事情说给姨夫姨妈。围绕着这条做短的裤子，方守道和祝槿玉在餐桌上产生了一些争议。

方守道说：“一条裤子做长了做短了，也就是一条裤子，能有多大新闻价值？”

祝槿玉反驳道：“我虽然不懂新闻，可是我觉得，新闻价值和东西的价值应该不是正比反比的关系吧。那些普通老百姓，整天争争吵吵的甚至翻脸动刀子，还不都是为了那点鸡毛蒜皮的小事。”

“报纸作为社会公器，应该抓大放小。现在，有多少事情要比这条裤子更重要，作为记者，应该把眼光放得更开阔一点，不要是个事就当作新闻大做文章，读者不能受到多少启发，也影响你们报纸的品位。”

“反正我觉得这事还是有一点新闻价值的。你想想，如果让你穿这样一条裤子出去应酬，你肯定也觉得别扭。”

“我个人觉得别扭的事，不一定代表它有新闻价值。我看五一一个男孩子还戴个耳钉，我也别扭，那也要登报吗？”

祝五一一怔。

祝槿玉说：“这是年轻人的时尚嘛，这和把裤子做坏了是两回事。”

祝五一不看方守道，嘀咕着说：“这说明有代沟啊。说明社会审美进步了，有人还停留在原处啊，也有新闻价值啊。”

方守道说：“你这是评论，不是新闻。新闻就要有事件，对公众有启示价值的事件！”

祝槿玉问一直忙着上菜的陈阿姨：“陈阿姨，你也说说看，你觉得这条裤子有没有新闻价值？”

陈阿姨愣了一下，说：“我觉得吧，那个裁缝确实挺可恶的。像这种人吧，就应该好好给他曝曝光。”

方守道淡淡一笑：“呵呵，看来最基层的群众还是更关心身边的小事情。五一呀，看来你还是有支持者的。”

祝五一也讨好地去看陈阿姨：“陈阿姨，您看我这耳钉好看吗？”

陈阿姨说：“哎哟，这个……这个我可说不好。哎哟现在的年轻人呀，大小伙子就是穿了裙子上街，警察估计也不管了吧。”

方守道呵呵笑了。祝五一自讨没趣。

我还是回去当发行员吧

接待室里一个中年男子正在大声朗诵：“人生一世，犹如白驹过隙，我们有什么道理不珍惜时间？时间是多么宝贵的东西！我们应该用有限的时间，来做更多有意义的事情。那么，什么是有意义的事情呢，我认为……”

祝五一坐在对面听着，不时忍着哈欠。

中年男子停止朗诵：“怎么，不好吗？”

“挺好的。”

“有没有点奥斯特洛夫斯基的意思？”

“谁？什么斯基？”

“奥斯特洛夫斯基，写《钢铁是怎样炼成的》那个，是不是有点那意思？”

“呃……有点。”

中年男子得意洋洋：“这是我自己写的。你看，能不能给登在报纸上？”

祝五一张大了嘴：“啊？”

一个老年妇女正在讲述自己的烦恼：“他们家的空调整夜开着。开空调没事，可别把水都滴到我们家来呀。我呢，又有点神经衰弱，他那水呀，嗒，嗒，嗒……就这么滴，晚上根本没法睡，跟他们说了多少回，就是不听……”

祝五一静静地听着，努力抑制着不耐烦的心情。

“小伙子，要不你跟他们说说去？他们怎么也得给你们报社这个面子吧。”

祝五一心不在焉地点头，突然警醒过来：“啊？跟谁？说什么？”

一个农民工掏出一张皱巴巴的十元纸币，交给祝五一。

祝五一问：“干吗？”

“这是我刚刚在路上捡的。我叫杨庆丰，杨是杨树的杨……”

“你捡来的，给我干吗呀？”

“交公啊。你们登报的时候，千万别写错我名字。我那个庆字，是庆祝的庆，丰是丰收……”

“你交公别交给我呀。”

“那我应该交给谁呀？”

“你应该交给……我哪知道你应该交给谁呀？”

一个中年女人正在讲述她离婚后的烦恼：“开始他还按月给，后来就不给了，总说没钱。虽说我们离婚了，可孩子也是他的呀，怎么连抚养费都不愿意给了呢？你看，我也没个正式工作，拉扯着这么个孩子，我可怎么办呀？”

祝五一同情地看着她，不知说什么好。

“我想麻烦你们在报纸上登一条，批判一下他这种现象，看他给不给。”

“报社也不是什么事都能管。像这种事吧，你还是应该再找找他，实在不行可以上法院起诉啊。”

“法院对这种事也是先调解，调解不成再说。等事情都办完了，我们娘儿俩也该饿死了。小伙子，一看就知道你没怎么结过婚……”

“我不是没怎么结过婚，我是根本就没结过婚！”

吃晚饭时，祝五一精神不振略显萎靡。祝槿玉关切地问：“不舒服啊？”

祝五一摇摇头：“姨妈，要不我还是回去当发行员吧。”

方舟奇怪地侧目，方守道也关切地看着他。

祝槿玉问：“你才干了多久就不想干啦？”

“不是不想干，是我什么都不会……”

“不会就多看书多学习。哪有人生来就会干的呀？”

祝五一不说话了。祝槿玉看了一眼方舟，方舟移开目光。

晚饭后，祝五一在卧室里看电视。听到敲门声，他懒洋洋地过去开门。门外站着方舟，递给他一本书：“给你的。”

祝五一问：“什么？”

"新闻学教材。"

"谢谢啊。"

方舟冷冷地说："不用谢。是祝阿姨让我借给你的。看完还我，别弄脏了。"

方舟走了。祝五一手里拿着书，站在原地愣了一会儿，进屋打开台灯，翻开书看起来。显然，书里的内容对他来说有些乏味。他抑制不住地打哈欠，不一会儿，就趴在桌子上昏昏睡去。

疑点——陪她去寄信的男人

祝五一坐在主任办公室里，认真听萧原讲话。

萧原说："作为一名记者，必须具备几种基本能力，速记能力只是其中一种。更重要的是观察能力、提问能力、判断能力、应变能力和写作能力……"

祝五一在笔记本上记下萧原所说的内容。

"我们先说观察能力，有些信息通过观察就可以获得，比如一个人的年龄、身份、地位、教育程度以及当时的心情等等。"祝五一记录的速度显然不够快，萧原停顿一会儿继续说，"对物的观察更要细致入微，物既无表情，也没有语言和动作，必须运用我们的各种感官，比如视觉，看它的形状、大小。触觉，软的还是硬的，干的还是湿的。嗅觉，有没有什么味道。如果有参照物，还应该进行比对。"

祝五一问："怎么比对？"

萧原从抽屉里拿出一封信递给他，又注意地看他的反应。

信封上写着：吴润安爷爷（收）十里坳小学　向小菊。

祝五一伸手捏了捏，又凑到鼻子前闻了闻："没什么呀。"

萧原说："打开看看吧。"

祝五一抽出信纸，浏览了一下："是感谢信。有人捐款给写信的小孩。"

"你再看看信封。"

祝五一又看了看信封，仍然没看出问题。

萧原把信封和信纸并排放在桌上："再看！"

祝五一又仔细看了一遍，终于有所发现："信封和信纸上的字不一样。"

萧原的思绪再次飘移到了二十年前……

青年萧原把信封和信纸全部摊开在中年周自恒的办公桌上，情绪有点激动："信上的字和信封上的字，根本不是一个人写的。信封上的笔迹确实是祝槿澜的，但信纸上的笔迹目前还查不到是谁的。"

周自恒看了看桌上的信封和信纸："这就意味着……"

萧原接过话头："意味着参与这件事的人，不只是祝槿澜一个人。可以断定，她还有同伙！"

"祝槿澜死后，那笔钱也没有浮出水面，更加说明祝槿澜背后另有其人，也许，那个人才是那笔钱的真正受益者。"

"永川市公安局也在调查那笔钱的下落。不过，祝槿澜自杀后，线索就断了。他们调查过祝槿澜的社会关系，除了她的前夫、儿子和一个妹妹，她再没亲人了。还有就是单位里的同事和邻居，她和同事邻居的关系都一般，没有特别亲近的。她的前夫，前夫的母亲，还有她的妹妹，目前都没有查出参与此事的嫌疑。目前，唯一的线索就是陪她去寄信的男人。"

"那个邮递员不是见过他吗？你再把永川教育局的照片给他指认一下。"

萧原摇了摇头："我已经让他指认过了。他说，照片里没有。而且那个男人当时是坐在车里的，他也没怎么看清。"

周自恒陷入沉思。萧原也沉默了……

萧原定了定神，问祝五一："这封信，你有印象吗？"

祝五一莫名其妙："没有，我怎么会有印象呢？"

萧原说："我的意思是，你能记住这封信的笔迹吗？"

夜袭钉子户

黑暗中，忽然传来砰的一声巨响。

正在小卖部里睡觉的李树望被响声惊醒了，他猛地从床上坐了起来，不安地四下张望。紧接着，又是砰的一声，夹杂着一阵玻璃哗啦啦的破碎声。他顾不得穿鞋，光脚冲向外面的房间。在他身后的黑暗中，传来母亲惊慌的声音："谁呀？"

"妈，您躺着别动。您别怕。"

外面房间的窗玻璃被什么东西炸开了一个大洞。李树望突然吸了口气，抬起脚，发现脚上扎着一片碎玻璃。他拔掉碎玻璃，忍痛向窗外探看，大声骂道："这帮畜生，玩这种流氓手段，什么玩意儿！"

李树望坐在报社接待室里焦急等待。他看到走进来的是祝五一，顿时愣住了："你怎么在这儿？你是这儿的记者吗？"

祝五一也惊讶不已，他点了点头："算是吧。"

"那就好办了，没想到我在报社里还有你这么个熟人！"

"你怎么了，有什么事吗？"

李树望义正词严："我要告……"

"你等一下。"祝五一打断他，翻开记录本，"好了，你说吧。"

李树望重振情绪："我今天，是来告……"

"你再等等。"祝五一再次打断，他拿出录音笔，伸到李树望面前，"你说吧。"

李树望再而衰地喘了口气："我要控诉……控诉大道公司！"

听说李树望过来投诉，方舟的反应和祝五一同样意外："他为什么投诉？"

祝五一说："他说，姨父的公司派人往他家扔礼花弹。"

"他怎么知道是我爸公司的人干的？"

"我没问他。他好像很肯定的样子。"

"那他人呢？"

"走了，我让他回去等消息了。"

方舟沉吟不语，似在思考。祝五一问她："怎么办呀？"

"什么怎么办？"

"这事我该怎么往上报呀？"

"人家怎么投诉的，你就怎么报呀！"

祝五一愣了半天，才说了声："噢。"

蒋丽丽将录音笔放在韩振东的面前。韩振东同样惊讶："大道公司？"

蒋丽丽压低声音问他："这事应该有新闻价值吧？"

韩振东扭头向方舟的座位上看了一眼，也压低声音说："当然。"

一片老旧的房子笼罩在浓浓的暮色中，在远处高楼大厦的衬托下，仿若废墟。

一盏摇曳的烛光带着韩振东在小卖部里走来走去。借着李树望手里的烛光，韩振东看到窗户玻璃上有个大洞，柜台玻璃也被炸开了，货品、玻璃碴和碎木条四散开来。一面墙上残留着黑色的火药痕迹……

韩振东有些吃惊："这是炸药啊，还是礼花弹呀？"

李树望说："你不知道吗，礼花弹其实跟炸药包的威力差不多！大半夜的，我正睡着觉呢，轰隆隆一声，我还以为地震了呢。"

李母的声音颤颤巍巍地从里屋传来："谁呀？"

"妈，这是报社的记者，采访来啦。"

李母沉默片刻，又问："公安局的？"

"报社的，您歇着吧！"

李母不说话了。李树望带着韩振东继续查看货品损失的情况，李母忽然在里屋又问了一句："他们公安局管不管呀？"

李树望不耐烦地说："妈，没您的事，您别搅和了行不行？"

李母怏怏地，没了声音。

韩振东问："除了窗户柜台还有一些商品损失外，你还有什么别的损失吗？"

"有啊！我受伤了，你看，玻璃碴把我脚给扎了，流了不少血呢，你看看……"李树望抬起一只脚，准备向韩振东亮出脚底。

韩振东连忙制止："好好，我知道了。"

"我妈也吓得不轻，到现在还头晕，听力也不行了。你刚才看见了，她什么也听不见了，肯定是大脑受损啊，人的大脑可是最宝贵……"

韩振东打断他："扔礼花弹的人你看见了吗？"

李树望摇头："没看见。天那么黑，我出来时人早跑了。"

"那你凭什么说是大道公司干的？"

"不是他们又能是谁？我在这儿住上一天，他们就一天不能在这儿盖大楼，所以我就是他们的眼中钉肉中刺，他们恨不得我死！”

“以前他们威胁过你吗？”

“没有。不过，前几天他们派人来跟我摊牌，我没搭理他们，昨天就出事了。”

“你再想想，以前有没有得罪过其他什么人？”

“没有。我跟谁都不结仇。除了大道公司，肯定没人恨我。我在这儿住着，只有他们心里不舒服。”

韩振东忽然说了句：“那不一定，你在这儿住着，我也不舒服。”

“你？”李树望先是一愣，继而笑道，“嘿嘿，你是说，害得你跑到这么个又脏又破的地方来……”

“往这儿跑我倒不怕，我在这儿住了好些年了。我和你一样，也是七间房的拆迁户。拆迁户都恨你，你在这儿多住上一天，我们就晚回迁一天。你看，扔礼花弹的人有可能是我吗？”

李树望干笑几声：“韩记者真会说笑话，没想到咱们是邻居，那就更好办了。咱们的利益是一致的。我在这儿扛着，跟他们谈条件，也代表了你的利益……”

韩振东打断他：“我的利益就是这儿赶紧开工盖楼，盖好了楼我赶紧迁回来。我跟你的利益……啊，一致不了！”

屁股决定脑袋

从方舟口中得知李树望家遭袭之后，方守道也颇感意外：“知道谁干的吗？”

方舟说：“会不会是光磊手下那个工头派人干的？”

方守道自语：“莫长山？”

莫长山坐在一辆面包车里，接听了何光磊打来的电话：“你一定要相信我，这种事我还真干不出来……我明白了，再见何总！”

他挂了电话，立即扭头对身后的几个手下说：“都给我听好了，不管谁来问，都不许承认，明白吗？”

几个手下同声答道："明白!"

方守道放下电话，对方舟说："光磊说，莫长山回老家了，这几天不在中都，所以不大可能是他派人干的。"

方舟问："那会是谁干的呢?"

"我听说这个李树望在七间房一贯横行霸道，树敌不少，也许是他得罪过的某个人干的吧。而且他迟迟不搬，那一片就迟迟不能开工，也影响了其他拆迁户早日回迁，对他心怀不满的人恐怕不止一个吧。"

方舟疑虑未解。

方守道忽然又问了一句："你们报社打算怎么报道这个事?"

关于如何报道这件事，韩振东与王长庆在报社里发生了争论。

王长庆说："你仅凭李树望的主观怀疑，就点出大道公司的名字，这对人家企业的声誉肯定会造成一定的影响。这恐怕不妥当吧。"

韩振东说："李树望家挨炸了，他连怀疑一下都不许吗?"

"新闻报道讲的不是怀疑，讲的是事实。"

"我怎么没讲事实？李树望家被人袭击了，这是事实吧？李树望不愿意搬，所以得罪了大道公司，这也是事实吧?"

"这些事实之间根本看不出必然的因果关系，怎么就得出礼花弹是大道公司扔的这个结论呢？小韩，咱们是主流媒体，不能像小报似的专登道听途说。至少你得去采访一下大道公司，看看他们对这件事的态度吧。"

"你的意思是我去问他们，然后他们老老实实交代，对对对，就是我们干的，我们知道错了，麻烦你们报道一下，然后这稿子就可以发了是吗？老王，你觉得他们会像你这么傻吗?"

王长庆愤而语塞："你……行行，我不跟你计较。总之，如果你没有证据，李树望就是无理取闹。这条稿子就不应该发。"

韩振东缓和语气："老王啊，其实我跟你的心情一样。我也希望他早点搬走，项目早点开工。我跟丽丽都好了三年了，她一直不同意结婚，就是因为这房子。所以要说急，我比你更急……"

"咱们说稿子的事，别扯到个人利益上去。我跟你谈的是新闻原则。"

“那咱们就谈新闻原则。老王，我觉得咱们做新闻，这稿子发还是不发，”韩振东指了指脑袋，“得用这儿判断。”又指了指屁股，“不能用这儿判断。”

王长庆恼怒地问：“你什么意思？”

韩振东说：“你是七间房的拆迁户，你希望早日回迁，对吧？所以，钉子户不搬碍你的事了，对吧？你一屁股坐到开发商的立场上了，对吧？人就是这样，屁股决定脑袋。我也是拆迁户，但我认为，做新闻还是得有个公正的态度。”

王长庆懒得辩解：“随你怎么说吧。小韩，我告诉你，如果你想发这条稿子，就得写有证据的事！当事人自己的一面之词，全都得删！”

韩振东顿时松了口气：“光删呀？早说嘛。你说怎么删就怎么删，只要稿子发了就行。”

王长庆冷笑：“你那屁股就是坐在你的稿费上了。只要不影响稿费，这稿子爱发不发，你才不会跑来跟我较劲！”

方守道与方舟的谈话仍然在继续。方守道说：“这件事既然算是新闻，媒体报道它，当然无可厚非。问题不在于能不能报道，而在于能不能客观公正地报道。媒体同情弱势群体是没错的，但是如果不问事实，只看谁是弱势一方就帮谁呐喊，这难道就是匡扶了道义和公正吗？”

方舟说：“爸，这个您不用担心，就算记者写的稿子有问题，还有编辑把关。编辑如果把关不严，还有萧主任呢。萧主任的专业精神应该没问题的。”

萧原的办公桌上摆着版面大样，标题很醒目：《礼花弹夜袭最牛钉子户》。关于这篇报道，萧原和王长庆也有一些分歧。

萧原说：“你觉得七间房这个钉子户牛吗？”

王长庆说：“他是挺牛的，大家都搬了，就他死活不搬。”

“可我读完稿子，却觉得他挺窝囊。”

“窝囊？他怎么窝囊？”

“人受惊吓，房有损伤，还不知道礼花弹是谁扔的，他不窝囊吗？”

“李树望这人我了解，他就是一个无赖。”

“那他就活该被炸吗？老王，你是老编辑了，这种稿子你得把把关。”

王长庆沉默下来。

萧原继续说："礼花弹是有一定杀伤力的爆炸物，用礼花弹攻击他人是不是构成犯罪，我们先不说，就说半夜三更袭击他人，这种事总是应该抨击的吧？"

王长庆说："可我们也没有证据点名大道公司呀？"

"没有证据，那就客观地把这件事告诉读者，昨天凌晨，一个拒绝搬迁的人，遭到了身份不明者的爆炸侵扰。你看，这样的立场可以吗？"

王长庆一时语塞："哦，当然。那我再改改吧。"

早晨。方守道在餐厅里翻开报纸，《礼花弹夜袭七间房拒迁户》立即吸引了他的目光。

方舟在旁边问道："爸，报道里提没提你们公司？"

方守道摇了摇头。方舟释然，没再说话。

祝槿玉问祝五一："报社接下来怎么安排你，还让你接线吗？"

祝五一摇头："萧主任说，从今天起我就可以跟着记者见习采访了。"

"那你跟着谁见习呀？"

"不一定，谁有采访任务就跟着谁呗。"

祝槿玉眼睛看着方舟："那你想跟谁呀？"

祝五一说："我无所谓，跟谁都行。"

祝槿玉仍然看着方舟。方舟事不关已，埋头喝粥。

没有新闻，创造新闻也要做

新的一天，祝五一看上去精神抖擞，他跟着韩振东走出社会新闻部。路过新闻热线值班室，韩振东进去拿了一张打印纸，仔细地看上面的内容。祝五一凑过来看了一眼："这是什么呀？"

韩振东说："数字。你不识字吗？"

"这是呆会儿咱们出去采访要用的吗？"

"采访？不是！这是彩票预测号码。"

祝五一再看纸上的落款："彩易得预测中心，他们预测得准吗？"

"一分经验，一分运气，八分恒心！"韩振东合掌祈祷，"恒心！哎哟求求你让我坚持下去吧，我快疯了！"

他将那张打印纸收入口袋，向门口走去，祝五一赶紧跟上。

路上，韩振东拐进一家临街的福利彩票投注站，掏出那张打印纸，依照上面的号码逐一念出。店主将打印出来的彩票交给他。他再与打印纸上的号码仔细核对一遍，小心翼翼地装入钱包，转身离开。

祝五一跟上去问道："你每天都买彩票吗？"

韩振东说："啊。我能不能成为百万富翁，就靠它了。"

"靠买彩票成百万富翁，概率太低了吧？"

"还能有什么办法？咱们当记者的，工资不高；抢银行，咱没那胆；做生意，又没本钱。对于咱们这种普通老百姓来说，要想发大财，既合法又省事的办法，就只剩下买彩票了。"

祝五一笑而不语。韩振东忽然问了句："老六，你姨父那么多钱，到底是怎么挣来的？啊？这就是命啊！"

韩振东向前走去，祝五一跟在他的身后，不应不答。

萧原把一本杂志放在周自恒的办公桌上。封面上刊登着方守道的大幅照片，标题是：《大道之行》。

萧原说："这篇文章里，提到了方守道的历史——永川人，当过中学老师，后来下海，以服装业发家致富。再后来，到中都涉足房地产业……"

周自恒问："你怀疑二十年前那笔失踪善款的受益者是方守道？"

"对。我认为，当年陪祝槿澜去邮局寄信的那个男人，就是方守道。"

"那你打算怎么办？"

萧原指指杂志封面上方守道的照片："调查方守道另一个版本的发家史！"

方守道坐在办公室里，听何光磊汇报一个项目的进展情况。

何光磊说："从中都到永川，目前只有铁路和国道两条路可选，走铁路需要三个小时，走国道，快的话也需要五个小时以上。中永高速公路一旦修通，将使两地路程缩短到……"

方守道打断他："这些我都清楚，我关心的是，准备参加中永高速公路二期工程竞标的都有哪些公司？"

"准备竞标的还有另外三个公司，分别是广厦公司、中益公司和宝创公司。其中实力最强的是广厦公司。七间房项目竞标输给我们以后，他们一直耿耿于怀。所以，对这个项目，他们也是志在必得。"

"你跟各个部门都说一下，我们不惜代价，一定要拿下这个项目。竞标方案要尽快拿出来。到永川这条路，一定要由我们大道公司来修！"

"董事长，您离开永川这么多年了，对永川的感情还是这么深厚？"

"永川是我起步的地方，对大道公司也有哺育之恩。能为永川做一点事情，也算是反哺、报恩吧。"

方守道看着摊开在桌上的项目地图。他手里的激光教鞭从地图上的"中都"缓缓移动，最终停在了"永川"上。

韩振东和祝五一走上大街，继续着彩票的话题。

祝五一问："万一你中了大奖，你打算怎么花呀？"

韩振东说："我先买房。"

"你们回迁以后，不就有房了吗？"

"回迁以后也就是个一居室加一个客厅，丽丽嫌小。"

"两个人住应该没问题吧。"

"她想把她爸妈接来一块住。"

"那你就买个大房子呗。"

"大房子？我哪有那么大钱包呀？"

"不是能贷款吗？"

韩振东叹了口气："丽丽不同意贷款，她不想一结婚就背着债务。所以说，婚姻仅仅有爱情，是远远不够的。"

祝五一无语。韩振东继续说："你就不用担心这个了。你要是想结婚了，方家大院多气派呀，随便腾两间房，就够你们住的了。"

祝五一说："那地方我其实住得不习惯，规矩太多，不自由！"

"你在那儿都住不惯，那你在哪儿住得惯呀？"

"我住惯了小房子，不喜欢住那种四世同堂的大院。"

“要不你去我们那儿租间房自己住吧，至少自由啊。”

“你们那儿还有房出租吗？”

“有啊！实在不行把我那间房隔成两间，你一间我一间，互不侵犯互不干扰，你每个月不用多给，付三百块房租就行了，怎么样？”

祝五一想了想，岔开话题：“咱们在街上遛半天了，到底干吗去呀？”

韩振东说：“扫街呀，还能干吗？”

祝五一愣住了：“扫街？咱们……当清洁工啊？”

韩振东摇头：“清洁工扫街用的是条帚，扫的是垃圾。咱们扫街用的是眼睛，扫的是新闻线索。你想当记者，扫街是基本功。明白吗？”

整整一天，祝五一跟着韩振东四处乱逛，始终没能“扫”到新闻线索。黄昏，他们从一个小区里走出来，都已经疲惫不堪。

韩振东叹了口气：“这是怎么啦？怎么什么事都没出啊？”

祝五一问：“你怎么还盼着出事呢？”

“新闻就是事件，不出事做什么新闻？没有新闻可做，咱们吃什么呀？”

祝五一不知如何回答。韩振东看到不远处有个广告牌，似乎有了主意：“咱们这行就靠新闻活着，有新闻要做，没有新闻，创造新闻也要做。”

他一边说，一边朝那广告牌走去。祝五一跟了上去。

广告牌下少有行人。韩振东停下脚步，吩咐祝五一：“你在这儿帮我看着点，要是有人过来就叫我一声。”

祝五一问：“你要干吗呀？”

“你帮我看着就行了。”

祝五一转过头，目光巡视四周，四周无人。他回头再看韩振东，吃了一惊。韩振东正在用记号笔往广告牌上的明星脸上涂鸦。

“嘿，你干吗呢？”

韩振东头也不回，继续涂鸦：“给你上堂西方现代美术课……”

“你这不是搞破坏吗？”

“搞什么破坏呀？这叫涂鸦艺术！”

韩振东画完了，他掏出相机，拍下自己的“作品”，又掏出一张纸开始擦拭广告牌上的涂鸦。祝五一站在一旁，看得莫名其妙。

韩振东擦净广告牌，扭头对祝五一说了声“收工”，率先向街对面走去。祝五一呆站在原地，看着那块广告牌，一时摸不着头脑。转头看去，见韩振东已穿过马路，赶紧追了过去，问：“咱们回去怎么交差呀。”

韩振东说：“咱们把照片传给编辑，再写个一百多字配在下边，这就算是一个摄影报道，这你都不懂吗？”

祝五一问：“那你怎么写呀？”

“批评呀，就说这种街头的涂鸦行为有损市容，有悖公德……”

“你自我批评呀，那你说你自己的身份吗？”

“说我身份干吗呀？又没人知道是我干的，我刚才不都擦干净了吗？”

“你……这不是造假吗？”

“被人发现了，它才是假的，没人发现，它就是真的。”

“怎么没人发现？我就发现了。”

“你发现没事，你是我同伙。”

祝五一急了：“这事跟我有什么关系呀？”

韩振东说：“怎么没关系呀，你刚才不是帮我把风了吗？”

“我哪知道你是干这个呀？”

“咱俩都别争了，回头我把你名字也署上，稿费一人一半行不行？”

“要署名你自己署，你别给我署，我可不参与你这事。”

“稿费你也不要了？”

“不要。”

说话间，两人已经走到了报社门口，祝五一率先走进报社大门。韩振东追着他说：“视金钱如粪土？高风亮节！我最佩服的就是你这种人了。哎，你不会卖友求荣吧？”

你不义，别怪我不仁

韩振东和祝五一走进报社，见李树望正在等电梯。

李树望看到韩振东，立即满脸堆笑："韩记者，我正找你呢。"

韩振东板着脸："找我什么事？"

"还是我那个事。"

电梯门打开。祝五一先进去了，韩振东正要跟进去，李树望连忙拉住他。韩振东眼睁睁看着电梯门关上了，只好重新按下按钮，冷冷地对李树望说："那个事又怎么啦？"

李树望说："你能不能去公安局采访一下？"

"采访什么呀？"

"采访这个案子的情况呀。你去采访，实际上就是起个督促的作用，让他们知道新闻媒体都特别关心这个事，让他们赶紧查清楚。"

"公安局又不归我们报社管，我一采访，他们就能赶紧啦？"

"你们是报社，比我们说话好使，肯定管用！"

韩振东不耐烦了："我是个记者，记者是负责采访报道的，不是负责破案的。破案是公安局的事，明白吗？"

李树望说："我找过公安局了，他们说没线索。你们不给他们点舆论压力，我看他们也没用心查！"

电梯门又打开了。韩振东刚要进去，又被李树望拉住了。有人走进了电梯，电梯门随即关上。韩振东瞪着李树望："你要干吗呀？公安局破不了案，你缠着我干吗呀？"

李树望说："韩记者，你这什么态度呀？"

"我态度不挺好的吗？"

"我这事你是不是不打算管了？"

"不是不管，是不归我管。明白吗？"

"怎么不归呀，你们新闻媒体本身就有责任去管这种事，你们……"

电梯再次到达，韩振东走进去，正要关门，李树望挤了进来，抓住他的胳膊，生怕他跑了似的。韩振东甩开他，说，"我已经说过了，不是我不管，是我没法管。"

"你们要是不管，那我可自己管了，你们不仁，到时候可别怨我不义！"

"没问题！只要你不违法，你想怎么办都行。"

"韩记者，这可是你说的，到时候……"

“到时候你不义，也别怪我不仁!”电梯门开了，韩振东边说边走了出去。

下班后，祝五一到医院看望沈母。沈母看上去精神不佳，有气无力地对他表达着感谢：“谢谢你，小祝。你要是忙，就别总来看我。”

祝五一忙说：“没事，阿姨，我不忙。”

他看了一眼沈红叶。沈红叶也感激地看他，眼神里却不无忧虑。

告辞沈母出来，两人在医院边的一家面馆里坐下。沈红叶愁眉不展地说：“医生说，我妈的身体条件现在不适合手术，还需要再观察一段时间。不会有什么问题吧?”

祝五一安慰她：“放心吧，不会，现在只能听医生的话。你打算怎么办呀，打算再找份工作吗?”

沈红叶情绪低落：“等我妈做完手术再说吧，她一做手术我肯定就离不开了。”

祝五一一时不知说什么。两人沉默着吃完面条，见沈红叶仍然满脸担忧，祝五一说：“咱们去玩会儿吧。”

祝五一拉着沈红叶到了路边的健身场里，他在街灯下表演自己的拿手好戏——骑小轮车。沈红叶站在一旁观看。祝五一的表演渐入佳境。越来越多的路人聚集过来，发出阵阵喝彩。沈红叶的脸上也渐渐泛起笑容……

把沈红叶送回李子巷后，祝五一回到方家大院。夜已经深了，他摸黑走进厨房，伸手在墙上摸索。没摸到电灯开关，他只好摸黑找到冰箱，拿出面包等食物。他在黑暗中摸索着向门口走去，不小心撞倒了一把椅子，连忙伸手去扶，仓促间又碰翻了餐桌上的一只花瓶。

连续的响声，将陈阿姨从睡梦中惊醒。她打开门，怀着几分胆怯走向厨房。转角处，一个黑影突然出现在她面前……

在陈阿姨的惊叫声中，书房里的方守道手一抖，将“道”字的最后一笔写歪。在他身旁，祝槿玉也猛地抬起头来，她分辨了一下声音的来处，立即出门向厨房走去，前方传来了陈阿姨的抱怨：“你这孩子，大半夜不睡觉，跑厨房来干吗？我还以为进来贼了呢。”接着是祝五一的声音：“我饿了，厨房怎么没电门呀?”陈阿姨继续抱怨：“你要什么东西跟我说一声呀，我可以给你送过去。厨房里的东西我都有数的，你拿了也不告诉我一声……”

祝槿玉走过来，对陈阿姨说："好了，陈阿姨，回去睡吧。"

陈阿姨嘟囔着走开了。祝槿玉愤愤地看着祝五一，未及开口，突然看到不远处伫立着一个人影。

那人是左林，他手里拎着一根棍子，神情古怪地看着他们。

方守道出现在走廊另一端，沉沉地说了声："老左，没事了，你回去睡吧。"

左林走了。祝槿玉押着祝五一向卧室走去。路过方舟的卧室时，他们看到房门打开了一道缝，露出了方舟的半张面孔。祝五一刚要打招呼，砰的一声，方舟把房门关上了。

走进卧室，祝五一在祝槿玉对面坐下了，祝槿玉严肃的面容让他有几分拘谨。

祝槿玉问："你去哪儿了，怎么这么晚回来？"

祝五一说："我看红叶她妈妈去了。"

"她母亲怎么样了？"

"还好吧，等着做手术。"

"那就好。小沈的事你已经尽力了，以后要把主要精力放在工作上。"

"我知道。"

祝槿玉仍然盯着他："我和你的约法三章还记得吗？"

祝五一说："记得。第一，不许撒谎；第二，不许在外面随便交往女孩子；第三……第三你没说。"

"好，我现在就说第三条：如果不加班，每天晚上九点之前必须回家。"

"九点？太早了吧！"

"不要讨价还价，你就说做到做不到？"

祝五一很干脆："做不到。"

祝槿玉有点气愤："为什么？"

"我都这么大了，总该有点自由吧？"

"自由？你的自由还不够吗，你还要什么样的自由？"祝五一无语。祝槿玉缓和语气，"我跟你说过多少遍了，你在这里住着，不能像你在永川那样随随便便的。你要在这里住，就必须守这里的规矩。"

祝五一犹豫着："要不……我搬出去住吧。"

祝槿玉怔住了。

第二天，祝五一仍然跟着韩振东四处扫街。黄昏，他们从一家出租汽车公司的站点出来，韩振东看看手表，说：“你回报社把今天扫街采的这两件事先写出来，明天我再看。我今天家里有点事，得先回去，这儿离我家也近。”韩振东说完，又补了一句，“导语一定要写好啊。”

祝五一问：“什么导语？”

“导语就是报道的第一句话。第一句话一定要写好，抓读者眼球就靠它了。”

“哦。”祝五一又问，“什么时候上你家看看去呀？”

“咳，我家有什么好看的，大杂院，过渡房，因陋就简，有什么好看的。”

“看看你住得宽敞不宽敞，条件怎么样。”

“临时住，还谈得上宽不宽……你什么意思呀，你是真想搬我那儿住呀？”见祝五一沉默，韩振东马上转了口风，“宽敞呀，条件也不错，卫生间，厨房设施都齐全。咱们部的老王，报社传达室的小魏，还有你们发行站的罗站长，都住那儿，还有丽丽……丽丽还当过你几天师傅呢，为师一日终身父母啊！”

“现在你又当我师傅了，你的意思是，我得冲你叫声爹，冲蒋丽丽叫声妈，你怎么这么会占便宜呀？”

“咳，这是理呀。怎么着，我现在就带你过去看看？”

黄昏时分，方守道的汽车在马路上不疾不徐地行驶着。祝槿玉坐在车里，跟方守道谈到了祝五一搬家的想法，方守道似乎并不意外：“他想搬出去住？他是赌气呢，还是真的想搬？”

祝槿玉说：“看来是真的，他都想好要搬到哪儿去住了。”

“哪儿？”

“就是你们公司给报社那些拆迁户安置的大杂院。唉，这么好的家他不住，非要搬到大杂院去住。他要真搬出去了，你的脸面也不好看嘛，好像我们不愿意收留他似的。”

“那你挽留他嘛，我们有什么不愿意的。”

“还是你跟他说说吧。我批评他两句，他马上就说要搬。这孩子气性可大了。我一赌气，就没劝他，我说你要搬就搬吧！回去以后还是你出面再劝劝他吧。”

方守道想了想，说：“他这个性格，我们硬留他下来，那就更管不了他啦，不如随他去吧。那种大杂院他住长了肯定不舒服，自然会回来，那时候你再管他，他才肯听。”

祝槿玉也想了想，说：“我看他在那种地方也不会坚持太久。从大杂院搬到咱们家还好适应，从家里搬到大杂院，可没那么好适应的。”

汽车开到方家大院。大院外的树丛里，一双诡秘的眼睛紧紧地盯着汽车尾灯。汽车停下来，那双眼睛继续盯着方守道和祝槿玉走进院门，直到院门关闭，视线才被阻断……

方守道和祝槿玉走进屋子，陈阿姨迎出来，帮助夫妻二人脱下外衣。

祝槿玉问：“五一回来了吗？”

陈阿姨说：“回来了，在屋里收拾东西呢。住得好好的，他干吗要搬呀？”

突然，一声巨响震撼屋宇，火光瞬间将窗户点亮，走廊上的玻璃迸碎在地上。祝槿玉和陈阿姨都吓得失声惊叫，方守道浑身抖了一下，但很快镇定下来。

一扇窗户被轰开一个大洞，礼花弹碎屑和玻璃碎片混在一起，一片狼藉……方舟走过来，四下看看，惊恐地问：“怎么回事啊？”

没人答言。所有人都震惊地沉默着。方舟把目光投向站在门口的祝五一。

祝五一连忙说：“别看我，我最近又没得罪人。”

方舟又将目光投向方守道。方守道的脸色阴沉如晦。

昏暗中，七间房小卖部的门吱呀一声开了。一个人影进来，关上门。

里屋，传来李树望母亲颤巍巍的声音：“谁呀？”

打火机啪的一声打着了，照亮了李树望略显紧张的面孔。他点了根烟，吐了口烟气，用以平息胸口的喘息。然后，他声音沉沉地对着里屋说了句：“妈，没事，睡觉吧。”

给牛做个亲子鉴定

吃过早饭，方舟在厨房里帮陈阿姨收拾餐具。两人闲聊着。

方舟问："陈阿姨，你那个老乡一大早找你干吗呀？"

陈阿姨说："他找我借钱。"

"找你借钱？你在你们村是不是算有钱的？"

"不算。他们知道我在一个老总家里上班，一来借钱，二来想让我托托门路。他们打官司啦！农村人没打过官司，所以找到我这儿来了。"

"什么事打官司呀？"

"事情并不大，就是为了一头牛犊子。"

"牛犊子值多少钱，打什么官司呀？"

"就是！乡里乡亲的，何必呢？可老孙非说老郑偷了他家的牛，老郑不承认，争来争去就打到法院去了。"

"法院能判断偷没偷吗，这种事还得去公安局吧。"

"公安局也断不了。所以他们准备给牛做个亲子鉴定，鉴定费好贵呀。"

方舟洗了手正要走开，听到这里，她转头问道："亲子鉴定，给牛？"

在祝槿玉的安排下，方舟开车送祝五一去大杂院。路上，方舟兴致勃勃地说起陈阿姨老家的那场官司。

祝五一不以为然："……这有什么，农民最要面子了，可认理呢，死要面子活受罪。"

方舟说："这事回头跟萧主任报一下，我觉得这是个不错的新闻。"

祝五一不屑地："这算什么呀，你在城里住着，要是连这点民间疾苦都大惊小怪的话，那邻里纠纷乡下可太多啦，你报得过来吗。"

方舟屡被抢白，白了祝五一一眼，说："我要报的不是官司，我是认为农民为了自己的清白，居然要给一头牛做亲子鉴定！这肯定是件有新闻价值的事情。给一头牲口做亲子鉴定，这种事在你这个乡下人眼里，很多吗？"

"噢，你说这事呀，这事不多。"祝五一停顿片刻，又说，"哎，我可不是乡下人，什么情况呀，你搞搞清楚！"

方舟小胜，抿嘴暗笑："咱俩别争了。祝阿姨让我采访带上你，你去不去？"

祝五一迟疑了一下，挑战般说："干吗不去？"

汽车开到了大杂院外的巷子口，祝五一把行李和小轮车搬下来，方舟说："你等等，我去找个地方停车，我帮你把东西拿进去。"

祝五一已经肩背手提，推起了小轮车，说：“不用了，我自己能行，几步路到了，你快上班去吧，谢啦！”

祝五一说完，转身向巷内走去。方舟目视祝五一的背影，有些感触。感触何来，却难以说清。

大杂院的清晨嘈杂不堪。每家门口摆着的炉子和炊具林林总总，过道上拉着一条条铁丝，上面晾晒的衣服形形色色。

一张小桌摆在罗站长家门口。罗站长和妻子梁芳、女儿罗小青正围桌吃早饭。

蒋丽丽的哥哥蒋春生从院子一侧的厕所出来，大声叫道：“谁他妈这么缺德，拉了屎也不冲，有没有公德呀！你憋了一宿的大便，你不冲那味儿多冲啊！”

罗小青立即倒了胃口，把筷子往桌上一撂。罗站长立即转向蒋春生，大声说：“春生，这儿正吃饭呢你怎么满嘴说这个呀？”

蒋春生说：“你吃你的，我拉我的，我上厕所碍着你吃饭什么事了？”

罗站长说：“你说别人没有公德，你也积点嘴德行不行！”

蒋春生正要还口，蒋丽丽过来拉他：“哥，算了，回家去。”

韩振东也过去帮着劝说：“大哥，算了算了，大早上的别生气。”

蒋春生甩开他们：“回去干吗？我还没拉呢。”他转身又进了厕所。

梁芳瞪着蒋春生的背影，表情阴鸷。她转过脸对女儿说：“青青，吃饭！”

罗小青站起身来进屋：“我吃不下了。”

梁芳跟进屋里，继续劝说：“青青，你跟那种人置气你傻不傻呀，你甭理他，赶紧吃完上学去！”

罗小青说：“我真吃不下了，我恶心！”

罗站长也到门口来劝，他忽然看到祝五一走进院子，大声叫道：“哟，老六！”

韩振东跑过去接过祝五一的行李：“你来这么早，我还没收拾呢！”

韩振东的屋子显然已经久未收拾，百宝杂陈，凌乱不堪。祝五一四下打量，韩振东在他身旁指指划划：“咱俩在这儿拉一道帘，把屋子分成两间，你住这边，我住那边，谁也不碍谁的事。”

祝五一问：“就一张床，咱俩怎么睡呀？”

韩振东说：“这张床你睡。”

“那你睡哪儿？”

“回头我再弄张床来，这两天我先睡沙发。”

“那怎么行？”

“你跟我就别客气了。我也不跟你客气，一个月三百，可得先交。”韩振东等了几秒，看祝五一并未掏钱，于是笑道，“呵呵，你这人，真是君子动口不动手啊，呵呵。”

祝五一乍未听懂，愣了一下才反应过来，连忙掏钱：“给，我先交两个月的吧，六百。”

韩振东大喜过望，接过钱数了数，收入钱包：“老六，你在这儿住着，说话做事要注意点，别大大咧咧大少爷似的。”

祝五一问：“注意什么呀，在你们这儿住也有那么多规矩呀？”

“那倒没有。我只是提醒你搞好邻里关系。这儿不像你们家，这儿空间小，磕着碰着免不了的事，你别大惊小怪就行。”

“不会的。我这人适应性最强了。”

“那你们方家大院你怎么不适应呀。”

“嘿嘿，这不是想跟你住近点多学点东西吗，你是我师傅呀。”

“那你一会儿还跟我去扫街吗？”

祝五一摇头：“不了。方舟有个选题……哎，咱们赶紧去报社吧。”

方舟开车载着祝五一向郊外驶去。两人继续讨论牛的亲子鉴定。

方舟说：“……新闻点？这很明显呀，一头牛犊子不到一千块钱，可给牛做一次亲子鉴定，要花一万多。农民算账一向精明，所以读者也会关心，他们为什么非要破财劳神打这场官司。”

祝五一问：“为什么？”

“他们打这场官司，不是为了一头牛，而是为了自己的面子，自己的清白，是为荣誉而战！这就是新闻点。你认为呢？”

祝五一说不出道理，但他点头评论：“嗯，还行。”

方舟的汽车开进了车前庄。车前庄道路失修，村舍陈旧。

方舟把车熄了火，问祝五一：“你跟韩振东学了一阵，会采访了吗？”

祝五一不太自信：“会呀。”

“那你去采访郑宝根，我采访孙长武，咱俩分头行动。”

祝五一有点发怵："啊？"

方舟已经下车，麻利地关上了车门。

祝五一只好姗姗下车，在村民的指点下找到了郑宝根家。

郑宝根家徒四壁，人也老态龙钟。面对郑宝根夫妻，祝五一刚刚问了几句就无以为继："还有什么别的情况吗？"

郑宝根夫妻面面相觑，不知还能说些什么。祝五一也不知道还应该问些什么，他憋了半天，终于冒出一句："要不……你们带我去看看牛吧。"

牛圈里，一头母牛和一头牛犊子正低头吃草料。郑宝根指着那头牛犊子说："就是它，它叫小黄。"接着又冲着牛犊子叫了一声，"小黄。"

牛犊子似通人性，听到郑宝根的叫声，立即抬起头来瞪着他们。郑宝根说："你看，它知道我叫它，这不是我家的牛是谁家的牛？"

"那孙长武根据什么说是他家的呢？"

孙长武也把方舟带到了牛圈。牛圈里只有一头母牛。孙长武显得有点激动："错不了，那牛犊子就是我家的。前几天它还在这儿吃草料，现在就剩下它妈啦。"

方舟问："你说郑宝根家偷了你家的牛，你有什么证据吗？"

"那天一大早，我到牛圈里一看，牛犊子不见了。我找了好几天都没找着，还以为让外面的贼偷了。前一阵村里别人家也有丢牛的。后来我去郑宝根家串门，路过他家牛圈，那牛犊子看见我，哞的一声，我一眼就认出来了。"

"你肯定那是你家的牛吗，你给牛做过记号吗？"

"没有。那是我家母牛下的崽儿，又是我自己接生的，我不会搞错的。"

郑宝根继续向祝五一讲述："他家的牛犊子丢了，我还挺同情他的，没想到他非说小黄是他家的。难道是我偷了他的牛？这事要是传出去，村里丢了牛的还不都以为是我干的！我家是穷，可我再穷也不会去干那种事情！"

孙长武继续向方舟讲述："我不管他干没干那种事，我只想把我的牛要回来。可他还反咬一口，说我想讹他家牛。你可以挨家去打听，我老孙什么时候讹过人！他要给我栽上这个名声我就没办法了，那我只好叫警察了。"

郑宝根说："叫警察我也不怕。牛犊子是我家的，凭什么跟他走？"

孙长武说："警察调解半天，没用。我的牛也回不来，说我没证据。我实在没办法了，那咱们就上法院吧，国家的法律总得主持公道吧！"

郑宝根说："他告到哪儿，我陪到哪儿！这官司打不起也得打。我要是不敢接这官司，我不就成偷牛贼了吗？我还能在村里住下去吗，我还能见先人祖宗吗！"

祝五一问："法院请人来给牛抽血了吗？"

"抽了，现在就等结果了。"

"鉴定费是谁交的？"

"两家各出一半，一家拿六千。等鉴定结果出来，谁输了再拿六千给对方。"

孙长武说："这官司我要是不打，那我不真成讹他了吗，我必须用法律来证明我的清白！就是倾家荡产，我也要告到底。不为这头牛，就为了争这口气！"

方舟问："万一你输了，这钱都得由你来出，那你怎么办？"

"我相信法律，相信政府，我不可能输。可郑宝根这是何苦啊？他连鉴定费都是找人借的，听说他借钱的时候差点给人跪下了，等结果出来了，他怎么还啊？"

祝五一从郑宝根家出来，向村口走去。郑宝根的妻子追出来，将两个煮鸡蛋塞到祝五一的手里。祝五一连连推辞："不不不……"

郑妻说："家里也没什么好东西，你别嫌弃，拿着路上吃吧。"

祝五一看着她，只见她一脸皱纹，满目企盼。他又看看手里的两个煮鸡蛋，百感交集。

方舟正在村口采访几个村民，祝五一凑过去旁听。

一个村民说："这一场官司打下来，甭管谁输谁赢，长武和宝根两家就算是结下仇了，乡里乡亲的，抬头不见低头见，以后还怎么相处啊。"

方舟问："他们两家以前关系怎么样？"

村民说："不仅两家大人关系好，两家孩子都一块玩儿，都要好着呢。"

方舟又问："他们孩子多大啦？"

村民说："他们生孩子都晚，宝根家的儿子叫小海，长武家的闺女叫小良，他俩一个班的。有一回小海从树上摔下来，还是小良找她爸帮忙把他送到医院。后来宝根还请长武一家人喝酒呢。没想到现在为了一头牛，居然翻脸！"

村民们议论纷纷。方舟和祝五一感慨不已。

祝五一和方舟来到车前庄小学的一间教室外。一位老师指着两个同桌的孩子说："那是郑小海，旁边的是孙良。俩孩子成绩都不错，年年被评为三好学生。其实，家长也应该为孩子想想，大人之间的恩恩怨怨，对孩子的心理影响肯定不好。"

方舟跟着叹气。祝五一默不作声。

离开学校，方舟开车载着祝五一踏上回程。路上，两人为牛的归属问题发生了争论。

祝五一说："我觉得那头牛犊子肯定是郑宝根家的。"

方舟说："为什么？就因为你采访的是郑宝根？"

"我看人很准的。郑宝根这人一看就挺老实，应该不会偷别人东西。"

"在鉴定结果出来之前，我们还是不要作出任何判断。"

"这不是说个人感觉嘛。你怎么感觉，你感觉总有的吧？"

"我的感觉就是一切皆有可能，现在下结论为时过早。"

"我也没下结论呀。"

"你刚才还说牛肯定是郑家的，这不就是结论嘛。"

"我是说感觉。"

"下结论要依据事实和科学，而不是依据感觉。"

"在没有鉴定或者事实没法弄清的时候，感觉也很重要。"

方舟点点头，又说："你这么替郑宝根说话，是不是收了人家的好处？"

祝五一摇头："没有啊，我收人家什么好处了？"

"我告诉你，利用职务之便收受被采访对象的好处，是违背新闻道德的行为，轻则给予警告，重则予以开除……"

“你凭什么说我收人好处？我告诉你，我保留追究你造谣诬陷的权利！”

“我造什么谣呀，我没抓到证据会这么指控你吗？”

“什么证据？你拿出来看看。”

方舟指了指祝五一的口袋。他从口袋里摸出那两个鸡蛋：“啊？这个也算呀。”

“不拿群众一针一线，这两个鸡蛋得换多少针线呀！”

祝五一把两个蛋壳都剥了，一个递向方舟：“你吃吗？”

方舟摇头：“不吃。”

“你不饿呀？”

“我嫌你手脏！”

“不吃拉倒！”祝五一讪讪地把两个鸡蛋都塞进自己口中。

拔钉子

方守道在办公室里听刘秘书汇报“十大慈善家”的网络投票情况。

刘秘书说：“您的得票数已经超过四万，领先排在第二位的梁和平一万多票。按这个趋势发展下去，董事长以最高票当选十大慈善家应该不会有任何问题。”

方守道说：“慈善是我们回报社会的途径，当不当选，排在第几，并不重要。”

刘秘书恭维道：“董事长淡泊名利，高风亮节！”

方守道淡淡一笑，扯开话题：“公安局那边，你们联系了吗？”

“联系了。他们说现场勘查已经确认爆炸物就是礼花弹。跟我们猜测的一样，公安局也认为，像这样目标明确的袭击应该是一种报复行为。”

“公安局也怀疑是那个钉子户干的？”

“对。不过，他们目前还没有找到任何证据。”

方守道沉吟片刻，说：“这件事和上次那个钉子户家里被礼花弹袭击应该是有联系的，下一步对那个钉子户怎么办，你叫光磊尽快想办法，尽快解决。”

刘秘书和何光磊一起商量下一步的措施。

刘秘书说："李树望家被人袭击的事，中都时报前不久登过一条消息，咱们是不是也让报社登一条，给公安局施加点压力。如果他们查出董事长家的礼花弹就是李树望扔的，把他抓起来，不就等于帮咱们把这根钉子拔了吗？"

何光磊点头赞同："这个事就麻烦一下方舟吧。方舟毕竟是自己人。"

何光磊拨了方舟的电话，但他没说几句话就挂断了，脸色阴沉起来。

刘秘书问："方舟怎么说？"

何光磊说："她说这件事她也算当事人一方，按报社纪律应该回避。"

"您不是认识报社的一个副主任吗，他应该可以安排吧。"

"对，我认识……那个副主任姓什么来着？"

崔哲把韩振东叫进办公室，问道："你以前采访过李树望是吧？"

韩振东说："是啊，他又怎么啦？他这人太难缠了。"

"你再去一趟七间房，找他。"

"还找他干吗？那事警察都没调查出来是谁炸的，我再去有什么用呀。"

"不是他家被人炸了，是方舟家让人给炸了！"

韩振东吃了一惊："啊？"

面对来访的韩振东，李树望一脸无辜："他们家也挨炸了？这算见义勇为吧，大快人心呀，你们应该好好给人家宣传宣传。"

韩振东冷冷一笑："不是你干的吗？"

"谁说是我干的，我上法院告他诬蔑！"

"你别激动，你能不能告诉我，你前天晚上十点钟在哪儿？"

"你管得着吗？让你帮忙时，你忘了你什么德性啦。现在你怎么这么积极呀，有本事你让公安局把我抓起来得了，我借你点能耐你快去吧！"

屋里传来李母的声音："树望，你跟谁吵架呀？"

李树望说："妈，没事，您歇着吧。"

韩振东突然向屋子里大声问道："伯母，您儿子前天晚上是不是出去过呀，他几点回来的？"

李树望大声说："妈，您别理他。他是大道公司派来拆咱们家的！"

李母颤巍巍地走出来："谁呀？谁想拆咱家呀？"

韩振东说："伯母，我不是来拆你们家房子的，我是记者……"

李树望厉声喝道："滚!"

韩振东吓了一跳，怔住了。李树望趁势将韩振东推出小卖部，门砰的一声关上了。韩振东垂头丧气地向巷子外面走去。他突然看到，远处有人正在转悠——是王长庆。王长庆也看到了韩振东，彼此都有几分愕然。

韩振东先开口问道："老王，你怎么在这儿?"

王长庆说："我随便转转。在这儿住了十几年，就要拆了，真有点舍不得。"

"都像你这么怀旧，这地方怕是永远拆不完了。"

"那你在这儿干吗呢，帮着拆呀?"

"我来这儿采访'最牛钉子户'呀。"

王长庆皱了皱眉："他怎么还没搬呀?他怎么回事啊，他不能为了个人利益，把大家都拖累了!"

韩振东说："软硬不吃的家伙，泡不开煮不烂喂不熟，没辙!要不你劝劝他。你是老同志了，晓之以理，动之以情，也许能有点用。"

韩振东匆匆走了。王长庆不自信地嘀咕了一句："我说能有什么用?"

他走到小卖部门前，举手敲门。门开了一条小缝，李树望警惕地探头出来。

"你是李树望吧，我是……"

李树望砰的一声把门关上了。王长庆怔在原地。

方守道在一家俱乐部里做按摩，手机响了。他接了起来："光磊……什么?谁让你通知报社的，有什么好处?"他面有愠色，"现在社会上有些人本来就有仇富心态，这事一旦被媒体炒成新闻，那些人就会在网上议论，说我们肯定干过什么亏心事，否则不会遭人忌恨被人袭击。你认为这样的议论对我们有好处吗?"何光磊又说了什么，方守道打断他，"你不要再说了，你刚才找了谁帮忙，现在还找谁，我不希望在报纸上看到这件事，你明白吗?"

面对崔哲，韩振东很不高兴："不登了?我辛苦半天，说不登就不登了?"

崔哲说："这是当事人自己的意愿。"

"中都时报又不是大道公司办的，他们说登就登，说不登就不登吗?"

"特殊情况特殊对待吧。大道公司是我们的广告大客户，他们的意愿，我们还是要尊重的。”

韩振东悻悻地回到座位上，见祝五一在旁边埋头写稿，便走过去偷看。他看了一会儿，忽然问道：“老六，你见着那头牛了吗?”

祝五一说：“见着了。”

“它什么样啊?”

“就是一般人，啊不，就是一般牛呗，眼睛挺暴的。”

“那你写得也太不生动了！你应该这么写，那头牛……你起来，我帮你改。”韩振东把祝五一拉起来，一屁股坐下，开始修改。

祝五一将韩振东修改过的稿子发给王长庆。快下班时，王长庆叫过祝五一，对着电脑念道：“那头牛瞪着大眼，仿佛在思考到底谁是它的主人……我说句不成熟的看法啊，牛怎么能思考呢?”

祝五一正要解释，韩振东在旁边说话了：“哪条法律规定牛不能思考啊?”

王长庆回头看他：“我跟五一谈稿子呢，你有事忙你的去!”

韩振东说：“我现在就忙这事啊，这句话是我写的。”

王长庆愕然：“你写的？那你跟我说说，牛是怎么思考的?”

“牛……牛具体怎么思考，是动物学家研究的课题。”

“用得着动物学家吗？小时候我放过牛，但我从来没见过会思考的牛。”

“生物学有很多课题是我们人类还没有完全认识到的，所以不能以你放过牛这种所谓的证据，来否定生物现象的多种可能性。”

“无理取闹!”

“你才无理取闹呢!”

听到他们的争吵声，刘成连忙过来劝架：“算了，别为一条稿子伤和气。韩振东，这到底是你的稿子，还是老六的稿子?”

韩振东扭头看时，才发现祝五一不知何时已经离开了。

祝五一拎着一篮水果走进了医院病房。沈母的病床空着，也未见沈红叶。祝五一问隔床的病友：“李大姐，孙阿姨去哪儿了?”

李大姐有些迟疑：“哦……你还不知道啊，她已经走了。”

祝五一茫然：“她去哪儿了?”

公墓追思堂静雅肃穆。沈红叶把母亲的骨灰盒放入一个存放柜，含泪默祷。祝五一默默站在她身后。他想到了自己的母亲，眼中也闪动着泪光。

沈红叶回头看他，满目悲伤。

祝五一握住她的手，彼此温暖，彼此安抚。

疑点——发家史

萧原的汽车从标着“永川”字样的路牌下驶过。萧原侧目车窗外，起伏的山峦、宁静的农庄、蜿蜒的河流，在窗外渐次退去……一座跨河大桥忽然闯入视野。他目光一震……

> 回忆的目光穿过青澜河畔拥挤的人群，映出一张张表情凝重的脸庞。所有人注目之处，祝槿澜的尸体渐渐呈现出来。她浑身湿透，躺在草地上。苍白的面孔，睁大的双眸……

萧原惊回现实。他回头看看那座大桥，大桥已备显苍老。

十里坳邮局，一个中年男人正伏案工作，萧原站在门口：“程所长。”

程所长抬起头来，疑惑地问：“你是……”

萧原提醒他：“二十年前我来过这儿，找过你好几次，你不记得了？”

程所长仔细地打量他，终于记了起来：“你是那个记者！”

萧原点点头，递上一本杂志，封面上是方守道的大幅照片。程所长仔细看了看，又抬头面对萧原。

萧原满脸期待：“当年陪祝槿澜来寄信的，是他吗？”

程所长摇了摇头：“二十年了，真的记不清了。”

萧原又来到了十里坳村。他走在田间小路上。一座土墙草顶的农舍遥遥在望。一瞬间，他仿佛回到了二十年前……

> 农舍里，一个残疾农妇拄着自制的拐杖走进堂屋，表情恳切地对青

年萧原说：“你一定要替我谢谢捐款的好心人。我要是收到了钱，一定让小菊去念书。”

萧原有点动情：“好，我一定转告。”

农妇又说：“你帮帮我们，查查是谁领走了我们的钱。”

萧原的眼眶湿润了……

农舍里没有人。萧原环顾四周，屋里徒有四壁，与二十年前相比，变化不多。墙上挂着一幅遗像——正是那位残疾农妇，她脸上依然挂着愁苦的笑容。

萧原走出农舍，来到农舍一侧的猪圈。他看到一个女人背对他，提着猪食桶往食槽里布食。几头猪哼哼着凑过来。他又一次陷入回忆……

猪圈旁，一个十来岁的小女孩吃力地提着泔水桶，一勺勺地往食槽里灌。青年萧原站在她身后静静地观望。小女孩转头看着他，目光单纯。

萧原问：“你是向小菊吗？”

小女孩点点头。

萧原又问：“你……想读书吗？”

小女孩说：“想。”

一个声音传来：“你找谁呀？”

萧原定了定神，看到那个女人正疑惑地看他。他说：“请问，向小菊在吗？”

女人说：“我就是。”

萧原怔住了。

一家制衣厂里，一个老年男人接待了远道来访的萧原，他一边倒水，一边询问来意：“人物传记？写方总吗？”

萧原点点头：“对。方守道现在既是大企业家，又是大慈善家。一个人发达，一定有他的路线。你们方总就是从这个小服装厂起家的吧，他的奋斗史对现在的年轻人来说，也许有所启发。”

“方总的故事确实值得写啊，每个创业者都有一部辛酸史。你主要是想了解哪方面的情况呢？”

“方守道当年创办新道制衣厂，你应该算是元老吧？”

“当然，从厂子创办那一天开始，我就跟着方总干。后来方总把厂子卖了，劝我跟他去中都发展，可我一家老小都在永川，走不开，就留了下来。”

“那你能不能介绍一下当初你们创业的时候，是怎么样一个条件？”

“非常艰苦，很不容易呀。刚开始都是方总亲自带着我们一家一家地拉订单，一旦拉到一个订单，都是加班加点连夜干，工期一天都不敢耽误呀。”

“当时在资金周转方面，你们遇到过什么困难吗？”

“资金？那时候，钱就是命啊！”

萧原的采访对象换成了一个老年女人。他说：“俗话说，每一个成功男人的背后都会有一个女人。当年方守道创业的时候，背后有没有这样一个女人？”

老年女人说：“没有吧？方总办这个服装厂的时候，他的爱人已经去世了，他一个人带着孩子挺不容易的。”

“那他跟他现在的爱人是什么时候认识的？”

老年女人茫然摇头：“不清楚。”

萧原回到中都，向周自恒汇报永川之行。

萧原说：“根据这次了解到的情况，方守道的疑点显然越来越大。”

周自恒问：“何以说明？”

“首先，在祝槿澜死亡前一个月，方守道的服装厂在周转资金上出现了问题，他曾经四处筹措资金。他向银行贷款，但没批下来，后来又找过很多朋友借钱，最后他不知从哪里筹到了一笔款子，我怀疑就是那笔善款。”

“只是怀疑？”

萧原点点头，继续说：“我还查了方守道和祝槿玉当时的关系。祝槿玉当时在永川税务局工作，也是新道制衣厂的税务专管员，她跟方守道当时肯定认识。”

周自恒问：“他们当时是恋爱关系吗？”

萧原说：“她在税务局负责新道制衣厂的税收工作，他们即便是恋人关系，显然也是不能公开的，因为事关方守道的经济利益。但至少有一个情况可以确定，方守道离开永川来到中都后不久，祝槿玉也辞职离开了永川。”

“她为什么辞职？”

“她当时跟朋友说要去南方工作，但实际上她并没有去南方，而是到了中都。半年之后，就与方守道正式结为夫妻。所以我推测，他们在永川就开始恋爱了，只是因为利益需要，才不事声张。后来她和方守道结婚时，也没有通知任何朋友，处理得相当低调。”

周自恒不作评价：“还有什么情况？”

萧原说：“我回来以后，又去了一趟中都慈善总会。根据他们提供的数据，方守道创立大道公司之后，每年都会拨出一两笔资金用于慈善事业，小的十几万，大的几百万，大部分都捐给了永川。在他捐给永川的慈善资金里，绝大部分用于资助当地的失学儿童。我想，假如方守道与二十年前那桩助学款贪污案有关联，他会不会有一种赎罪心态？”

“也许吧，但你不能总用假设来判断。怀疑不等于事实，推测不能代替证据。如果你没有直接证据来证明方守道就是祝槿澜的同伙，还是不能证明那笔善款的受益者就是方守道。”

“有一个办法，或许可以证明这一切。”

“什么办法？”

萧原不答反问：“周社长，您跟方守道相识多年了，你们之间有没有书信往来？”

周自恒明白过来：“你想核对笔迹？你认为那些感谢信是方守道伪造的？”

萧原点点头：“有这种可能性。”

“我和方守道只有业务上的交道，曾经吃过几次饭，并没有多深的私人交情，更没有书信来往。再说现在通讯这么发达，还有多少人会写信呀。”

“但现在唯一有可能成为证据的，就是那几封伪造的感谢信。”

“我听说，要想鉴定笔迹真伪，需要拿到被鉴定人七十个字以上的字迹样本。少于七十个字，就算鉴定了也不具有证据效力。拿到方守道七十个亲笔写的字，你有办法吗？”

萧原凝神无语。

……这怎么是广告呢，这是新闻啊”

厚厚的一摞钞票摆放在方家客厅的茶几上。方守道看着这笔钱，有几分意外。祝槿玉也抬起头来，惊讶地看着面前的沈红叶和祝五一。

沈红叶红着眼睛："伯父，这八万块钱我已经用不上了，谢谢您在我最困难的时候帮助我！"

方守道说："这钱既然已经捐给你了，就是你的。你不必还给我。"

"这钱本来是用来给我妈治病的，现在我妈已经走了，这钱也就用不上了，所以应该还给您。"

"如果你需要的话，你可以留下一部分，去学点什么吧。"

"我需要钱，但我不能用大家捐给我妈的钱。这笔钱是善款，是大家的善心。善款是不能随便用的，用了是要遭报应的。"

方守道和祝槿玉如遭电击，两人都面色如土，目瞪口呆。

后院小屋里，一千元钱放在小桌上。左林同样目瞪口呆。

左林说："钱，是不分善恶的。"

沈红叶说："这个钱是善的，可如果我拿去做了别的事情，这个钱就不善了。"

左林沉默良久，才颤巍巍地说了句："你母亲在天有灵，一定会保佑你的。"

沈红叶感激地看着他，她的目光清澈如水。

祝五一和沈红叶走进一个小区，根据捐款人名录找到一户居民家门口，按响门铃。门开了。一个中年女人站在门口："你们找谁？"

"请问，罗英是住这儿吗？"

"我就是，你们……"

沈红叶将手里的四百元钱递给对方，鞠了个躬："阿姨，这是您捐给我妈的钱。我妈已经去世了，她没用上您捐的钱，我特地来还给您，谢谢您！"

罗英手里抓着钱，一脸愕然。她抬头时，沈红叶和祝五一已经走远了。

两人来到另一户人家，在门口等到了下班回来的一对夫妻，沈红叶把二百元钱递给他们并鞠躬致谢。那对夫妻惊讶地面面相觑。

黄昏，祝五一和沈红叶从小区里出来，两人都已经疲惫不堪。祝五一看了看手里的捐款人名录："这上面还有几十个呢，咱俩这么挨家找，得找到什么时候啊？"

沈红叶只顾喘气，无计可施。

“咱们还是找萧主任想想办法吧。”祝五一掏出手机，拨通了萧原的电话。

萧原回到办公室，立即叫来崔哲，商量帮沈红叶归还捐款之事。

萧原的想法令崔哲有些吃惊：“登寻人启事寻找捐款人？这个事倒是新鲜。不过，按报社规定，登寻人启事得找广告部，是不是先让他们去广告部交了费用，填个广告单子，我们再登。”

萧原说：“这怎么是广告呢，这是新闻啊。”

“这怎么是新闻呢？”

“一个受捐人自愿把没来得及使用的捐款逐一还给捐款的人，你认为这件事没有新闻性吗？”

寻找捐款人

寻人启事登出后，前来认领捐款的人们陆续来到报社，会议室成了发还捐款的地点。韩振东和刘成也过来帮忙，他们和祝五一各居会议桌一角，高声喊出捐款人的姓名。

一名中年男人来到祝五一跟前。祝五一问他：“您是王建华先生？”

对方说：“我是。”

“能看看您的身份证吗？”

对方掏出身份证。祝五一核对一下，又看看捐款明细表，认真数出一叠钞票，外加两个钢镚，一起交还给他：“这是您当初捐的四百三十二元，您拿好。”

王建华离开前，沈红叶向他鞠了一躬：“谢谢！”

会议室里认领捐款的人越来越少，发还工作已接近尾声。

韩振东喊了一声：“李阳！”

两个声音同时响起：“这儿！”“我是！”

面对一胖一瘦两个李阳，韩振东怔住了：“你们俩都是李阳？”

两名男子同时答："对。"

"都住城西区？"

"对。"

"二位的身份证能看看吗？"

两名男子对视一下，都掏出了身份证。韩振东接过来看了看，傻了。

蒋丽丽将两个李阳请到会客室，给他们倒水。

韩振东把祝五一拉到走廊里："老六，你是不是少登了一人呀？"

祝五一说："不可能！蒋丽丽跟我一起登的，我们核对好几遍呢，没问题的，不信你问她。"

"那怎么一下来了俩李阳呢？"

"我怎么知道啊。"

"你当时要是把地址都登全了，不就没这事了吗？"

"人家不愿意登，我也不能强迫人家呀。"

韩振东有点急躁："红叶她拿了钱自己花不就完了，干吗非得还呀，这不是给咱们添麻烦吗！"

祝五一说："人家心地善良，你怎么连这个都抱怨呀！"

韩振东转身向会客室走去："我告诉你，善良的女人可千万不能娶。"

祝五一跟在后面问："为什么呀？"

韩振东说："太傻！"

两个李阳还在会客室里等待。韩振东说："捐款只有一笔，您二位都来了，你们说，我该把钱退给谁呀？"

胖李阳说："这钱是我捐的。"

瘦李阳说："明明是我捐的。"

韩振东说："别争了。一共八百块钱，您二位一人四百，行不行？"

胖李阳说："我可以一分钱不要，既然捐了也没想要回来，但事情得说清楚！"

瘦李阳说："你们没登记清楚就该由你们报社负责，凭什么只还我一半啊？"

韩振东正无奈间，萧原跟随祝五一走进会客室，分别向两个李阳致意："对不起啊，这事我们一定会查清楚的，不过得耽误你们一点时间。"萧原扭头对祝五一说，"你去保卫部，让他们把捐款时的监控录像调出来，你仔细看看，当时这二位先生哪位来捐过款。”

祝五一应声而去。萧原客套两句后也走了，只剩下韩振东陪两个李阳说话。他说：“要我说呀，您二位一人一半拿走完了，省得我们麻烦，你们也麻烦。”

胖李阳说：“我不嫌麻烦，必须弄明白怎么回事。”

瘦李阳说：“我也不嫌麻烦。你们的录像清不清楚啊，有法律效力吗？”

韩振东说：“清楚！肯定有法律效力。反正您二位中间肯定有一个是真的，另一个假的。哎，假的算是诈骗吧？而且这是善款，诈骗善款构成刑事犯罪呀，得报警吧？您二位再等一会儿，我去一趟保卫部，让他们报警。”

韩振东走了。两个李阳相互看了一眼，又迅速移开目光。

韩振东和祝五一再回到会客室时，沙发上只剩下胖李阳了。

韩振东问：“那位先生呢？”

胖李阳说：“说是上厕所，去了十几分钟也没回来，弄不好是心虚跑了吧。你们报警没有？”

韩振东说：“报什么警呀，你跟我拿钱去吧……”

来领捐款的人们已经散去，只剩祝五一他们几个还在会议室里等待。

崔哲走进来问道：“怎么样，都发完了吧？”

韩振东说：“还差一个。”

“还差什么人啊，捐得多吗？”

韩振东看向手里的名单：“宋明昌，个、十、百、千……三万？”

祝五一和沈红叶都愣住了。韩振东说：“三万！宋明昌！他不会不要了吧？”

没有人回答。祝五一和沈红叶的目光都投向了名单上登记的地址：万东花园。

万东花园是个不大的居民小区。祝五一和沈红叶向保安打听宋明昌。

保安说：“宋明昌？住哪个楼都不知道怎么找啊，你们有他电话吗？”

祝五一摇头：“没有。”

“那怎么办呀，实在不行你们去问问我们经理吧。”

两人找到物业办公室，经理查看了业主登记资料之后，说：“资料上没有宋明昌这个人。”

祝五一说：“他应该没理由编个小区名字骗我们呀。”

“我们登记的都是户主的姓名。如果你们要找的这个宋明昌确实住在这儿，也可能户主是他家属的名字。你们知不知道他爱人或者孩子的名字？”

祝五一摇了摇头。物业经理说：“那我们也没办法了。”

祝五一和沈红叶走出物业办公室，在小区里四处打听，但被他们问到的每一位居民都频频摇头。

他们向一幢高层住宅楼走去，在门口被一位戴着红袖箍大妈拦住了。大妈狐疑地看着他们：“推销什么呢？”

祝五一摇头：“我们不是来推销的。我们找人。”

“推销的都说找人。这儿不许推销，也不许发小广告，你们快走吧。”

“大妈，我是记者，我们真是来找人的。”

“记者？找什么人呀？”

“宋明昌。”

大妈笑道：“你们倒是早说呀。”

她带着祝五一和沈红叶来到一户居民的家门口，按响门铃。门开了，一个老人隔着防盗门问道：“谁呀？”

大妈说：“老宋，你是不是出什么新闻啦？有记者找你！”

祝五一和沈红叶被让进客厅里。宋明昌听他们述说了事情的原委，他欣赏地看着沈红叶，说：“对于你母亲，你该做的都做了，就不必内疚了。以后的路还长，你还在上学吗？”

沈红叶说：“不，我不上学了。”

“那你在哪儿上班？”

“我现在……就算是失业吧。现在工作不太好找。”

“你以前做过什么工作？”

“当过服务员，还在一家公司里当过接待员。”

“你可以来我的公司上班。你愿意吗？”

沈红叶看了一眼祝五一，两人的脸上都难掩惊喜。

这也是游戏吗

祝五一和沈红叶在一家餐厅里共进晚餐，庆祝她找到新工作。沈红叶看着祝五一，满眼温存："老六，以后你还会来找我吗？"

祝五一："当然啊，你希望我来找你吗？"

沈红叶笑着："不想强迫你呀。"

祝五一也笑："那好，那我强迫你。"

一个女孩忽然跑到祝五一身边，叫了一声："帅哥！"

祝五一莫名其妙："你叫我吗？"

"是啊。"

"什么事？"

"麻烦你，让我亲一下行吗？"

祝五一吓了一跳，扭头看沈红叶，沈红叶也惊愕地看他。两人同时看向那女孩。女孩说："对不起啊，刚才我跟朋友打赌输了，他们让我亲你……"

祝五一说："你输了亲我干吗呀？"

远处一桌青年男女都笑着往这边看，有人起哄：快亲呀！别磨叽！

女孩拉着祝五一低头就想亲，祝五一挣脱躲开："哎，干什么干什么，干什么呀你们这是……"

女孩问："真心话大冒险你没玩过呀？"

祝五一说："没有，什么情况啊？"

"就是玩游戏，谁输了就任罚。他们让我干什么，我就得干什么。"

"你爱干什么干什么去，你亲我干什么呀！"

"不行，他们非让我亲你，再说，让我亲一下你也不吃亏呀！"

"我吃亏！我怎么不吃亏呀！"

女孩扭头问沈红叶："妹妹，行不行啊？"

沈红叶不知所措。女孩扭头对祝五一说："你看，你女朋友也没意见。"

那桌青年男女继续起哄：赶紧的！你输不输得起啊？

女孩急了："不行，我必须亲你。我求求你让我过了这一关吧。"她俯下身来，准备强行索吻。

祝五一索性站了起来，叫了声："耍流氓啊！"他拉起沈红叶，逃窜般的向门口跑去。

两人跑到了河边。河水泛着月光，祝五一拉住沈红叶的手，将她抱进怀里，轻轻地吻了她。

良久，沈红叶仰脸看着他："这也是……游戏吗？"

斤斤计较是她的专业

祝五一回到大杂院时，帘子另一端的韩振东已经睡下了。他脱衣躺下，睁眼盯着天花板，脸上洋溢着幸福的微笑。突然，院子外面传来一阵跺脚声。

王长庆下夜班回家了，他在院门口频频跺脚，感应灯却毫无反应。他摸索着走进院子，向自己家走去。路过罗站长家门口时，一不小心将一只脸盆碰翻了，一阵叮咣乱响，他手忙脚乱地拾起脸盆放回原处。罗站长家的灯随即点亮。

罗站长出门，问道："老王，没事吧你？"

王长庆说："没事。门口那路灯怎么不亮了？"

"不亮吗？昨天还好好的呀，是不是灯泡憋了？"

梁芳披衣出来，说："灯泡没憋，是我把它摘了。"

罗站长和王长庆都有些意外。王长庆问："你为什么把灯泡摘了呀？"

梁芳说："老王，我看院子里只有你每天回家这么晚，只有你用得着这路灯，可电费还得大家共摊，这不太合适吧。你要是觉得不方便，以后自己带个手电吧。"

梁芳说完便转身进屋了。王长庆看了看罗站长，罗站长一脸无奈。

祝五一在屋里注意地听外面的动静。韩振东在帘子另一边嘟囔道："哎！一个超级小气的男人，遇到一个超级别扭的女人……"

祝五一问："你没睡着呀？"

"被他们吵醒了。"

"我没觉得老王小气呀。"

韩振东掀开帘子看着他："他不小气？你看见他那个大杯子没有？"祝五一不明白，韩振东又解释说，"就是他每天在报社里捧着的那个大杯子。你知道吗，他每天下班前都要从报社打满一大杯矿泉水，带回家来喝。"

祝五一不相信地："不会吧？"

"怎么不会？我都看见过好几次了。还有，咱们每天在报社只拿一份报纸看，他倒好，每天拿好几份，知道他干吗用吗？他带回家来卖废纸挣钱。"

"是吗？"

"所以说一物降一物呢。梁芳是挺难相处，但是对老王这么爱贪小便宜的人，还就得有这种人跟他较真，这才叫生态平衡！"

祝五一问："梁芳是干吗的呀？"

韩振东说："菜市场卖肉的。她能不斤斤计较吗？斤斤计较是人家的专业！"

祝五一无语，闭上眼继续睡觉。

天亮了。祝五一从床上爬起来，开始穿衣。他忽然听到院子里传来一个女孩吊嗓子的声音："咪咪咪吗吗吗……"

吊嗓子的是罗小青。她站在屋子里，面冲窗户，正在练声。

王长庆的儿子王智在屋里朗读英语。罗小青吊嗓子的声音屡次打断他朗读。他屡次抬高了声音，试图与之抗衡，但很快便在那咪咪吗吗的声音中败下阵来。他心烦意乱地站起来，把英语书重重地扔在桌上，说："没法念了。"

王长庆问道："怎么没法念了？"

"您听听这动静，这么吵让我怎么念啊！"

"不要总强调客观原因，说到底是你自己心浮气躁，如果你真的念进去了，就算打雷你也听不见。咱们现在就这么个条件，心静天地宽！快念去！"

王智悻悻地坐下，却无心再念。

罗小青正在唱一首外国歌曲，唱到高音时上不去了。她停下来，清了清嗓子，从头再来。到那个高音时，她又唱不上去了，又从头再来……

王智再一次发作了。他拿起英语书走到门口，打开门，大声念起来。

王长庆过来，一把夺过英语书："行了，别闹了！"

王智并不甘心，他面对罗家，把嗓子扯到极限，大声唱起歌来："妹妹你大胆地往前走啊！往前走！莫回啊头……"

罗小青的歌声终于停了。

王长庆和罗站长夫妻相继走出了家门，在院子里狭路相逢。

梁芳说："老王，你们家王智也要考音乐学院啦，糟蹋艺术吧？"

王长庆抱歉地说："对不起啊。这不快考试了吗，他也是着急想复习功课。"

蒋春生走过来对罗站长说："老罗，让小青换个地方练声吧，吵得街坊四邻不得安生。我睡不好觉是小事，影响人家王智念书，将来考不上好大学，这责任你负得起吗？"

罗站长说："话不能这么说，小青练声也是正经事，她考音乐学院也是大学。"

蒋春生笑了笑："拉倒吧你，心气儿还挺高，那音乐学院是谁都能上的吗？"

一直斜眼看着蒋春生的梁芳忽然开口了："蒋春生，你什么意思！"

罗站长看到妻子的脸色铁青，连忙劝说："行了行了，赶紧回家去！"

梁芳挣开他，向蒋春生骂道："你混蛋！"

蒋春生发怒了，正要冲过去，蒋云峰在他身后大喝："春生，你给我回来！"

蒋春生回头看到父亲脸色严厉，他狠狠瞪了梁芳一眼，很不情愿地回家去了。罗站长也推着满面怒容的妻子进了家门。

王长庆呆呆地站在院子里，看了看在一旁刷牙的祝五一。祝五一也看着他，满嘴牙膏沫子。王长庆低头自语："唉，房子盖好就行了，但愿早点搬吧。"

疑点——笔迹鉴定

方守道在办公室里向何光磊交代近期的工作重点："七间房改造项目不能拖得太久了，中永高速公路二期项目也要抓紧。光磊，你的担子很重啊。董事会已经开始筹备向证监会的上市申请，这两个项目对公司上市都很重要，都不能出任何差错。"

何光磊点头："我明白，请董事长放心。"

"这次能击败广厦、宝创这几个对手，拿下中永高速公路二期工程的项目，大家付出了很多努力。但这只是个开始，你跟各部门说一下，以后的任务更重，责任更大。"

"是。我已经安排为这个项目召开全公司的情况通报会了。"

方守道问："省高速公路管理局对开工竣工时间有新的要求吗？"

何光磊说："没有，计划还是下月底就开工，争取在明年董事长生日前完工。到时候，董事长回老家，就可以走这条路了。"

方守道沉默着，似有些感慨。

一叠发黄的稿纸摆在周自恒的办公桌上。周自恒抬起头来，看着对面的萧原："方守道的毕业论文？这都是几十年前的东西了，你怎么搞到的？"

萧原说："说起来，我和方守道还是中都大学的校友呢，不过，他比我早上大学十几年。我前几天找了一个毕业后留校的老同学帮忙，没想到他们档案馆里还留着这东西。"

周自恒一边看着方守道的毕业论文，一边问："那些感谢信呢？"

萧原拿出一封感谢信，与方守道的毕业论文并列放在桌面上："我比对过，从笔迹来看，我认为它们非常相像，所以我认为这些感谢信就是方守道写的。"

"的确有些相似。不过，好像还是有些区别啊。"

"一个人冒充别人写字时，一般都会刻意伪装，故意写得跟平时不一样。"

周自恒点头："这个，请专业人员一看，就能立判真假！"

晚上，周自恒在一家餐厅的包房里宴请一名文检专家，萧原陪同在座。

周自恒介绍说："这是公安学院的邹定方教授，我多年的朋友。当年著名的龙可遗产纠纷案，两份遗嘱真假难辨，最后，法院还是根据邹教授的文检报告，判决其中一份遗嘱为真实遗嘱，最终确定了数百亿遗产的归属。"

萧原说："邹教授就是龙可案的文字鉴定人？那个案子可是太有名了。"

邹定方说："周社长找我来，肯定有什么特别的事情吧？"

周自恒说："对，今天请你来，就是想借用一下你的眼力。"

萧原拿出方守道的毕业论文和一封感谢信，摊开在桌面上："请您帮忙看看，这封信和这篇文章是否出自同一人之手。”

邹定方并不急于看论文和信：“这涉及什么案子吗，立案了没有？”

周自恒说：“目前还没有立案。”

“你们应该先去公安局立案，然后由办案单位提出申请，我们才能进行文检工作。否则我就是鉴定了，也不能出具有法律效力的文检报告。”

“我们目前也只是怀疑，只是想先请你帮我们看一看，不需要出具文检报告，更不需要承担什么法律责任。”

“如果我看了，又说了结论，哪能不负责任呢？”

萧原说：“邹教授，您能不能先帮我们看看，如果可以肯定，我们立即报案，办齐所有该办的手续，再请您出具有法律效力的文检报告。”

邹定方仍有些迟疑。

周自恒继续劝说：“当然，如果一时看不准，你也可以不说结论，就当什么都没看过。你看这样好不好？”

邹定方终于松动，他拿起毕业论文和感谢信，比对着查看。周自恒和萧原在一旁等候着。

邹定方看完了，将毕业论文和感谢信放下。

周自恒问：“这两个文字，特征明显吗？”

“比较明显。”

“可以肯定吗？”

“可以肯定。”

萧原和周自恒虽然早有所料，却仍然不免惊讶和兴奋。

邹定方停了一下，又说，“肯定不是同一个人写的。”

萧原和周自恒相互看看，都愣住了。

四两肉

傍晚，大杂院里的人们陆续下班回家。

梁芳在院子里收衣服，小魏过来问她："我下午在你那儿买了块猪肉，你还记得吧？"

梁芳继续收衣服，爱搭不理："记得，怎么啦？"

"我买的是五斤肉，对吧？"

"对啊，怎么啦？"

"分量不够啊。我回来一称，四斤六两，整整差了四两。"

"怎么可能呢，你那秤准吗？"

"挺准的，我每次买完东西，回家都用它称一下。"

"你当时不看好，拎回家了又来找我，这事可就说不清了。"

"你的意思是我回家切下四两肉来找你的茬儿，我是那种人吗？"

"你的意思是我故意少给了你四两肉，我是那种人吗？"

"我没那意思，当时你挺忙的，会不会搞错了？"

"我没搞错。"

祝五一和韩振东走进院子。小魏看见他们，连忙说："你们俩是记者，这事你们给评评理。"

韩振东莫名其妙："评什么理？"

"无理取闹。"梁芳扔下这句话，自顾自走进了家门。

小魏站在院子里无计可施。

韩振东和祝五一同情地看看他，也进屋去了。

蒋春生走出家门，大声冲着罗家说："小魏，这事就是你不对了，你当时就应该直接切下四两肉给梁大姐，还算你请客，那多好！"

梁芳从家里出来，在门口择菜，斜眼看着蒋春生，并不答腔。

蒋春生继续对小魏说："你下回记着点，去梁姐那儿买肉，得自己带着秤，省得你回来再找后账，多不地道！"

小魏说："我哪知道啊，都是邻居，还能有这事。"

蒋春生说："邻居怎么啦，什么叫杀熟你知道吗？"

梁芳忍不住开口了："蒋春生，你别欺人太甚啊！"

蒋春生指着小魏："我没说你，我这不是批评他吗，你忙你的，该干吗干吗！"

梁芳说："有你什么事啊，你该干吗干吗去！"

"怎么没我事啊？路不平有人踩，事不平有人摆，我看不惯你欺负老实人！"

“我怎么欺负人了?”

小魏看情形不妙，连忙拉蒋春生：“行了，春生，不说了。”

蒋春生推开小魏：“这还不叫欺负人吗？买五斤肉少四两，又缺分量又缺德！那四两肉哪儿去了，正好够你们一家包顿饺子吧？亏了你是在肉铺上班，你要是在火葬场还麻烦了，你们家骨灰盒都该盛不下了。”

梁芳急了：“蒋春生！你说的这是人话吗!”

蒋春生说：“你办的这是人事吗!”

小魏拼命拉蒋春生：“算了算了，别吵了。我那肉没少行了吧?”

罗站长走进院子，见状不由分说把妻子往屋里拉：“怎么又吵，进屋去！”

梁芳一边挣扎，一边冲蒋春生骂道：“你嘴这么损，不怕下辈子做不了人呀!”

蒋春生追着她骂：“我这辈子做人就行了，这辈子吞下去的便宜下辈子才还，这种事才不是人做的!”

蒋云峰也从屋里出来，大声对蒋春生说：“春生，别吵了，回家!”

蒋春生见梁芳进屋没声了，才气呼呼地回家了。

院子里只剩小魏一个人还在左顾右盼：“这事怨我，怨我行了吧!”

外面的争吵声平息后，韩振东在屋里抱怨了一句：“为四两肉，至于吗?”

祝五一也抱怨：“早知道你们这儿这么乱，我当初就不该搬过来住。要不你退我钱吧，我再上外边租个房子住去。”

“这才几天呀，你就受不了啦？哪儿的邻居没有磕磕碰碰的。你是当记者的，你得学会观察生活。咱们报道的就是普通老百姓的生活，这是你在方家大院绝对体验不到的。你就当是体验生活吧!”

“什么体验生活呀，你不就是不愿意退钱吗!”

“怎么可能呢，钱是什么东西呀!”

“钱是万恶之源，你快给我吧。”

韩振东顾左右而言他：“哎，老六，你姨父跟你说没说咱们到底什么时候能回迁呀？等七间房的回迁楼建起来，大伙就搬了，以后想吵恐怕都找不到对手了。”

祝五一沉默下来。

清晨，祝五一走出大杂院，大步流星地向前走去。方舟的汽车停在巷口，祝五一上了车，汽车随即绝尘而去。

车上，祝五一迫不及待地问：“牛的亲子鉴定结果到底怎样啊？”

方舟说：“今天不是开庭嘛，到车前庄就知道了。”

祝五一紧张起来：“噢，如果孙长武输了……”

方舟打断他：“你怎么不假设郑宝根输了呢？你还觉得牛是郑宝根家的吗？”

祝五一反问道：“你还觉得牛是孙长武家的吗？”

“我先问你的。”

“咱俩也别干斗嘴了。你敢不敢玩个冒险真心话的游戏，就是打个赌？”

“可以呀，赌什么？”

“谁输了，赢家要什么给什么！”

方舟不放心地看了祝五一一眼，祝五一不屑地说：“嘁，你放心，我能要你什么呀！”

“那行吧。你留神你自己吧。”

“好，那就君子协定，不能反悔啊！”祝五一说完，瞟一眼方舟，问，“你要赢了你想要什么呀？”

“我想想再说。”

“你想也白想！”

方舟白了他一眼，目视前方，懒得再争。

村长家的院子被布置成了临时法庭。法官和书记员坐在中间的一张桌子后面，左右各摆着两张桌子，孙长武和郑宝根各坐一边。两人都有些紧张，表情一样僵硬。

院子里嘈杂不堪。许多村民挤在一起，或站或坐或蹲，还有村民爬到院墙上。有人抽烟，有人嗑瓜子，有人大声说话，还有些妇女怀里抱着孩子。几个大孩子在人群中穿行打闹。

祝五一和方舟站在一个角落里，旁听着庭审进程。庭审已到了最后阶段。村长站起来，大声喊道："大伙儿都别说话了，抽烟的把烟掐了，嗑瓜子的也别嗑了，带小孩的别让孩子哭啦。那是谁家的孩子，出去！大伙儿都静一下，不要打扰法官断案。"

院子里静下来。法官开始宣读判决书："孙长武诉村民郑宝根要求归还牛犊一案，现在宣判：根据中都市生物基因鉴定中心出具的鉴定结论书，涉案牛犊与孙长武家的母牛DNA吻合度达到99%以上。本庭对上述鉴定予以采信，判决如下：涉案牛犊归原告孙长武所有。责令被告郑宝根三日之内将涉案牛犊归还孙长武。相关诉讼费231元及亲子鉴定费用12000元，共计12231元，由郑宝根负担……"

法官还未宣读完毕，院子里的议论声已经如潮水般汹涌泛起。

孙长武如释重负，脸上略带得意。郑宝根半垂面庞，呆若木鸡。

方舟不动声色地看了一眼祝五一，祝五一也呆若木鸡。

郑宝根的妻子守在牛圈里，眼里含了一些泪水，默默地为牛犊子加添着最后的草料。孙长武从郑宝根家的牛圈里牵出牛犊子，郑宝根过去阻拦，却被妻子拉住："宝根，你别再闹了行不行？"

看着泪水横流的妻子，郑宝根一甩手，转身向屋里走去。郑妻擦了擦眼泪，跟着进屋。小海还坐在门口，一动不动。

祝五一和方舟站在门口目睹了这一幕。

孙长武牵着牛犊子，兴奋地抚摸着它，对方舟说："……怎么样，我说这牛是我家的吧。我说话经得起科学考验，他郑宝根非得跟我较这个劲，这下不是身败……这个这个名裂了吗！"

祝五一跟着郑宝根进了屋，却不知该对郑宝根说些什么。

郑宝根红着眼睛，声音几度哽咽："明明是我家的牛，是我亲手接生的，怎么就成他孙长武家的了呢？"

祝五一说："可是，DNA鉴定是全世界都承认的科学证明……"

郑宝根头上青筋暴起："我真没偷他家的牛。我郑宝根就是再穷，也不会偷别人家的东西！我跳进黄河也洗不清啦！我怎么面对村子里的老少爷们儿，怎么面对郑家的祖宗先人，我怎么丢得起这个脸！”

郑妻在里屋抽泣：“借了这么多钱打这个官司，这下可怎么还呀？”

小海低头坐在门口，抹去了脸上的泪水……

祝五一无言以对。

方舟开车载着祝五一离开车前庄，踏上回程。两人的心情都不平静。汽车开进中都市区，祝五一思绪还在纠结。

方舟突然问：“老六，你说过的话还算不算数？”

祝五一反问：“什么话呀？”

“真心话大冒险啊。你说如果你输了，我要什么你给什么。”

“噢，我没忘，你要什么呀？”

方舟怀疑地看他：“我要的，你真的给吗？”

祝五一被她看得心里发毛：“你到底要什么呀？”

“我要你那块月亮石。”

祝五一傻眼了：“啊？你要它干什么？”

方舟故作苦恼地：“安神呀，我最近老失眠。”

祝五一面有难色：“月亮石……其实也不怎么管用。”

“你要不想给就算了，就当咱们没赌！”

“我没说不给呀……”

祝五一在商场玉石柜台前看来看去，终于看中了一块玉石。这块玉石与他的月亮石非常相似。回到报社，他将玉石摆在方舟的办公桌上。方舟拿起来仔细端详，很快把玉石放回桌上，微笑着对祝五一说：“算了，我不要了。”

“为什么呀？”

“这是你那块月亮石吗？”

祝五一底气不足：“这……不是吗？”

方舟微笑如刃：“是吗？”

晚上，祝五一和沈红叶一起吃了简单的晚饭。

祝五一问："第一天上班，感觉怎么样？"

沈红叶说："挺好的。宋伯伯，哦，宋总让我先熟悉一下办公室的日常工作。你呢，你今天都干什么了？"

"我，还是跟着方舟采访呗。"

"我觉得方舟特别能干。你跟着她采访，能学到不少东西吧？"

"跟她呀，她太倔了，太自信了。"

两人沉默下来，祝五一的眼睛直勾勾地盯着挂在沈红叶脖子上的月亮石。

沈红叶问："哎，一会儿吃完饭，你想上哪儿玩去吗？"祝五一一时没有反应。沈红叶又问，"你怎么了，没事吧？"

祝五一反应过来："噢，我昨晚没睡好。"

"怎么没睡好呢？"

"失眠。"

"为什么失眠呀？"

"想你想的呗。"

沈红叶笑了："真的假的？"

祝五一犹豫一下，终于开口："你能把月亮石借我戴几天吗？"

沈红叶摘下月亮石："这是你送我的，我失眠不失眠都戴着它。等你不失眠了，想着再给我吧。"

祝五一有点心虚："好……吧。"

祝五一在报社电梯厅里追上正要离开的方舟，把月亮石交给她。

方舟接过月亮石看了看，问道："你真的给我了，不后悔？"

祝五一犹豫一下，嘴硬道："愿赌服输。"

方舟一笑，故意说："那你帮我戴上。"

祝五一看着方舟，方舟也目不斜视地看着他，他无奈地正要将石头往方舟脖子上挂，方舟突然扑哧一笑，说："逗你呢。"

方舟从祝五一手中拿过月亮石。祝五一迟疑了一下，说："等不失眠了想着给我。"

方舟愣了："噢，这不是送我的，是借我的呀？"

祝五一有点尴尬，结结巴巴地说："哦……不不，就是……就是送你的。"

两人在电梯出口的小声低语，以及祝五一要为方舟戴月亮石的情形，被刚刚走出电梯的韩振东看在眼中，他看着祝五一和方舟离去的背影，不觉有些发愣。

人工呼吸

早晨，祝五一和韩振东走出大杂院，向巷子外走去。韩振东一路追问祝五一："你到底喜欢谁呀？是沈红叶还是方舟，还是两个都喜欢？"

祝五一有点不耐烦："你都唠叨一早上了，你累不累呀！"

"你总得选一个呀，不能俩都占着呀，这样早晚得穿帮啊。"

"谁占着两个了，什么情况啊？"

"我要是你，就选方舟。沈红叶人是长得漂亮。可光漂亮有什么用，她什么都帮不了你，你还总得帮她。你这人我知道，就是见着漂亮的就腿软，其实方舟也很漂亮啊！你要是跟了方舟，那等于少奋斗多少年啊！"

他们走出巷子，看到方舟的汽车停在外面。

韩振东说："哟，说谁谁到！"

祝五一上了汽车，他注意到，方舟已经戴上了那块月亮石。

汽车朝郊外开去，目的地仍然是车前庄。祝五一有些不解："又去那儿干吗，那官司不是都打完了吗？"

方舟说："老郑跑了。"

郑宝根家的门上挂着大锁，祝五一和方舟隔着玻璃往里探看，屋子显然已经收拾过了，所有常用的东西都带走了。他们经过牛圈，发现牛圈里空空如也。

孙长武对来访的祝五一和方舟说："他前两天刚把牛给卖了，我还以为他是为了还债呢，谁知道他会跑呢，还拖家带口的！"

方舟问："他为什么要跑呢，是为了躲债吗？"

"我又没逼他还债，我估计，他可能是怕警察抓他吧。"

两人别过孙长武，赶往派出所。一名警察对祝五一和方舟说："郑宝根涉嫌偷盗孙长武家的牛，我们想找他本人调查一下，他是不是因为这个逃跑的？仅仅是个分析吧。"

方舟问："他们会不会去了亲戚家？"

"我们调查过，他的亲戚基本都在本村和大刘村。我们分析，他真想躲起来，总不会往亲朋好友那里躲吧。"

两人又赶往车前庄小学。一位老师对祝五一和方舟说："大人们打官司不应该连累孩子，以后孩子上学怎么办？不上学不把孩子给耽误了？"

祝五一和方舟相互看看，默默无语。

汽车往中都市区方向开去。一路上，祝五一始终闷闷不乐。手机忽然响了，祝五一接了起来："喂，谁呀……好，我马上过去！"他挂了电话，对方舟说，"有人打电话爆料，说玉屏湖有个女孩掉水里了，很多人正在救她。咱们要不要过去看看？"

汽车正好开到一个路口，方舟一打方向盘，向玉屏湖方向疾速驶去。

汽车开到玉屏湖畔，他们下了车向湖边走去。湖面风平浪静，湖岸游人寥寥。

方舟问："哪儿有人落水？"

祝五一四处张望："这是玉屏湖吗，那就是这儿吧。"

"谁给你打的电话？"

"他说是个读者，说我采访过他，给他留过电话，我想不起来是哪个了。"

"你给他打个电话，再问问情况。"

祝五一回拨电话，少顷，他对方舟说："是公用电话。"

在他们身后，有几双眼睛正窥视着他们的一举一动。窥视者悄悄向祝五一的背影走去，越来越近，脚步越来越快，呼吸越来越急促。祝五一浑然不觉，忽然，他看到方舟表情异样，还来不及回头，他肩上已被重重一击，立即栽倒在地。几个魁梧的汉子扑了上来，疯狂地对着他拳打脚踢。他拼命抵挡，但劣势明显。他认出其中有一个是曹大伟，另一个是黑子。

方舟在一旁手足无措，大喊："来人啊！抢劫啊！救命啊！"

近处无人，远处有人听到喊声，向这边张望。方舟呼救无果，便冲上去帮忙，还未交手，就被黑子一把推开，跌落湖中。

祝五一寻隙反击，一脚踢中曹大伟裆部，曹大伟跌坐在地，疼得难以起身。

祝五一看到方舟在水中挣扎，几度被水淹没，连忙甩开对手，纵身跃入湖中。

远处有人跑过来，黑子等人见状，扶起曹大伟仓皇逃走。

祝五一奋力游到方舟身边，托起她的身体，方舟挣扎的力量拖得他几度沉浮。他力不能支，幸有几个见义勇为的路人跳水增援，向他们游来，合力将两人拖上岸。

方舟躺在湖边的草地上不省人事。祝五一浑身湿透，跪在她身旁大声呼叫。见义勇为的人同样湿淋淋的，正在打电话喊救护车来。围观的路人七嘴八舌：这是你女朋友吧？为什么想不开呀？

有个路人出谋划策："小伙子，不能等救护车！马上要有措施，不能再等了！"

祝五一问："什么措施？"

路人说："你先试试掐人中吧，看看能不能把她掐醒。"

祝五一蹲下，按路人的指点掐方舟的人中。方舟双目紧闭，毫无反应。路人又说："试试胸口按压，她把水吐出来就好了，肺里进水就麻烦了。"

祝五一伸出双手，稍稍犹豫，在方舟胸口用力按下去。方舟仍然毫无反应。路人再提醒："人工呼吸，小伙子，人工呼吸！"

祝五一左右看看，犹豫着没动。路人催促："赶紧的，再磨蹭就出人命了！"

祝五一俯身趴在方舟身上，嘴唇挨着她的嘴唇，还未吹气，方舟忽然睁开眼。四目寸光相对，两人都惊异万端。

方舟伸手猛地一推，同时大叫一声："啊！"

祝五一被她推翻在地，狼狈不堪。

祝五一脸上青肿毕现，扶着身体虚弱的方舟从医院里出来。他问方舟："要不要叫何光磊来接你一下啊，你的车还在玉屏湖那儿放着呢。"

方舟气息虚弱，皱眉反问："叫何光磊干什么？"

祝五一说："医生说你刚才呛了水，又受了惊吓，得赶快回家休息啊。"

方舟喘着气说："我不用你送我，你别担心。"

"哎，你这人怎么不知好歹呀，我刚刚救了你，你怎么一醒过来就翻脸不认人啊！"

"你救我？你刚才跟人打架是我救你好不好！"

"好好好，你救我。那我送你回家吧。你那车怎么办呀？"

方舟身体虚弱，被扶着走了几步，再次反问："哎，我问你，刚才在湖边，你对我都干什么了？"

"我没干什么呀。"

"你都动我哪儿了？"

"我掐你人中了。"

"还有呢？"

祝五一伸手想在方舟胸前比划一下按压的动作，又觉得不妥，缩回手点了点自己的胸脯："还有这儿。"

方舟指指自己的嘴唇："你碰我这儿了吧？"

祝五一摇头："没有。我还没来得及，你就醒了。"

"你真没亲？"

"我……我也是为了救你。"

方舟瞪眼："你这不是趁人之危吗？"

祝五一也急了："本来我想亲，结果……呸！我根本就没想亲你！你想得美！"

祝五一气咻咻地抬手拦下一辆出租车。车子直奔方家大院。祝五一把方舟扶进卧室，祝槿玉和陈阿姨闻声过来，见状大吃一惊。祝五一简单说了湖边的遭遇。

安顿好方舟睡去之后，祝槿玉问祝五一："你到底得罪什么人了？"

祝五一迟疑一下，说："什么人……我都不认识。"

祝槿玉怀疑地看着祝五一，见他脸上带伤，不由心软，叹口气道："以后别拉方舟去那么偏僻的地方，多不安全啊！你们要散心，要交流思想，可以……"

祝五一打断她："什么情况啊，我们不是散心去的，您怎么总往歪了想啊？"

"你们多交流一下思想挺好的呀，怎么是往歪了想，真是的！"

祝五一不说话了。

黄昏时分，祝五一到明昌公司门口接了沈红叶，沈红叶惊讶而又关切地询问着祝五一脸上的伤痕由来，两人说着话向河边走去。

祝五一生气地："我都没敢跟我姨妈说是曹大伟干的，要不是看你面子，我就报警了。"

沈红叶有点歉疚："大伟怎么这样啊，他对你有意见，也不能动手呀。"

"他不是被警察抓了吗，怎么出来了？"

“听说只有杜总和郭经理判了刑，大伟只是拘留了十天。”

祝五一恨恨地说：“真该多关他几天，免得他出来祸害别人。”

沈红叶满心焦虑：“大伟要是有个工作，也许就不这样了。他现在没事情做，天天跟几个一起鬼混的人赌钱喝酒，喝多了就出来打架。”她忽然像是想起什么，“你姨父的公司不是有很多工程吗，大伟以前在工地上干过，你姨父他们工地上还需要人吗？”

祝五一说：“什么情况啊，你不会还让我给他介绍工作吧？”

沈红叶叹了口气：“他过去确实帮过我，也帮过我妈。”

祝五一不说话了。

清晨，左新光驾车来到玉屏湖畔，同车而来的还有何光磊和为他们带路的祝五一。三人下了汽车，走向路边。方舟的汽车还停在玉屏湖畔，车身上挂了湿漉漉的露水。何光磊用钥匙打开车门，对左新光说：“新光，你送老六上班去吧。我把车给方舟送回去。老六，谢谢了啊。”

何光磊正要上车，祝五一叫住了他：“何总。你们，你们哪个工地上……还需要人手吗？”

一间又脏又乱的办公室里，曹大伟和黑子毕恭毕敬地站在莫长山面前。

莫长山说：“你们的事何总刚才跟我说了，你们俩以前都干过什么呀？”

黑子说：“我以前在楼古上班，楼古您知道吧？”

“知道，你在那儿干吗？”

“那儿有个赤岭水库，我以前在那儿看水库。”

“那怎么不看了？”

“水库干了。”

莫长山又问曹大伟：“你呢？”

曹大伟说：“我过去也在工地上干过，盖房子，修公路，都干过。”

“修过公路？那你修过高速公路吗？”

新闻发布会

十大慈善家网上投票结果如期揭晓，方守道得票高居榜首。这天，中都在线召开了新闻发布会。会场悬挂着一条醒目的横幅：慈善是社会的进步。方守道等十位获得慈善家称号的企业家在台上正襟危坐，台下拥挤着众多记者，数台摄像机对准台上，场面隆重而热烈。

主持人致辞开场："欢迎各位嘉宾和各位媒体的朋友。此次慈善家网络评选活动，对于动员更多的人关心慈善事业，已经发挥了巨大的作用。我们的口号是：使应该得到救助的人得到救助。今天，我们非常荣幸地邀请到了刚刚获奖的十位慈善家跟媒体进行面对面的探讨。本次发布会还将通过视频直播方式与广大网友展开互动，欢迎广大网友踊跃参与在线讨论，为慈善事业的进步发表您的看法。"

祝五一和韩振东等人聚在方舟的电脑前，观看发布会的视频直播。

韩振东指着屏幕里仪态矜持的方守道，对方舟说："这是你爸爸啊，大老板就是不一样，这气度拿的……"

方舟说："你安静点行吗！"

韩振东讪讪地说："你瞧，拍马屁都不让。"

发布会现场，媒体记者已经开始了提问。

一个记者问："梁和平先生，据我们了解，您投入的慈善资金大部分都用于资助残疾人的福利方面，请问这是出于什么考虑呢？"

梁和平说："和健康健全的人相比，残疾人更需要社会的关爱，他们是弱势群体中的弱势群体，需要获得比一般人更多的帮助……"

韩振东大发议论："这个记者哪个媒体的？水平太差。这种问题太八股了。"

刘成问他："换了你，你会问什么呀？"

韩振东说："哪怕问问他，他用于慈善的资金是他总财产的百分之多少呢。

我听说他平常请人吃顿饭就得花好几万，那投给慈善的钱不过是九牛一毛罢了。我估计，《明日周报》的人准得问他跟那个女明星的事。”

刘成说：“你这倒是不八股了，改八卦了！”

方舟索性从电脑前站起来：“我自己另找地方看去。”

韩振东连忙拉住她：“别走，我不说话了还不行吗？”

一直沉默的祝五一忽然叫了一声：“萧主任！”

方舟站住了，回头看向电脑屏幕。她看到萧原背对镜头，站了起来。

萧原开始提问：“我是中都时报记者，我有一个问题想请教方守道先生。”

方守道欠了一下身：“请问。”

萧原说：“我们知道您每年都会拨出多笔专款，投入您的老家永川的教育事业，您有没有担心过，这些慈善资金可能会被人挪用？”

方守道的眼神紧张了一瞬，随即恢复自然：“我相信我们委托的相关机构，相信他们会把钱用到该用的地方。”

“我知道一件事，二十年前，有一笔三十二万元的善款，同样是从中都出发，同样到达了永川，本来它应该用于资助当地的失学儿童重返校园，但是，在永川，这笔善款被人挪用了。三十二万元在二十年前，是一笔巨款！”

方守道脸色暗变。

萧原继续说：“方先生没有听说过这件事吗？当时负责保管这笔善款的人投河自尽了，那笔善款至今下落不明，那些失学的孩子后来再也没有回到过校园。这件事当时非常轰动，不知方先生是否担心这种事还会再次发生？”

方守道说：“你说的那件事我不太清楚。可惜历史不能重来，我们现在只能多尽一分微薄之力，帮助那些当年不能上学的人。他们的后代现在也应该进入学龄了，希望这些孩子能够受到良好的教育，以告慰他们的父母。”

“是一种弥补吗？”

方守道目视萧原，良久，才沉沉地说了句：“尽我们所能吧。”

方守道从汽车里下来，匆匆走进方家大院。他快步穿过走廊。陈阿姨跟他打了个招呼，他视而未见。听到动静从书房迎出来的祝槿玉脸色沉重，显然她也看了新闻发布会的视频直播。两人对视一眼，沉默着走进书房，关上了房门。陈阿姨感觉有点反常，她走近书房，隔门倾听，但听不到任何声音。

方守道和祝槿玉守在电脑前。祝槿玉用鼠标频频拉动视频录像上的进度条。但无论她怎样移动，都只能看到萧原的背影或侧脸。

方守道问："是他吗？"

祝槿玉摇了摇头："看不清楚。"

"声音你觉得像吗？"

"当时他来找我，我慌慌张张的，哪里顾得上记他的声音！而且事情都过去二十年了，我听清了也记不住呀。"

方守道皱着眉头，思绪沉重。

祝槿玉说："应该不是他吧。也许他只是听说了当年那件事，那件事报纸上一曝光，很多人都知道的。"

"在那样的场合提那样的问题，难道仅仅是因为记起了当年的一条新闻？"

方守道喃喃自问，随后，他艰难地摇了摇头。

萧原和周自恒也坐在社长办公室的电脑前，审视着墙上的投影大屏幕。大屏幕上定格的，是方守道瞬间错愕的表情。

周自恒说："他的反应确实有点可疑。"

萧原说："不仅仅是可疑。二十年前的那件事情，在永川非常轰动，他当时就在永川，他怎么会不清楚呢？就算他当时不知情，他娶了祝槿澜的妹妹祝槿玉，祝槿澜因何而死，他怎么会不知情！"

"这说明他是在撒谎。"

"如果他与那个案子毫无干系，他为什么要撒这个谎呢？"

周自恒没有回答，但他点了点头，一切似乎不言自明。

寻找"郑毅"

方守道坐在大道公司董事长办公室里，面色凝重似有心事。

何光磊站在一旁向他汇报工作："中永高速公路二期工程进展比较顺利。二期工程都是在永川段，要打三个涵洞，难度很大。工程进度我们一直在赶，问题不大。"

方守道点点头："七间房的工程怎么样，那个钉子户的问题解决了吗？"

"还在谈，应该很快能解决吧。"

"不能再拖了，这么大的一个老城改造项目，不能让一个钉子户拖死。"

"目前多数楼盘已经按计划开工了，只剩下三十六条那一片。不过，那一片涉及的都是回迁房，不影响商品房的建设进度，也不影响将来的开盘销售计划。"

"这个项目政府很关心，回迁户也都翘首期待，千万不可轻视。不行就请市政府拆迁管理办公室介入调查，再不行就向法院申请强制拆迁吧。"

"请拆迁办插手，他们一般比较偏向所谓弱势群体，政府部门嘛，处理问题一般先考虑社会稳定，所以他们介入太深也不利。向法院申请强拆也麻烦，程序复杂，过程很慢，不到万不得已千万不能走法院裁决这条路。"

"外地有的拆迁纠纷一拖好几年，要是那样就非把我们整个拖垮不可！"

"先让莫长山他们再想想办法吧。猫有猫道，鼠有鼠道，有时候由他们出面，来点混的，问题倒解决了。"

"要快，不要拖！"

何光磊点头："好，我尽快。那我先走了。"

方守道叫住他："光磊，还有件事，我需要你替我办一下。"

"什么事？"

"你帮我……找一个人。"

何光磊和崔哲在一家茶馆里见面了。

崔哲说："真巧，你下午给我打电话的时候，我正想给你打电话呢。"

何光磊说："你找我，也有事？"

"我一直想买你们大道公寓的房子，何总能不能给我打个折？"

"可以考虑呀。我们也算是朋友，真是你个人要买的话，我给你个朋友价。"

"朋友价是多少折扣啊？"

"朋友有近有远，因人而异吧。"

"那我这个朋友算是远呢还是近呢？"

“现在还算不上近吧，不过经常来往，互通有无，不就慢慢近了吗。”

“何总应有尽有，还有什么需要从我这儿拿的吗？”

何光磊终于说出来意：“你在媒体圈干了这么多年，我想让你帮我打听个人。”

崔哲满口答应：“只要是在中都媒体圈里混的，只要活着的，我应该都认识。就算不认识，我也能找到他。何总要问的是谁呀？”

“郑毅。”

“郑毅？这人我还真不认识，哪个单位的？”

“他以前在中都日报工作，你去查一下，看看他现在还在不在。如果不在，他去了哪儿，如果在，他在干什么。”

“何总打听这个人干什么？”

“我也是帮人打听。不要让别人知道我在打听这个人，行吗？”

崔哲面露好奇，点头应允：“行！”

两人商谈完毕，起身向茶馆外面走去。何光磊随口问道：“方舟在报社怎么样？”

崔哲察颜观色，试探地问：“何总跟方舟……”

“我们是朋友。”

“有个事不知道该不该跟何总说。”

“说吧，是关于方舟吗？”

“最近报社都在传，说方舟跟祝五一……”

何光磊脸色忽变，停下脚步：“老六？方舟跟他怎么了？”

“大家都这么传，也不知真的假的，何总听过算完。”

“他们到底怎么了？”

“说他俩好上了，还说老六买了条宝石项链送给方舟。男的送女的这种东西，女的还收下了，在大家看来，肯定就是那种关系了。”

何光磊脸色难看起来，抬步走出茶馆，左新光的车已候在门外。何光磊与崔哲道了声别，坐进车里，一路上阴沉着脸。到了住处，何光磊正要下车，左新光小心翼翼地叫住了他：“何总，我上次跟您提的那个事您看行吗？”

何光磊问：“哪个事？”

“就是我那套回迁房的事，不知道能不能再给调一下？原来分给我的是一套两居室，能不能给调成三居室？我交了两处房，他们只给算了一处房……”

何光磊恍然：“你的情况他们都跟我说了，你是在拆迁之前突击买的房吧，听说你还突击加盖了一层，对吧？”

左新光支吾：“啊。”

“突击买房和突击盖房，公司都有规定，一律不能计算在拆迁补偿的面积里，这事我可帮不了你。”

“何总，我一直是直接为您服务的，我父亲也是一直为董事长服务的，如果何总能照顾我一套大一点的房子，我就可以把我父亲接过去一起住了，我照顾他也省得一直麻烦董事长了。”

“新光，这么说吧，在公司里直接为我服务的人很多，论贡献你也排不到前面去，都让我照顾，我也照顾不过来。至于你父亲，他要是想从方家大院搬出来和你一起住，那让他老人家直接跟董事长说吧，他给董事长服务了几十年，他开口要一间房子，我想董事长应该会照顾的。”

左新光还想说什么，何光磊已经下了车：“你还是先去问问你父亲，看看他到底想不想跟你一起住吧。”

车门砰地关住了。左新光看着何光磊的背影，郁闷不已。

一对儿变态

大杂院的清晨，祝五一在院了里刷牙，梁芳在一旁晾衣服。蒋春生拎着刚刚买来的早点从她身边经过，向自己家走去。梁芳忽然停下手里的动作，盯着他身上那条大花短裤，直到他进了家门。

蒋春生进屋招呼父母吃早点，看到蒋丽丽把几件衣服扔到洗衣机里，连忙说：“丽丽，洗衣服呀，你等会儿，我还有几件……”

门口忽然传来罗站长的声音：“春生！你出来一下好吗？”

蒋春生跟着罗站长来到院子里：“老罗，你搞什么呀，神神秘秘的？”

罗站长指指他身上的大花短裤：“春生，这短裤是你的吗？”

蒋春生点头："是啊。你什么意思啊？"

罗站长难以启齿地："我老婆说，这是她的短裤，你是不是……"

"你老婆有毛病吧，怎么连我们老爷们儿的短裤也想要呀。"

"春生，你话别这么难听好不好。我老婆昨晚收衣服，发现她的短裤……"

"你老婆的短裤丢了怎么赖上我了呢？上回小魏那四两肉的事我错了行吗，我不该管闲事乱插嘴行吗！"

"一码是一码，春生，你别误会。"

"老罗，这事我可承受不起，让人以为我偷你老婆短裤，非说我变态不可。"

"我没这意思，我的意思是你再看看这条究竟是不是你……"

"老罗，不行你就上派出所报案吧。你既然怀疑到我了，咱们就得说清楚了。你不报案我报，查出是我偷的我蹲监狱去，要查出我没偷，你们得给我赔礼道歉恢复名誉，你看行吗？我看行！就这么办吧！"

蒋春生说完便转身回屋去了。

罗站长张口结舌，也悻悻地回了家，埋怨妻子："看这事弄得，说到偷上去了。这邻里邻居的，叫人怎么处？"

梁芳忿然："我没说他偷呀，他收错了裤子怎么不承认呢，他一个大男人，怎么这样呢？"

罗站长赶紧息事宁人："算了算了，一条裤子，回头再买一条就是，跟他吵也没意思。"

梁芳越发来气了："不行！我贴身穿的短裤穿在他身上，我心里别扭！你老婆的短裤穿在别的男人身上，你不别扭啊？"

蒋春生回到家，看到蒋丽丽正往洗衣机里注水，连忙翻出自己的几件脏衣服，正要塞给蒋丽丽，突然停了下来。

他的手里也有一条大花短裤，与他身上所穿的短裤几乎完全相同。

蒋春生换下短裤，洗了洗，不知怎么还给梁芳。愣怔半晌，出门拐进了韩振东的屋子。他将大花短裤交到韩振东手里，对他说了事情的原委。

韩振东愣了半天，才说："大哥，你收错了裤子，你自己挂回去不就完了吗，干吗让我帮你挂呀？"

蒋春生说："梁芳跟我不对付，我去挂，万一被她看见了，她又得借题发挥没完没了啦。"

“那我去挂，让她看见我怎么办呀?”

“她现在只注意我，不会注意你的。实在不行让老六帮你把风……”

祝五一在旁边收拾东西，以为事不关己，听他们说到自己，马上作出反应：“我不管啊!”

“你们等院子里没人了再去，她看不见。”见韩振东连连摇头，蒋春生板起脸：“不行是吧，你还想娶我妹是吧，你就这么对大舅子是吧，这点忙都不帮是吧? 行，以后你要有什么事，你也别找我，啊!”

蒋春生作势要走，韩振东连忙拉住他：“大哥。”蒋春生立即站住了。韩振东说，“咱俩可说好了，就这一次，下次我可真不管了。”

蒋春生笑了。三个人透过窗户观察外面的动静，待院子里没人了，在祝五一掩护下，韩振东迅速跑过去，将短裤挂在晾衣绳上，正要离开，忽见梁芳站在自家门口，惊愕地看着他们。

韩振东打了个激灵，立即责怪地看了一眼祝五一，祝五一更不知所措。

梁芳从晾衣绳上取下裤子，骂了一句：“一对儿变态!”转身向自己家走去。

韩振东追着她解释：“哎，梁大姐，这真的是误会……”

方舟开车载着祝五一，再次向车前庄驶去。

方舟所说的情况令祝五一吃了一惊：“郑宝根没偷孙长武家的牛? 那孙长武家的牛怎么会在郑宝根家的牛圈里?”

方舟说：“不知道，车前庄派出所警察只说已经抓到了真正的偷牛贼。”

两人赶到派出所，见到了真正的偷牛贼。偷牛贼是一个年轻男子。他坐在派出所的讯问室里，低垂着脑袋，模样猥琐。不时翻翻眼睛，看一眼站在警察身边的祝五一和方舟。

警察大声说：“张春旺，你再说说那天晚上你们偷牛的经过。”

张春旺仍然低着头，开始回忆事发时的情形……

夜深人静。张春旺等人鬼鬼祟祟地钻进孙家的牛圈，将一头牛犊子牵了出来。

他们又来到郑家的牛圈外，牵出了另一头牛犊子。张春旺掏出烟，刚刚点燃，一头牛犊子突然发力，他猝不及防，绳索脱手。

他们眼看那头牛犊子钻进了郑家的牛圈，正要过去，却看到郑家灯光亮起，屋里有人说话。他们立即牵着剩下那头牛犊子，遁入夜色。

祝五一和方舟对事情真相大为惊叹。祝五一说："老孙家的牛犊子逃出来，偏偏钻进了老郑家的牛圈。真是无巧不成书啊。"

方舟还在惊愕中，她说："老孙家知道这情况了吗？"

两人离开派出所，赶到老孙家，孙长武显然已经知情，他说："听说他们把老郑家的牛卖了，钱也花光了。人是抓住了，钱可追不回来了。"

方舟问："你有老郑的消息吗？"

"没有。村里人都不知道他去哪儿了。"

小良一直站在门口，听他们说话，这时突然插嘴说："小海给我们老师来信了。"

在小良的带领下，祝五一和方舟在车前庄小学找到一位老师。老师把一封信递给他们："这就是小海前天写来的信。"

方舟问："他在信里说没说他现在在哪儿？"

"没有。他只是说很想回来上学，很想老师和同学们。信封上也没写地址，邮戳好像是南州的吧。"

祝五一查看信封，邮戳上依稀有几个小字：南州厚街。

祝五一和方舟回到报社，和萧原一起商量了寻找郑宝根的办法。

萧原说："《南州都市报》的老林刚才给我回了个电话，他说，厚街是个镇子，有很多外地人去那里务工。他们还查到，郑宝根就在一个电器厂里打工。"

祝五一问："我们要不要通知孙长武？"

方舟说："他要躲的就是孙长武。孙长武也不可能跑一千多公里找他去吧。"

祝五一又问："那怎么办？"

萧原说："你们去一趟吧，这应该是一条很好的新闻！"

祝五一和方舟从一辆长途汽车里下来茫然四顾。马路对面立着一块大石牌，上面刻着两个大字：厚街。

他们在路人的指点下来到了电器厂。在一名工作人员的引领下，他们见到了一位中年男人。显然，此“郑宝根”并非他们要找的那个郑宝根。

方舟与祝五一失望地对视一眼，祝五一有些着急：“你……你怎么也叫郑宝根。”

离开电器厂，两人走上大街，茫茫然不知去往何方。

方舟说：“郑宝根这个名字太大众了，全中国估计得有三百万！”

祝五一说：“一个小小的厚街，我不信还能有第三个郑宝根。”

他们信步走进一家临街的店铺，祝五一敲敲柜台：“老板，跟你打听个人。”

老板正在打瞌睡，被惊醒后抬起头来：“打听谁？”

“您知道有个叫郑宝根的吗？”

“郑宝根？干什么的呀？”

“在这儿打工的。”

“哪个厂的？”

“不知道。”

“有他电话吗？”

“没有。有还问你干吗？”

“电话没有，哪个厂的又不知道，那你问我也没用。”

方舟问：“这儿有多少厂子呀？”

老板说：“有五六十个吧。”

祝五一和方舟都有点傻眼。老板于是指点他们上工人新村去问问，说来这儿打工的大都住那里。

两人找到位于镇子边缘的工人新村。只见一排排简陋的宿舍，处处可见晾晒的衣服和被单。此时，工人们大都在厂区上班，这里显得非常安静。

他们来到一间宿舍门口。祝五一举手敲门。门开了。一个年轻女人站在门口，手里拿着把菜刀，警惕地看着他：“找谁？”

祝五一盯着她手里的菜刀，一时竟有些愣怔：“你好……”

“你谁呀，什么事？”

“我……能不能……聊一聊？”

“流氓!”

门砰的一声关上了。祝五一碰了一鼻子灰，尴尬地站在门前。旁边的方舟忍不住笑了起来。祝五一有点生气：“你笑什么?”

方舟模仿着他的语调：“聊一聊……”她大笑起来。笑过了，她问，“你知道你刚才像什么吗?”

“像什么?”

“大色狼!”

祝五一气急败坏：“你才大色狼呢！你母色狼!”

他说完气呼呼地率先走了。方舟忍住笑追了上去。他们来到另一间宿舍门口。祝五一说：“这次你来敲吧。”

方舟说：“连这点挫折都受不了，你还当什么记者呀!”

“这个经受挫折的宝贵机会，还是留给你吧。”

方舟改用商量的语气：“咱俩猜拳吧，剪刀石头布，谁输了谁敲门。”

祝五一稍稍迟疑：“行。”

两人开始猜拳，方舟输了。她开始耍赖：“再来再来。三局两胜，再来。”

“刚才又没说三局两胜。”

“刚才也没说一局一胜啊。”

“不行。你快去敲门吧。愿赌服输!”

“行，你就凭运气吧，赢一把就不玩儿了，赌品太差!”

“谁赌品差啊?”

“不差就再来呀。”

“再来就再来。”

两人继续猜拳，方舟又输了。她懊恼地看着祝五一，责怪道：“你干吗出手这么慢呀!”

“谁出手慢了，得得，你输不起我敲，行了吧?”

祝五一走到门边，抬手刚要敲门，被方舟拉到一边：“我敲，让着你!”她正要敲门，又停下来，“老六，你过来，站我后边，离我近点。万一遇到流氓，你得保护我。”

祝五一走过去，站在她身后。方舟举手敲门，门开了。就在房门打开的瞬间，方舟突然闪身躲到墙根，将祝五一晾在门口。

开门的是个中年女人：“什么事？”

祝五一马上伸出手，指向藏身于门侧的方舟：“是她，她要找你……”

中年女人探出头来查看，方舟只好尴尬地站了出来：“对不起，阿姨，我想跟您打听一个人……”

祝五一和方舟继续猜拳：“剪刀石头布！”

一瞬间，方舟竟有些恍惚，她仿佛回到了童年……

童年祝五一和方舟正在猜拳：“剪刀石头布……”

童年祝五一输了。方舟伸出手指，弹了一下他的额头，竟将他弹得哭了起来。

他们继续猜拳：“剪刀石头布……”

这一次，童年方舟输了。祝五一伸出手指。方舟眼睛半睁半闭，紧张地等待。不过，祝五一只是轻轻地弹了一下她的额头……

方舟出拳越来越慢，她看着祝五一，童年与现实的相似令她感动。祝五一浑然不觉，还在催促：“你快点，别玩儿赖行不行？”

他们猜了一次又一次拳，敲开了一间又一间宿舍的门，但每次都以失望告终。天擦黑时，他们离开了工人新村。这一天一无所获。两人不得已找了家旅馆安顿下来。

祝五一走进房间，疲惫地坐在床上。方舟跟进来，说：“老六，晚上没什么事，咱俩出去逛逛吧。咱们回来路过的河边有个夜市。”

祝五一昏昏欲睡：“我累了，哪儿也不想去了！”

方舟无趣地说：“那我也睡去了。”

祝五一没有任何表示。方舟又说：“那我走了啊。”

祝五一这才抬起半个身子，打着哈欠：“啊，走啊？晚安。”

方舟郁郁不欢地回到自己的房间，躺在床上，眼睛盯着电视，思绪却已飘远……

童年方舟和祝五一坐在一辆小火车上，一路欢声笑语……

童年方舟和祝五一在河岸边玩沙子。方舟刚刚堆起一座城堡，祝五一过来，一泡尿把城堡摧毁……

童年方舟和祝五一在家门前的石板路上“跳房子”……

回忆当年让方舟的面容泛起了笑意。

祝五一真的困了，但他还在用手机跟沈红叶通话。

沈红叶问他：“如果有一天我丢了，你会不会也像这样到处找我？”

祝五一说：“你怎么会丢呢？我就是把自己丢了，也不会把你给丢了。”

“我是说如果，如果有一天我真的丢了，你会找我吗？”

“当然。如果你丢了，我会不顾一切地找你。我找老郑是为工作，我找你，是为自己的幸福……”

“和我在一起，你幸福吗？”

祝五一已经睡着了，手机歪在耳边。

天亮了。祝五一和方舟走出旅馆，继续寻人之旅。他们商量着来到工厂区。这里厂房密集，高墙肃立。

一家工厂大门紧闭。祝五一过去叩响铁门。铁门上的小窗打开，保安露出脸来：“干什么？”

祝五一说：“找人。”

“找什么人？”

“你们这儿有叫郑宝根的吗？”

“没有，不认识。”小窗啪的一声关上了。

祝五一扭头去看方舟。方舟说：“你再问问他，厂里有没有人事部？”

祝五一再次叩响铁门。铁门上的小窗再次打开，那个保安再次露出脸来：“你有病吧？不是告诉你没这人了吗！”小窗啪的一声又关上了。

祝五一受了委屈似的，扭头又看方舟。方舟皱着眉，干眨眼睛。

两人来到另一家工厂门外。这次轮到方舟过去叩响铁门。铁门上的小窗打开，一个保安露出脸来：“干什么？”

方舟礼貌地说：“你好，我们是《中都时报》的记者。”

保安警惕地问：“什么事？”

“我们想找个人……”

“上班时间，一律不会客。”小窗啪地关上了。

他们穿过街道，继续向前走去。一个收废品的男人蹬着三轮车穿过大街，手持扩音喇叭，拉着长调："破烂的卖……"祝五一拔腿追去。他追上三轮车，与中年男人说了几句话，又从钱包里抽出一张纸币交给对方，从对方手里接过了那个扩音喇叭，回到了方舟身边。

方舟问："你买这个干吗？"

祝五一神秘地一笑："玩儿。"

他径直走向一家工厂大门，举起扩音喇叭大喊："郑宝根！车前庄的郑宝根，你的官司已经搞清楚了，大家知道你没偷老孙家的牛，你不用再躲着啦……"

祝五一的喊声传到了厂房里。这是一家制衣厂。正在操作缝纫机的工人全都好奇地往窗外看去。一个工头过来大声喊道："大家不要管窗外，注意力集中啊，都干自己的活儿，完不成任务的要扣分啊！"

工人们低下头，继续干活儿。

祝五一见厂房里没有动静，继续向前走去。方舟紧随其后。他们来到另一处厂房门外。祝五一继续高喊："郑宝根……"

方舟劝道："你别喊了，你这么大喊大叫，人家非以为你神经病不可。"

祝五一不理她，继续喊："郑宝根，你在哪儿，你的官司没事啦……"

这间工厂的老板正在会议室里主持会议。一名职员正在汇报工作："目前还有四家商场拖欠我们的货款，我们已经给他们寄去了律师函，要求他们……"

祝五一的喊声传了进来。许多职员开始走神，汇报工作的职员也停了下来。

老板用力敲敲桌子："你们干什么？这是在开会，请大家集中精力。"

职员们都正过头，继续开会。那个职员继续汇报："这个……我刚才说到哪儿了？"

老板说："你刚才说，郑宝根没偷……"他突然发觉说错话，立即住嘴，抄起步话机，"小李，你马上叫保安把在门口乱叫的给我轰走！"

祝五一还在工厂门口大喊大叫，铁门忽然打开。保安出来，对他推推搡搡："你喊什么喊？快走！"

祝五一用手挡住对方："你说话能不能客气点？"

"我已经够客气的了，你再这么喊，我就真的不客气了！"

“你不客气一个给我看看?”

保安发怒了,他转身进了大门:“行,你有种别跑!”

祝五一追着保安的背影说:“有种你也别跑呀!郑宝根到底在不在这儿?”

方舟过来劝说:“老六,别跟他怄气了。咱们走吧。”

祝五一说:“我不跑!我倒要看看他能把我怎么着。碰上这种走狗……”

这时,铁门再次打开。他们扭头看去,眼睛立即瞪大了。保安手里牵着一条凶猛的大狗出来了。大狗狂吠着扑来,祝五一和方舟夺路而逃。

不知跑了多远,祝五一逃进一条小巷,发现大狗没追上来,他停下脚步,弯下腰喘气。喘息稍定,才发现方舟不知跑到哪里去了。他返身跑出巷子,远远看到大狗正在追逐方舟。祝五一拽过一辆停在街边的自行车向大狗骑去。车的主人从一家小卖部出来,大喊:“哎!抓小偷……”

方舟被大狗逼到了河边,无路可逃。她从地上抄起一根棍子,大狗有所忌惮,冲她狂吠。绝望之际,方舟突然看到祝五一骑着自行车疾速而来,嘴里高叫:“方舟!”

大狗听到身后叫声,立即回头。距离大狗还有五六米时,祝五一刹住了车,一脚撑地,冲大狗叫道:“狗娘养的,你欺负女人算什么本事!”

大狗见他肆意挑衅,立即转身扑了上去。祝五一调转车头,狼狈逃窜。大狗紧追不舍。祝五一钻进一条巷子,又从另一头钻出来,再穿过一条小路……他始终无法摆脱大狗。前方有一堵围墙拦住了去路,他刹车不及,在自行车撞上围墙的同时,他纵身一跃,攀上了墙头。大狗追过来,几次跳跃,蹿不上去,便蹲在墙下,且看祝五一如何逃脱。

祝五一趴在围墙上寻求退路。围墙后面是一片泥潭,无法落脚。他顺着墙走,大狗也跟着走……走到尽头,仍然无路可逃。这时,一个警察在一个路人带领下向围墙跑来。祝五一立即对狗发出恐吓:“警察来了!”

狗不为所动。

祝五一又冲警察喊:“警察同志,这儿有恶狗伤人!你们快把它赶走。”

警察过来,试图驱赶大狗,但大狗不走,冲他们狂吠不止。警察和路人无奈,转身离去。祝五一朝着警察的背影高声叫道:“哎,你们别走啊,你们怎么不管啊?”

警察和路人并不回头,很快消失了。

祝五一表情绝望。大狗索性趴下，以逸待劳。

过了一会儿，警察回来了。他带来了更多的人。众人用绳网将大狗套住。

危险解除，祝五一跳下围墙，向警察伸出双手连声感谢：“谢谢，谢谢，警察同志谢谢你们了啊……”咔的一声，祝五一的手腕上被戴上一副手铐，他惊愕万分，“怎么回事?”

那个路人凑过来说：“怎么回事？你说怎么回事？要不是这条大狗见义勇为，还不得让你跑喽?”

方舟跑过来，挤进围观者的人墙，叫道：“老六！老六！你怎么啦?”

祝五一被押到了派出所。旁边，那个路人向警察讲述了“案发”过程：“我把自行车停在小卖部外边，进去买包烟……”

警察问：“买东西你怎么不把车锁上?”

“我想一会儿工夫就出来了，所以没上锁。没想到这小子跑过来，不由分说抢了我的车就跑，一溜烟就不见了。”

祝五一辩解：“我没有……”

警察说：“你没有？没有车怎么在你手里?”

“我只是借用一下。我当时冲他喊了一声，说借车用用，用完就还。”

警察问路人：“你听见了吗?”

路人说：“我没听见。”

祝五一说：“我喊了。我一边骑车，一边回头冲你喊的。”

警察说：“就算你喊了，那他同意了吗?”

祝五一讨好地问路人：“你同意了，是吧?”

路人说：“我不同意！我不认识你，干吗把车借给你？你分明就是抢!”

祝五一说：“我也是为了救人才抢的。”

路人说：“警察同志，你听见了吧，他承认是抢了。”

祝五一张口结舌：“我……”

警察看着他，忽然问了一句：“你说你是为了救人，那你救的人呢?”

方舟把祝五一接出了派出所。两人走到门口，又开始斗嘴。

方舟说：“老六，你出来能不能只成事，不坏事，只办事，不惹事呀!”

祝五一说："这不是为了救你嘛！"

"救我？狗冲上来的时候，我还以为你能大义凛然呢，结果你跑得比我还快。要不是我先把狗引开，你早让狗撕了。"

"我一镇定下来，不就马上救你来了吗？"

"最后还不是我来救你，要不是我救你，警察……"方舟话说到一半，忽然住了嘴，将目光投向前方的一扇小窗。小窗边挂着一块牌子：暂住证办理窗口。

方舟快步走向窗口，向民警了解情况："来这儿打工的人，是不是都得在这儿办理暂住证？"

民警说："对。我们要求各个工厂都要给工人们办理暂住证，以利于我们对流动人口的管理和保护。"

"那你能不能帮我们查查，有没有一个叫郑宝根的在这儿办理过暂住证？"

第二天，祝五一和方舟在长途车站接到了风尘仆仆的孙长武。三个人径直来到一家工厂，在保安部办公室里等待着。很快，保安部的门被推开了。一名职员走进屋子，紧随在他身后的一位工人，正是他们寻找已久的郑宝根。

老郑似乎有些紧张，目光投向祝五一和方舟。接下来他看到了孙长武，他惊怔得不知该说什么："孙……孙……"

老孙上去，抱住老郑，只说了一句："孩子呢？"

一家小饭馆里，郑宝根夫妻和孙长武共进午餐。祝五一和方舟同桌作陪，小海靠在方舟身边。

郑宝根说："老孙，既然法院已经判了，咱们也变不了啦，我出来打工也是为了挣钱还你。不过我现在是真没钱，你要再宽限些日子。"

孙长武说："别提了，这个事既伤了咱们两家的和气，又破了咱们两家的财。现在事实既然搞清楚了，你没偷我的牛，我也没讹你的牛，鉴定费、诉讼费还是一家负担一半吧。你也不用还我钱了。"

郑宝根愣住了："这……行吗？"

"只要你答应我一件事，咱们哥儿俩，没什么不行的！"

"什么事？"

"让小海回家，让他跟我家小良一样，接着上学！"

郑宝根和妻子对视一眼，又转头去看小海。小海倚在方舟身旁，不敢言声。

孙长武又说：“你要是不同意，钱你还是得还我。我拿这笔钱供小海上学去！小海我看着长大的，我不能让你把孩子给毁了！”

郑宝根感动得说不出话来，身旁的妻子已泪水盈眶：“我们……对不起孩子！”

祝五一和方舟看着这一幕，感慨万分。

回到报社，祝五一和方舟向萧原汇报了采访情况。萧原感慨不已：“中国人，尤其是中国农民，只要打上官司，往往就变成了一世的仇人。这场官司能有这样的结果，对他们这一辈子，对他们两家人的后代，都是一种挽救。”

祝五一和方舟相顾一笑。

萧原又说：“这个任务你们完成得很好。咱们做新闻，不仅要敢于披露真相，帮助人们识别陷阱，跟丑恶现象做斗争，更要向人们传递善的力量。你们记住，人心向善。善永远大于恶！”

祝五一和方舟默记于心。

（未完待续）

图书在版编目（CIP）数据

独家披露·黑卷/海岩，金凌云著. －北京：作家出版社，2011.1

ISBN 978－7－5063－5732－6

Ⅰ.①独… Ⅱ.①海…②金… Ⅲ.①长篇小说－中国－当代 Ⅳ.①I247.5

中国版本图书馆 CIP 数据核字（2010）第 260446 号

独家披露·黑卷

作者：海　岩　金凌云

责任编辑：陈晓帆

装帧设计：视觉共振

出版发行：作家出版社

社址：北京农展馆南里 10 号　　邮码：100125

电话传真：86－10－65930756（出版发行部）

86－10－65004079（总编室）

86－10－65015116（邮购部）

E－mail：zuojia@zuojia.net.cn

http://www.zuojia.net.cn

印刷：紫恒印装有限公司

成品尺寸：170×240

字数：200 千

印张：14.25

版次：2011 年 1 月第 1 版

印次：2011 年 1 月第 1 次印刷

ISBN 978－7－5063－5732－6

定价：25.00 元